Hubert Camus

Mademoiselle

Mœurs d'une capitale

roman

Édition : *BoD – Books on Demand,*
12/14 rond-point des Champs-Élysées, 75008 Paris.
Impression : BoD - Books on Demand, Norderstedt, Allemagne

© *Hubert Camus, 2018*
ISBN 9782322161256

Dépôt légal : septembre 2018

Et tu bois cet alcool brûlant comme ta vie
Ta vie que tu bois comme une eau-de-vie
Guillaume Apollinaire, *Zone*

LA TERMINALE

Chapitre 1
Les débuts de Mademoiselle

On l'appelait *Mademoiselle*. Elle aimait cela : elle trouvait que ça faisait digne, que ça sonnait ancien. Elle aimait le contraste entre cet archaïsme et tout le reste de son être, qui respirait le contemporain. Mademoiselle était bien de son siècle : elle n'aurait voulu vivre dans aucun autre. Juste *Mademoiselle*. Pas Mademoiselle Parlié : seuls ses professeurs l'appelaient ainsi. Pour ses amis, c'était Mademoiselle. De temps en temps elle se laissait taquiner par un vouvoiement qu'on lui adressait. Mademoiselle avait un prénom : Louise ; il n'y avait plus que sa famille pour l'employer. Lorsque dans la rue on l'interpellait « Eh, Mademoiselle ! », elle n'aimait pas ça : elle trouvait que cette prononciation nuisait au surnom qu'elle s'était choisi. Alors elle se contentait de se retourner et de lancer un regard froid à l'adresse de ces courtisans de basse-cour, qui n'insistaient pas et cherchaient une poule moins farouche. Mademoiselle savait tout exprimer à travers ses yeux. Elle savait, aussi, en jouer.

Elle était née avec le millénaire. « Au lieu du *bug* annoncé, aimait-elle à répéter, c'est moi qui suis venue au monde. » Cela faisait rire ses amis, qui eux aussi étaient nés en deux mille. « C'est pratique, disait-elle souvent : si je me souviens pas de mon âge, il suffit de savoir en quelle année on est. Ça me sera utile quand je serai vieille. »

Elle mimait alors celle qu'elle serait âgée, n'épargnant aucun cliché : dos voûté, tête à peine relevée, corps appuyé sur une canne imaginaire, bouche dépourvue de dents, joues creusées, voix mal assurée et tremblements. C'était stupéfiant de réalisme, à en faire peur. Puis elle reprenait sa pose habituelle et redevenait en un instant Mademoiselle, superbe. C'était une métamorphose. Elle passait de l'horreur à la splendeur aussi facilement qu'un gamin tire la langue.

Louise avait commencé à se faire appeler Mademoiselle peu de temps avant d'entrer au lycée. Au collège elle savait encore se contenter de son prénom. Ce nouveau titre lui était tombé dessus presque par hasard. L'année de Troisième était en train de se terminer, comme la promesse de la fin d'un tunnel : quatre ans, de la Sixième à la Troisième, c'est long ! Cette fin annonçait son nouveau début : l'entrée au lycée.

Bien sûr en arrivant en Seconde on redevient le plus petit de l'établissement, il y a des avantages à être en Troisième, mais il y en a plus encore à franchir un niveau, passer à une étape supérieure. Elle était dans un couloir à attendre avec ses amies l'arrivée de leur professeur d'Histoire. Les collégiennes discutaient d'un film qui allait sortir le mercredi suivant et les intéressait toutes les quatre.

« On devrait y aller ensemble !
- Mais grave !
- Vous faites quoi jeudi après les cours ?
- Rien. Moi je suis chaude pour y aller.
- Moi aussi.
- Ce sera ma tournée de pop-corn !
- Meuf... » dit soudain Justine à Louise d'un air grave.
   Elle ne répondit pas. Justine s'obstinait.
« Meuf. Meuf, meuf, meuf, meuf !
- Quoi, putain ? Qu'est-ce qu'il y a, Ju ? Tu saoules !
- Regarde discrètement, reprit-elle comme si de rien n'était. Depuis cinq minutes Marcel, de la Troisième B, te fixe.
- Eh bien que Marcel-de-la-Troisième-B en profite : on sera pas dans le même bahut l'an prochain et c'est tant mieux.
- Si tu veux mon avis meuf, il en est moins content que toi. Pour lui c'est maintenant ou jamais, genre. Il s'approche. On décale, les meufs. »

En une seconde Louise se retrouva seule, Marcel s'approchant d'elle. « Putain de merde », souffla-t-elle. Marcel était amoureux d'elle depuis la Cinquième. Il ne lui avait jamais rien dit, mais ses yeux misérables parlaient pour lui. Ils n'avaient jamais été dans la même classe : à chaque fois qu'ils se croisaient dans un couloir soit Marcel essayait de décrocher un sourire sur les lèvres aimées soit il tentait de se cacher. Il était timide ; mignon comme un garçon de son âge, rien de renversant.

Elle avait un peu joué avec lui les premières semaines, testant les nouveaux pouvoirs de son regard devenant de plus en plus profond. Dès qu'elle s'aperçut qu'il était conquis, qu'elle n'avait plus qu'à le ramasser, qu'il lui vouerait un culte mais serait incapable ne serait-ce que de défendre son avis s'il était différent, elle se désintéressa de lui. Il la regardait avec tant de passion qu'il n'aurait pas su la charmer. Bref, il était trop séduit pour séduire. Il ne le savait pas, de même qu'il ne savait pas comment dissimuler ses sentiments. Voilà près de trois ans qu'elle le faisait tourner en bourrique.

La fin du collège, c'est la fin d'un monde ; autant être accompagné pour le franchir, se disait-il. Depuis des semaines il avait décidé que ce jour était le bon. Il avait eu envie de reculer en s'approchant d'elle ; à l'instant même où il s'apprêtait à entamer la conversation il eut envie de faire demi-tour et fuir en courant. Il avait chaud, ses mains étaient moites.

Son discours était rodé. Simple, mais rodé. Lui proposer un cinéma ou au moins un café. Sauf bonne raison, il ne devait pas repartir les mains vides. En cas de refus elle aurait dû s'expliquer : il lui laissait le choix du lieu et du jour. N'importe quoi, n'importe où et n'importe quand pourvu que ce soit avec elle. Même si elle répondait qu'elle avait un petit ami il avait trouvé une réplique, une blague pour l'inciter à accepter : « Et alors ? Je te demande pas en mariage, je te propose juste un café. » Encore fallait-il oser la prononcer.

Il avait les cartes en main, une goutte de sueur perlant sur son front. C'était maintenant ou jamais, il le savait. Tâchant de respirer un bon coup, il lui adressa enfin la parole d'une voix faible : « Bonjour Mademoiselle, je... »

Dès le troisième mot il fut interrompu : Louise se mit à éclater de rire. Elle s'attendait à tout, sauf à cela : Marcel l'avait appelée Mademoiselle. C'était bien la première fois que quelqu'un de son âge la qualifiait ainsi. Elle essaya de dire « Excuse-moi, c'est pas contre toi » mais le rire la dominait. Marcel la regardait. Il aurait voulu disparaître pour que plus personne ne le voie comme celui qui, par sa seule approche, déclenchait l'hilarité. Il aurait voulu mourir, si son amour était ainsi récompensé. Il aurait presque pu l'insulter.
Au lieu de cela il trouva, sans doute au plus profond de son être, la ressource nécessaire pour s'en aller dignement. Il s'éloigna à pas mesurés, apparemment calme, pour retrouver le reste de sa classe puis entrer en cours. Il n'en parla plus. Il était excessivement blessé, mais en même temps fier : il avait réussi à oser lui parler. À son âge, on a les victoires que l'on peut.

Quant à Louise, il lui fallut plusieurs minutes pour s'en remettre. Ses amies s'approchèrent, n'y comprenant rien : « Qu'est-ce qu'il y a, meuf ? Qu'est-ce qui t'arrive ? » Elle ne pouvait pas répondre, la gorge toujours déployée. Lorsque son professeur arriva pour ouvrir la porte et commencer le cours, il la trouva dans un tel état qu'il lui a demandé de reprendre son calme avant d'entrer. Quand elle se sentit mieux elle rejoignit les autres et s'excusa, mais elle était encore à fleur de rire. Elle fut mise à la porte.

Elle décida de se rendre au CDI et attrapa un dictionnaire pour s'occuper les mains. Elle le feuilleta, un peu au hasard. « C'est ouf, se disait-elle. Il m'a appelée *mademoiselle*, j'en reviens pas. » Elle lisait les définitions qui lui tombaient sous les yeux. Le défilement des pages la conduisit jusqu'à la lettre m. « J'aurais quand même dû me contrôler : c'est pas très gracieux de se marrer comme ça. »

Son doigt s'arrêta, presque inconsciemment, sur l'entrée « mademoiselle ». *Composé de l'adj. possessif ma et du nom fém. demoiselle. Anciennement, titre de la fille aînée des frères ou oncles du roi.* « Je savais pas ça. »

Appellation des femmes nobles non titrées, mariées ou non. « Je croyais que mademoiselle était pour les femmes non mariées et

madame pour celles mariées ? » s'interrogea-t-elle. La suite de la définition, celle moderne, allait répondre à sa question : *jeunes filles et femmes célibataires ou supposées telles.* Un dernier sens existait : *domestique.* « Bah merde alors ! »
Elle s'était exclamée à voix haute. Le documentaliste lui jeta un regard noir pour qu'elle se taise, quoiqu'elle fut seule à cette heure avec un élève de Sixième à l'autre extrémité de la salle. Elle s'étonnait que même les mots les plus simples, les plus quotidiens, puissent avoir autant de sens. Il ne lui plaisait pas trop qu'on puisse la prendre pour une domestique et si, à sa grande satisfaction, la France ne comptait plus de rois, elle ne pouvait en revanche pas être la fille du frère du souverain.

Elle médita longuement sur le sens ancien de « femme noble non titrée ». Ses parents n'avaient pas de domaine, seulement leur appartement : elle ne portait pas de titre. Elle commençait à penser que...

Mais la sonnerie retentit. Elle traversa les couloirs, courut jusqu'au troisième étage d'où elle avait été exclue. Alors que ses camarades rangeaient leurs affaires elle entra et se dirigea vers le bureau du professeur.

« Excusez-moi pour tout à l'heure. J'ai eu un fou rire, je ne pouvais pas me retenir. » L'enseignant releva la tête : Louise lui faisait les yeux doux. Il n'était pas né de la dernière pluie, il avait l'habitude. Mais elle était venue d'elle-même s'excuser, et c'était une gentille élève. Polie, sérieuse, ne posant pas de problème. Pour le reste elle avait quinze ans, il ne fallait attendre d'elle que ce que son âge lui permettait.

« Ce n'est pas grave, va. La prochaine fois tu te concentreras avant d'entrer, d'accord ?
- Promis.
- Demande son cours à une de tes camarades, pour ne pas être perdue. Je n'ai pas donné de devoirs.
- Merci, Monsieur. Bonne journée, au revoir ! »

Il la regarda s'éloigner : si en plus de son charme naturel et de sa politesse elle développait son esprit dans les années suivantes, elle pourrait aller très loin. Elle retrouva ses amies à l'extérieur de la salle.

Sur le chemin vers leur cours d'anglais elles l'ont interrogée :
« Alors meuf, qu'est-ce qu'il t'a dit pour que tu pètes un câble comme ça ?
- Rien. Une connerie. Mais à cause de lui j'ai été exclue !
- Le prof a mis un mot dans ton carnet ? »
Louise lui adressa un regard qui voulait dire : « Tu plaisantes ? » Prenant une voix enfantine elle mima la scène qu'elle prétendait avoir eu avec lui, bouche en cœur, battant des cils devant ses grands yeux, se tenant timidement les index ou faisant tourbillonner ses cheveux, se tortillant sur place :
« Oh, je suis désolée Monsieur, je ne sais pas ce qui m'a pris, promis je ne recommencerai pas.
- Salope ! » s'exclamèrent ses amies toutes ensemble, admiratives, faisant traîner le o.

Voilà bien longtemps qu'aucun professeur n'avait écrit dans son carnet de correspondance. Elle exagérait devant ses copines en jouant à la petite fille modèle ayant commis une bêtise sans conséquence : elle n'avait pas besoin de cela. D'abord elle se faisait rarement remarquer. Ensuite elle allait s'excuser avant qu'on lui demande de le faire. Enfin si cela ne suffisait pas, elle y allait au bluff : elle tendait son carnet en disant qu'elle méritait un mot ou une punition.

Cela fonctionnait toujours, soit que le professeur (ou les surveillants, et souvent la CPE) relativise la sottise de Louise, soit qu'il se dise qu'elle avait du cran. Le courage paye à l'école, tant qu'il ne passe pas pour de l'insolence. Voilà comment elle avait traversé, présente mais discrète, ses années de collégienne. Comme elle s'améliorait toujours, elle pensait que la vie se passerait ainsi.

Bien des aventures plus tard, en seulement deux ans, elle entrait déjà en Terminale. Elle allait à nouveau faire partie des plus grands, même si cela perd de son intérêt au lycée par rapport au collège. Elle avait presque oublié d'où venait son surnom de « Mademoiselle » : elle l'avait adopté, c'était le sien. À ses yeux Marcel ne lui avait pas inventé ce surnom : il le lui avait découvert, comme s'il avait toujours été en elle. Ce n'était pas un alchimiste mais un fabriquant de tamis. Elle l'avait essayé pendant les vacances d'été, avant de découvrir le lycée. Cela ayant plu à son entourage, à l'exception de sa mère, elle décida de l'utiliser à temps plein.

Au lycée elle s'était immédiatement présentée comme « Mademoiselle » auprès de ses nouvelles amies. Si bien que deux ans plus tard, en franchissant la porte pour s'attaquer au programme du baccalauréat, plusieurs de ses camarades de classe avaient oublié son vrai prénom par la force de l'habitude. Même sur Facebook, « Mademoiselle » avait remplacé Louise. D'ici quelques mois elle aurait son diplôme et atteint la majorité : Mademoiselle grandissait.

Elles auraient voulu se retrouver plus tôt mais chacune revenant à un moment différent des vacances, Mademoiselle et ses amies ne se virent que le jour de la pré-rentrée. Elle était impatiente, mais elle savait que se faire attendre était toujours plus efficace.

Mademoiselle, Ophélie, Marine et Juliette s'étaient donné rendez-vous à sept heures devant le lycée pour avoir le temps de papoter. Ce n'est qu'un peu avant sept heures trente que les pas de Mademoiselle l'approchèrent de cette porte. Toutes les trois étaient adossées contre la barrière les séparant de la route, se laissant aller à leurs récits. Mademoiselle vérifia une dernière fois ses cheveux dans le reflet d'une vitrine avant de les aborder.
« Salut les meufs !
- Salut Mademoiselle ! lui lança Juliette en lui faisant la bise.
- Putain t'es tellement bronzée ! s'exclama Ophélie.
- Laisse-moi voir », demanda Marine.

D'un geste souverain, Mademoiselle tendit son bras dans sa direction pour qu'elle puisse admirer la peau parfaite, brunie, à laquelle elle était parvenue.
« Dis donc t'as vu l'heure ? s'est plaint Ophélie.
- Je suis déso meuf, je suis décalquée, répondit-elle en faisant semblant de bailler. J'ai trop pas assumé le réveil ce matin. »
Pourtant elle était tombée du lit. À cinq heures trente elle était assise entre ses couvertures et coussins, incapable de refermer les yeux. Un tour rapide sur Facebook et Twitter lui confirma qu'il ne s'y passe rien, la nuit. « Faut vraiment que je me fasse des potes aux États-Unis, avait-elle pensé en considérant le décalage horaire. C'est

trop mort le matin. » Elle s'était levée, avait traîné sous la douche. Après avoir enfilé ses vêtements, choisis exprès pour la rentrée – *sexys* mais pas provocants, laissant deviner par les bras à l'air libre que tout son corps était uniformément hâlé de cette teinte – elle prit son petit-déjeuner, un œil sur l'horloge de la salle à manger. C'était comme si le temps refusait de tourner, voulait prolonger, mais pour un moment désagréable, encore un peu les vacances.

Elle tournait en rond dans l'appartement, du salon à sa chambre. Trois fois elle vérifia qu'elle n'avait rien oublié de mettre dans son sac à main. De toute façon ce n'était que la pré-rentrée : on leur ferait un discours, distribuerait leur emploi du temps et c'était à peu près tout. À part de son portable et de ses clés, elle n'avait besoin de rien.

« Il se passe quoi les meufs ? On reste ici et on s'assoit par terre comme des gueux ou on va au café ?

- On t'attendait.

- Et maintenant tu es là ! temporisa Juliette. Allez les gos, on y va. »

Les quatre adolescentes, rivales dans la démonstration de leurs charmes mais avant tout complices, avançaient d'un pas sûr vers le café où elles avaient leurs habitudes. Le serveur, un vieil étudiant, était content du retour des lycéennes : il aimait les taquiner un peu, d'autant qu'elles avaient du répondant. Il savait qu'il n'avait aucune chance avec ces quatre-là, il ne faisait pas partie de leur gibier, mais il ne pouvait pas s'en empêcher.

« Putain les filles, vous êtes canons ! Vous avez dû passer de super vacances !

- Toi aussi t'es canon mon chou, t'as le bronzage de celui qu'a servi tous ses clients en terrasse.

- Et ça va continuer avec quatre cafés steup !

- Je vous amène ça tout de suite. »

Il disparut, emportant avec lui ses réflexions selon lesquelles les garçons de leur classe avaient bien de la chance, et que les filles n'étaient pas comme ça il y a une dizaine d'années, *de son temps* déjà révolu, déjà suranné.

« T'es partie où Mademoiselle pour être tellement bronzée ? demanda Marine.

- T'as fait des UV ? questionna Ophélie à son tour.
- Non, non, pas d'UV. Rien de spé, sur la vie. J'ai passé genre trois semaines dans notre maison de campagne et deux sur la côte, entre le bassin d'Arcachon et le pays basque. Et quelques jours à Londres, mais ça c'était au début des vacances.
- Rien de spé, qu'elle dit…, ironisa Ophélie. Ça fait quand même un beau programme !
- Ouais, j'avoue, reconnut Mademoiselle, c'était frais. Et vous les meufs ? Racontez !
- On s'est déjà tout dit en t'attendant, répondit Marine. Flemme de répéter.
- De toute façon, reprit Juliette en regardant sa montre, faut y aller. Il est moins cinq.»

 Pendant qu'elles avaient bu leur café elles avaient vu passer des gens de leur classe et des autres sections, en saluant quelques uns au passage. Elles payèrent et prirent la direction du lycée, à cent mètres en descendant la rue. En une demi-heure le trottoir, qui était vide, se retrouvait bondé. Ça grouillait d'élèves et de récits de vacances. C'était le festival des cris du cœur et de joie, des bises, des courses des filles pour tomber dans les bras les unes des autres et dans la mesure feinte des garçons, nonchalamment adossés, se serrant la main. Leurs sourires seuls témoignaient de leur plaisir de se revoir.

 Huit heures sonnèrent. Ils avaient presque oublié, habitués au chant des cigales ou au ressac de la mer sur les galets, le timbre de cette sonnerie qui suivait de quelques secondes les petites cloches de l'église d'en face. Ils savaient tous qu'ils allaient, par la force des choses, s'y refaire très vite. La grande double porte s'ouvrit, laissant apparaître les surveillants qui accueillaient « leurs » Terminales.

 Les deux pions se placèrent chacun à un côté de la porte, émus de retrouver ces élèves qu'ils connaissaient depuis la Seconde et qui s'apprêtaient maintenant à passer leur bac. Ils leur souhaitèrent la bienvenue, adressant un mot un peu plus personnel à certains ; on leur répondit par groupes enthousiastes.

 C'était bien qu'ils soient là : ils rappelaient que la vie au lycée n'était pas que les cours mais aussi les conversations qu'on pouvait avoir, à propos des enseignements comme de la vie, avec les

surveillants. Ce fut au tour de Mademoiselle et de ses amies d'approcher du hall avec ses quatre colonnes, menant à la cour. En passant, Mademoiselle demanda à un des surveillants :
« Salut Sylvain, t'as passé de bonnes vacances ?
- Super ! Et les tiennes ?
- Je te raconterai, c'était génial. On est en quelle salle ?
- Alors attends, Terminales ES, répondit-il en réfléchissant, 404. Non, ça c'est la Terminale Littéraire. 214 pour vous. C'est ça.
- Cimer Sylvain, à plus tard ! »

Au fond du hall la répartition des salles était affichée, elle le savait, mais autant éviter les bousculades devant ce tableau et aller directement à destination. La cour, en ce jour de rentrée, leur parut grande. Elle l'est bien moins lorsque plus de mille élèves sortent en même temps en récréation. Pendant l'été, la peinture avait été refaite : le vert des cadres des fenêtres était plus assuré. Sur leur gauche se trouvait le gymnase. Devant, la cantine. Mais c'est vers la droite qu'elles se tournèrent, pour retrouver leur salle.

« Les meufs on prend l'escalier du fond ? proposa Ophélie. Le central va être bondé.
- Et alors, t'es pressée ? Ils vont pas commencer sans nous, lui asséna Mademoiselle. En plus l'escalier du fond il est glauque.
- Glauque ? demanda Marine.
- Ouais. Enfin non pas glauque, mais je l'aime pas. Il est pratique pour descendre de certaines salles, c'est tout. »

Mademoiselle en avait décidé ainsi, et de fait c'étaient bien les marches de l'escalier central qu'elles se mirent à gravir tant bien que mal, au milieu de cette cohue. Une vraie transhumance, chacun n'avançant que pas à pas et dans la même direction. Si quelqu'un avait voulu descendre, il n'aurait tout simplement pas pu passer. Joueuse, Juliette attrapa le bras de Mademoiselle et fit semblant de le renifler.
« Dis donc… Tu sens le mec, non ?
- Moi ? s'exclama-t-elle d'un air faussement innocent. J'étais en vacances avec ma mère, elle me laisserait jamais coucher ! »

Juliette pouffa légèrement puis reprit :
« C'était qui ?
- Le fils des voisins. Vingt piges. C'était pas ouf, mais il était là. Plus

un mec dans un bar. Et deux sur la plage.
- La base. » Elles avaient parlé à voix basse, sans chercher à conserver le secret mais sans tenir à ce que tout le monde entende. Au premier étage quelques groupes quittèrent l'escalier central pour approcher de leurs salles. Au deuxième ce fut le tour des Terminale ES, la classe de Mademoiselle, de sortir du flot. Salle 214. Elles n'avaient même plus besoin de réfléchir pour en prendre la direction. Le lycée était pourtant un vieil immeuble, pas destiné à devenir un établissement scolaire et la répartition des salles en était de ce fait parfois un peu compliquée.

En Seconde, on se perd régulièrement. En Première c'est encore excusable, pour les salles auxquelles on n'est pas habitué. Mais en Terminale, pensaient-elles inconsciemment, c'est inenvisageable : le lycée n'est plus un lycée mais *notre* lycée ; si l'on veut dire qu'on est chez soi, que le lycée est notre territoire, encore faut-il le connaître.

Les vrais amoureux de cette institution peuvent s'y promener les yeux fermés, déterminer d'une seule caresse contre le mur dans quelle partie du bâtiment on se trouve et assurer une visite touristique : depuis la salle 404 le lever de soleil est particulièrement beau ; à travers les fenêtres des salles 314 et 414 la vue est dégagée sur le Sacré-Cœur... Et puis ce genre d'anecdotes fonctionne toujours : depuis une des nombreuses fenêtres de la permanence on pouvait régulièrement apercevoir un voisin en vis-à-vis, plus dans sa première jeunesse, aimant déambuler nu chez lui.

Mademoiselle et sa troupe pénétrèrent fièrement et dignement dans la salle 214. Entre le bureau et le grand tableau se trouvaient Monsieur Disert, le professeur de Science politique, et un autre homme que les élèves ne connaissaient pas. Monsieur Disert inclina la tête pour saluer les nouvelles entrantes. Après quelques minutes, la salle semblait remplie. L'appel a été fait : ils étaient tous là. Le professeur prit la parole :
« Mesdemoiselles et Messieurs, bonjour et bon retour parmi nous. J'espère que vous avez passé d'excellents congés et que vous nous revenez en pleine forme. On va avoir pas mal de travail, mais si on continue sur notre lancée de l'an dernier tout va très bien se passer. Je ne m'en fais pas pour vous. Avant de commencer, je vous présente

Monsieur Anneau qui tenait à vous voir avant votre premier cours. Il vient tout juste d'être nommé ici, Monsieur Anneau sera votre professeur de philosophie. Est-ce que vous avez des questions ? Oui, Martin ?
- Vous êtes toujours notre prof principal ?
- Bien sûr. D'autres questions ? »
Alors que Monsieur Disert s'apprêtait à leur distribuer leurs emplois du temps, il vit à travers le carreau de la porte que le temps même des questions devait attendre. Le proviseur entra, suivi par la CPE. Dans un grand bruit de chaises les élèves se levèrent.
« Asseyez-vous asseyez-vous, jeunes gens, dit le proviseur avec un geste de la main. Je ne vous interrompais pas Monsieur Disert, j'espère ?
- Pas du tout, je vous laisse la parole. »
Les deux professeurs et la CPE reculèrent, le dos presque contre le tableau. Le maître de cérémonie, le rôle-titre, celui qu'il fallait voir était le chef d'établissement. Il jouait là sa partition préférée : le discours de début d'année.
« Bonjour jeunes gens et bienvenue dans l'ornière d'un des premiers caps importants de votre vie, commença-t-il. Jusqu'à maintenant, c'était de la rigolade ; aujourd'hui ça devient sérieux. Dans un peu plus de neuf mois, vous serez en train de plancher sur vos écrits du baccalauréat. En d'autres termes pendant un peu plus de neuf mois, vous allez travailler comme des acharnés. Vos professeurs vont vous entraîner. Nous allons vous entraîner, avec des bacs blancs en situation d'examen. Ça ne suffira pas : vous devrez vous entraîner entre vous, vous faire réviser vos oraux et vos écrits. Vous devrez apprendre à travailler seuls, enfermés dans votre chambre. Je ne vous dis pas de travailler vingt-quatre heures sur vingt-quatre : vous devez vous reposer et surtout être attentifs en cours. Mais je vous dis que ça ne va pas être facile.
Je ne vous demande qu'une chose : je veux cent pour cent de réussite au baccalauréat. Pas quatre vingt dix-neuf pour cent : cent pour cent. Je sais que vous en êtes capables, dans cette classe. Je veux que vous obteniez tous votre diplôme, et pour la majorité avec mention. C'est pour vous que je le souhaite : débarrassez-vous en, pour pouvoir

passer à autre chose. Je crois avoir fait le tour. Je cède la parole à votre CPE. »

Mademoiselle n'aimait pas beaucoup le proviseur : il était trop axé sur les chiffres. Cent pour cent, ça l'obnubilait, comme si l'image du lycée était plus importante que, finalement, le résultat des individus ayant passé les épreuves.

En revanche, elle aimait énormément Madame Delaplace. Jeune quarantenaire, souriante et complètement dévouée à ses élèves. Dès que Mademoiselle avait un problème, elle allait la voir et il se réglait. Parfois même Madame Delaplace anticipait les problèmes, sentait quand ils allaient approcher et les désamorçait d'avance. Mademoiselle éprouvait un respect infini pour cette femme.

« Bonjour à toutes et à tous, ça fait plaisir de vous voir bronzés. Je n'ai pas grand-chose à ajouter à ce que vient de dire le proviseur : c'est vrai que ce sera du travail. Ne vous laissez pas impressionner : si vous sentez que vous lâchez pied allez tout de suite en parler avec votre professeur ou venez me voir. Nous sommes là pour vous, pour vous aider, je pense que depuis le temps vous l'avez compris ; à vous de nous demander de l'aide. Comme vous le savez ma porte est ouverte, n'hésitez pas. D'autre part, prévoyez un sac solide mardi : on vous distribuera vos livres. D'ici-là que vous souhaiter d'autre qu'une bonne rentrée et bon courage pour le bac ? »

Le proviseur et Madame Delaplace s'en allèrent, sans doute pour répéter les mêmes mots à une autre classe. Monsieur Anneau, le nouveau professeur de philosophie, disparut peu après. Monsieur Disert distribua à chacun son carnet de correspondance – à toujours avoir sur soi –, sa carte de lycéen ou lycéenne et son emploi du temps. Il rappela l'importance de respecter le règlement intérieur, et toutes les banalités incontournables d'un jour de pré-rentrée.

Mademoiselle en avait assez : ses affaires étaient rangées, elle voulait partir. Monsieur Disert, comprenant que l'attention de la classe était trop flottante, décida d'en rester là : les autres informations attendraient la reprise des cours, lorsqu'on n'a plus le choix. Chacun s'était habitué à des journées courtes et peu chargées en obligations ; dès le lundi suivant, la « vraie » rentrée, ils seraient tous plongés dans le bain. Lui-même, d'ailleurs, avait bien envie de profiter d'une de ses dernières fins de matinées au soleil avant longtemps. Les élèves furent congédiés.

Chapitre 2
Les vacances de Juliette

Sans originalité, Mademoiselle et ses amies retournèrent au café mais cette fois pour un soda. Il faisait bon. Dans la ville reprenant jour après jour son activité, le soleil allongeait encore un peu l'été. Il permettait les tenues libérant les bras, découvrant toute une palette de teintes de bronzage. Jeunes femmes et jeunes gens s'observaient, se jaugeaient : « Et elle, qu'est-ce que tu en penses ? Et lui, d'où revient-il ? » Or le meilleur endroit pour observer – et être observé – restait la terrasse du café, sur le chemin pour le métro. Après avoir siroté leur boisson elles ont été acheter un sandwich, mangé dans le jardin proche du lycée.

Elles avaient enfin tout le temps de se raconter leurs vacances et leurs détails croustillants, en particulier ceux sexuels : comment elles avaient rencontré tel ou tel mec, si elles avaient dû le séduire un peu ou non, et bien sûr ce qui s'en était suivi. S'ils avaient couché une seule fois ou plusieurs ensemble. Elles avaient toutes une histoire à raconter, mais celle de Juliette était la plus développée.

Au début et à la fin des vacances elle avait été dans la maison familiale en Normandie, sur la côte. Aux vacances de Pâques précédentes elle y avait invité Mademoiselle, Marine et Ophélie qui se représentaient donc le cadre. Les voisins avaient mis leur maison à louer, comme cela arrivait régulièrement. Une famille l'occupait pour toutes les vacances : les parents, jeunes cinquantenaires et leurs enfants, deux garçons et une fille. Le frère aîné avait dix-sept ans, et Juliette très envie de célébrer le début de l'été.

Elle lui proposa une balade à vélo, pour lui faire découvrir le coin. Bien sûr il avait accepté. Pendant la virée, elle le regardait discrètement. Il était mignon. Pas *beau*, pas *sexy*, pas ouf mais mignon. La seule chose qui faisait peur à Juliette était qu'Eric avait l'air un peu intello. Mais plus elle le regardait plus il lui plaisait. Il y avait un « truc » en lui d'attirant.

Elle le conduisit vers un coin de la plage où il n'y avait jamais personne. Depuis des années c'était son repère secret : cet endroit était isolé, elle était sûre d'y être tranquille. Elle lui avait proposé de

s'arrêter un peu, pour se reposer. Les vélos calés contre un rocher, ils regardèrent la mer. Puis d'un seul mouvement elle prit la nuque d'Eric dans une main, l'embrassa et lui caressa le haut des cuisses.
« Quelle salope ! s'exclama Ophélie en interrompant son récit. T'avais si faim que ça ?
- Mais j'avais la dalle, meuf, t'imagines même pas ! J'avais les trompes de Fallope en ébullition, je voulais l'attraper avec ma chatte.
- Tu dégoûtes ! dit Marine dans une grimace.
- Vas-y alors, tu te l'es fait l'intello ? demanda Mademoiselle qui ne perdait pas de vue la raison du récit.
- J'y viens, mais ça irait plus vite si vous m'interrompiez pas ! Donc j'étais en chien… »
  Elle pensait arriver en terrain conquis : elle était naturellement belle, ce qu'elle avait su mettre en valeur avec une robe légère et colorée, et un mec ne refuse pas une possibilité de coucher qui lui tombe dessus. On imagine donc son étonnement lorsqu'Eric a enlevé sa main de sa cuisse et l'a interrompue :
« Arrête… attends…
- Quoi ? dit-elle en continuant d'essayer de le chauffer.
- Arrête, je te dis ! »
  Elle s'éloigna un peu.
« Qu'est-ce que tu fais ? reprit-il.
- Tu vois bien : je t'embrasse.
- Tu peux pas faire des choses comme ça…
- Merde, t'as une copine ? Je suis désolée, je savais pas.
- Déjà tu peux me demander avant de me sauter dessus. Ensuite non, j'ai pas de copine.
- Bah quoi, alors ? T'es pédé ?
- Non plus. Tu crois que tous les hétéros craquent pour toi ?
- Presque. Pas toi ? Je te plais pas, tu me trouves moche ?
- Si, tu me plais, répondit Eric, je te trouve superbe.
- Je comprends rien, alors.
- C'est juste que… ça va trop vite. On s'est vus hier pour la première fois, tu m'as proposé ce matin de faire une balade et l'après-midi même, pour la troisième fois qu'on se voit et la première qu'on fait un

truc ensemble tu me sautes dessus. Soit t'es pas nette, soit ça va juste trop vite pour moi. »
Juliette avait rencontré peu d'hommes repoussant ses avances. En général, c'était parce que la copine jalouse n'était pas loin. Avec Eric c'était différent : il trouvait que ça allait *trop vite*. Pourtant elle avait déjà couché avec des mecs rencontrés une demi-heure plus tôt et dont elle ne connaissait rien, pas même le prénom. Pour Juliette, Eric était un mystère.
« Le lourdaud… commenta Ophélie, déçue. Tu t'en es trouvé un autre vite fait ?
- Non.
- C'est ça, ton histoire ? s'interrogea Marine. Meuf, ça fait léger. Paye ton souvenir de vacances : comment un mec m'a laissée mouiller seule toute.
- Putain les meufs vous êtes relou ! Vous me laissez pas continuer mon bail et en plus vous me le pourrissez.
- Tu noteras que j'ai rien dit, cette fois, intervint Mademoiselle. Pas envie de me faire engueuler, merci. »

Après ce désastre ils avaient repris leurs vélos et roulé en silence jusqu'à leur point de départ. Eric la remercia, bon prince, pour la balade. Juliette lui présenta ses excuses : elle aurait dû lui parler avant de se jeter sur lui. Il les accepta et l'invita à apprendre à prendre son temps.

« Un désir s'accroît, disait-il ; quand on le satisfait il disparaît. L'école de la patience, du désir, c'est celle d'un bonheur plus grand et plus sûr. » Quelques jours plus tard, elle devait s'en aller. Ils ne s'étaient pas revus en tête-à-tête ; lorsqu'ils se croisaient ils se saluaient, avec une gêne diminuant mais toujours présente.

Ses vacances se poursuivirent. Plus d'un mois après elle retournait en Normandie, pour pouvoir tremper ses pieds dans la mer avant le retour à Paris. Généralement elle n'aimait pas les fins de vacances : depuis qu'elle était petite on lui répétait : « Profites-en, c'est pas demain la veille que tu reverras la mer ».

Mais la mer elle l'avait vue pendant tout l'été, elle ne voulait pas profiter de ce qu'on présentait à ses pieds mais elle aurait voulu profiter de la montagne au milieu de l'été et de la mer en octobre. En grandissant elle comprenait mieux le sens de ces paroles ; elle avait appris à faire des « provisions » de soleil, de mer et de sable. Cet été-là, elle ne savait pas trop que penser de la fin de son séjour. Elle craignait qu'il lui rappelle trop le début, et le rejet inattendu d'Eric. Elle avait été surprise de constater que sa famille et lui étaient toujours là.

« Je t'avais dit qu'on restait tout l'été, lui dit-il dans un sourire. Je suis content de te revoir.

- Moi aussi je suis contente. »

Ils avaient une semaine devant eux avant leurs retours dans la capitale. Elle le trouvait encore plus beau et attirant que le mois précédent. Il l'invita à prendre un café devant la plage, elle l'invita à d'autres promenades à pied ou à vélo dans des recoins secrets. Ils jouaient ensemble plus qu'ils ne se baignaient, faisant la course ou s'envoyant des gerbes d'eau, sous le regard amusé de leurs parents. La mère d'Eric voyait toujours en lui le petit garçon qu'il avait été, et la mère de Juliette la petite fille qu'elle avait été. Les deux familles s'invitèrent respectivement pour l'apéritif ou le dîner. L'entente était parfaite, l'équilibre semblait trouvé.

Un soir, ils s'embrassèrent. C'est, pour être précis, Eric qui embrassa Juliette. Elle crut fondre. Le baiser qu'on lui donnait, et auquel elle répondait, était passionné. Elle n'avait jamais connu cela. Il s'approcha doucement d'elle, dont les lèvres se décollaient avec convoitise, et il sut que le bon moment était arrivé.

Il ne lui demanda pas s'il pouvait l'embrasser mais ils avaient beaucoup discuté, les jours précédents, de leur été. Elle lui fit comprendre qu'en dépit de quelques envies, elle n'avait couché avec aucun autre garçon. Elle s'était refait une virginité, non physique mais morale, pour lui. Pendant des semaines elle avait été pleine du désir d'Eric, de ce corps frêle mais attirant, de ce jeune homme qui avait refusé de coucher avec celle qui n'était encore qu'une inconnue. C'est parce qu'ils avaient appris à se connaître qu'il n'avait pas eu à lui demander s'il pouvait l'embrasser.

Dès lors ils passèrent tous leurs moments ensemble. Quelques jours plus tard ils ont glissé dans les draps. Ils avaient très envie l'un

de l'autre mais il continuait de prendre son temps : il lui parla, la caressa… Enfin ils ne couchèrent pas ensemble mais firent l'amour, avec tout l'élan intellectuel que cela peut ajouter à celui physique.
« Les meufs, je sais pas ce que j'ai. J'ai déjà eu des sentiments pour des mecs mais pas comme ça, pas comme ceux-là…
- Tu veux dire que t'es amoureuse ? demanda Mademoiselle.
- Non, non, je crois pas. Je ressens juste des trucs, hyper forts. Je sais pas trop comment expliquer.
- Y'a un autre truc que je voudrais bien que tu nous expliques, reprit Ophélie. C'est pour le pécho que tu lui as dit t'avais pas niqué de l'été ?
- Qu'est-ce que tu veux dire ?
- Il voulait que vous y alliez lentement, développa Ophélie. Donc si tu lui avais dit t'avais fricoté à droite à gauche il aurait pas kiffé. C'est pour ça tu lui as mytho en disant t'avais pas baisé ?
- Non, j'ai vraiment couché avec personne.
- Mais pourquoi ?
- Pour lui, parce que j'avais entendu ce qu'il disait en parlant de prendre son temps.
- Putain, t'étais même pas sûre de le revoir ! s'exclama Ophélie.
- Peu importe. C'était pas facile, mais je l'ai fait aussi pour moi.
- Rester chaste pendant deux mois ? Perso je peux pas.
- Moi non plus ! intervint Mademoiselle jusque-là étonnamment silencieuse.
- C'est pas ma tasse de thé, compléta Marine.
- J'aurais dit comme vous il y a deux mois, les meufs. Ça s'est fait comme ça. »
  Juliette s'évada dans ses pensées. Assises dans l'herbe, les bras tendus en arrière, les adolescentes laissaient le soleil baigner leurs visages et leurs gorges. Puis Mademoiselle redressa la tête.
« Attends, meuf… Qu'est-ce que tu veux dire par *je sais pas ce que j'ai* ?
- Bah… Ce dont on vient de parler. Des sentiments mais je sais pas lesquels, ça me fait peur et ça m'excite à la fois.
- Okay mais reviens sur Terre, c'est la rentrée, là. L'été c'est cool mais faut passer à autre chose, maintenant c'est fini.

- Justement, non : c'est pas fini.
- De quoi tu parles, putain ?
- D'Eric. Ça pouvait pas durer que cet été, pas après ce truc qu'on a vécu. On sort ensemble, quoi.
- La vache ! lancèrent Marine et Ophélie d'une même voix.
- Notre Juliette en couple, murmura Marine le souffle coupé. Si je m'attendais...
- Tu nous as rien dit ce matin, espèce de cachottière ! se plaignit Ophélie.
- J'attendais que Mademoiselle soit là.
- T'es heureuse ? lui demanda-t-elle justement.
- Ouais. Ouais, je crois. Il habite près de Montmartre, t'as vu. Je pourrai le guetter depuis les fenêtres du bahut. C'est un peu flippant, je sais pas où on va. Mais j'ai envie de parcourir ce chemin avec lui. »

Plutôt que des paroles inutiles, Mademoiselle bondit pour prendre sa meilleure amie dans ses bras. Si elle était heureuse, c'était le principal. Elle espérait seulement qu'Eric ne soit pas trop envahissant : c'est la plaie quand dans un groupe quelqu'un est en couple et que cet intrus dérègle nos habitudes.

L'après-midi touchait à sa fin, le soleil déclinant. Nos quatre jeunes femmes décidèrent de faire un tour dans le Marais avant de rentrer chez elles. Dans la rue Vieille du Temple, dans les ruelles perpendiculaires elles laissèrent rouler des yeux avides mais se retinrent de toute dépense.

Chapitre 3
Une soirée ordinaire

Le samedi qui suivait, le dernier avant la reprise des cours, Aurélien organisait une grosse soirée. C'était un garçon de leur classe. Grand, l'esprit toujours plein d'inspiration pour les fêtes. Aurélien avait réservé une grande salle en sous-sol d'un bar, le *Go More*.

Cette fête était importante : c'était l'occasion de s'amuser une dernière fois avant la rentrée. C'était, surtout, l'occasion de prendre le pouls de l'année : si on s'y amusait, c'était signe d'une bonne ambiance de classe. Si on s'y ennuyait cela annonçait une année de chacun pour soi, une longue année, une année désagréable.

Aurélien avait préparé un discours d'ouverture de la soirée. Dans un curieux mélange entre la voix du proviseur et les mimiques de Sarkozy, il entama après s'être raclé la gorge : « Monsieur le proviseur, merci pour vos vœux de réussite. Nous espérons aussi atteindre les cent pour cent. Comme vous l'avez dit, il est important de savoir se détendre et lever le nez de nos livres. Ça commence ici ! Cent pour cent plaisir, cent pour cent alcool, c'est ici et ce soir ! Voilà vos cent pour cent ! »

Des exclamations et des applaudissements saluèrent de bref discours, suivi par de la musique. Les excès pouvaient commencer. Les foies allaient être mis à rude épreuve : c'est pour cela que tout le monde était venu. La salle était remplie. Moyenne d'âge : dix-sept ans. En plus des Terminale ES il y avait des élèves d'à peu près toutes les classes de Terminale, quelques uns de Première et quelques autres plus âgés, des bacheliers de l'année précédente ou simplement des amis.

Mademoiselle parut, avec sa cour, juste avant le discours d'Aurélien. Elles firent grande impression. Marine portait un jean bleu foncé, excessivement moulant et surmonté d'un haut léger, très léger. Ophélie avait opté pour un jean clair, déchiré au niveau des genoux et juste sous sa fesse droite. Elle avait fait un nœud à sa chemise à carreaux rouge, ne laissant plus qu'un bout de tissu entre sa gorge et son nombril apparents. Juliette avait préféré une sobre petite jupe noire plissée, lui arrivant au-dessus des genoux. Ni une mini-jupe, ni une jupe indécente. Sur ses épaules elle avait posé le même genre de haut léger que celui de Marine. À chaque mouvement l'air pénétrait sous le tissu et le faisait gonfler, formant comme une vague.

Enfin Mademoiselle s'était laissée convaincre par une robe claire, pas plus longue que la jupe de Juliette. Serré, près du corps, le vêtement en laissait apparaître toutes les formes. Sa poitrine et sa taille étaient plus visibles que devinées, pour ne rien dire de la longueur et de la finesse de ses jambes. Elle savait avoir fait le bon choix : cette tenue, vaguement virginale, plaisait à tous. Elle n'avait pas envie de coucher ce soir-là, elle avait envie de séduire.

Mademoiselle avait toujours envie de séduire. Elle méprisait ces filles qui ne prenaient pas soin d'elles et se contentaient d'être naturelles. Elles ne comprenaient pas, selon elle, que le but est de *paraître* naturelles, pas de l'être. On peut, au saut du lit, se rouler dans l'herbe. On peut aussi mettre un peu de maquillage, juste ce qu'il faut pour cacher des cernes ou un petit défaut et sans que cela se voie. C'était comme Isabelle, dans leur classe. En cours elle se mettait au premier rang mais sur le côté, pour ne pas être juste en face du prof. Ce soir-là elle était au fond de la salle, sur un côté, toute seule. Habillée comme un sac.

C'est à peine si on pouvait dire « habillée », d'ailleurs, selon les critères de Mademoiselle : elle avait attrapé au hasard dans son armoire un vieux pantalon et un t-shirt informe, pensant que cela ferait l'affaire et qu'elle, au moins, était naturelle. Peut-être un peu trop. De toute façon Mademoiselle savait qu'Isabelle ne resterait pas : au bout de trois quarts d'heure à une heure elle se lasserait d'être assise toute seule et rentrerait chez elle, sans doute pour s'y asseoir et y être seule.

Mademoiselle ne s'était pas trompée en pensant avoir fait le bon choix : elle avait gagné tous les regards. Il faut dire qu'elle avait un secret : elle laissait Ophélie, Marine et Juliette entrer avant elle. Trois jolies filles attirent l'attention. Ceux qui les connaissaient savaient qu'il en manquait une et retenaient leur respiration ; ceux qui ne les connaissaient pas étaient toujours plus marqués par la dernière que la première, par la cerise sur le gâteau, que l'ouvreuse qui était trop suivie pour qu'on puisse la remarquer.

Tout cela, sans compter la fascination que Mademoiselle

provoquait chez bien des femmes et la plupart des hommes. Elle avait étudié la question, et ses amies ne s'en rendaient même pas compte : en entrant quelque part, elle les laissait toutes passer. En marchant de front dans la rue, elle ne se plaçait jamais à une extrémité. En se déplaçant par groupes de deux, elle prenait place dans celui de tête. Dans le premier cas on lui ouvrait la voie, dans le dernier cas elle imposait son chemin et son rythme. C'était un tyran ; pire : un tyran discret, agissant à couvert. Elle contrôlait son monde, sans que cela se voie.

Une fois que chacun eut contemplé le quatuor et s'en fut remis, Aurélien put faire son discours et lancer officiellement la soirée. Mademoiselle se plut à croire qu'on l'avait attendue pour cela, tant pis si ce n'était pas le cas. L'alcool coulait à flots. De quoi ravir Mademoiselle, à qui on donnait un nom de famille en soirée : Mademoiselle Beuverie.

« Qu'est-ce que tu bois ? lui demanda Juliette en allant chercher des boissons.

- De l'alcool ! » répondit Mademoiselle.

Cela signifiait : peu importe, tant qu'il y a de l'alcool dedans. Mais il était hors de question de commander n'importe quoi : Mademoiselle finirait mal avant l'heure. Juliette se fit donc servir deux coupes de champagne, sûre de plaire à son amie.

« Du champ' ? Merci, vous êtes bien chic ! dit Mademoiselle.

- Rien n'est trop chic pour vous, Mademoiselle », reprit Juliette en amorçant une révérence.

Elles trinquèrent à l'année qui commençait, au sexe et à l'alcool. La soirée fut réussie au-delà des espérances, pour son organisateur. Le rendez-vous avait été donné à vingt-et-une heures. Le temps que tout le monde arrive – Isabelle s'était présentée à vingt-et-une heures deux – et se mette dans le bain, il avait prononcé son discours à vingt-deux heures.

À six heures du matin, ne voyant plus que trois personnes danser sur la piste alors qu'elles avaient manifestement trop bu ne serait-ce que pour tenir debout, il annonça d'un coup de corne de brume la fin de la soirée.

Les trois saltimbanques s'effondrèrent au sol. Ceux qui

discutaient, en petit ou plus grand groupe, sursautèrent. Quant à ceux endormis, les plus nombreux, ils ouvrirent un œil interrogateur : qu'est-ce que c'était que ce bruit ? Ce remue-ménage secoua les organismes : en se réveillant ou en se levant plusieurs se mirent à vomir, ce qui fit vomir ceux qui les voyaient.

Le sous-sol du bar était devenu une scène de guerre. Les tables avaient été repoussées en début de soirée. Des chaises étaient disséminées un peu partout, certaines cassées. Les verres et les bouteilles vides se multipliaient dès qu'on tentait de les compter. Et dans chaque recoin, assis ou allongés par terre, des lycéens comateux se tenaient au coude-à-coude. On aurait dit un abattoir au lendemain d'une révolution animale. La viande s'étalait partout. Plus tard, lorsque le ménage sera fait, on retrouvera des préservatifs et des sous-vêtements abandonnés.

Au milieu de tout cela, où se trouvait notre petit troupeau et comment s'en était-il sorti ? Dans un coin isolé de la salle elles étaient là, toujours à quatre. Juliette et Mademoiselle étaient assises sur des chaises. Marine avait trouvé le repos en s'adossant aux mollets de Juliette, tandis qu'Ophélie s'était allongée contre le mur.

Le réveil fut difficile. Elles avaient bu une fois de plus avec excès. Mademoiselle et Juliette se tournèrent l'une vers l'autre, souriant : c'était une bonne soirée, se dirent-elles silencieusement. Juliette fronça les sourcils, s'humidifia le pouce et commença à frotter le front de son amie.

« Qu'est-ce qu'il y a ? Qu'est-ce que j'ai ?
- On t'a dessiné une bite sur la gueule.
- Haha, excellent ! Attends, montre-moi avant d'effacer ! Prends une photo. »

Juliette s'exécuta ; Mademoiselle, encore imbibée, riait.

« Ça va ? s'inquiéta son amie. On t'a pas... ?
- Non, non, ça va. Oh merde !
- Qu'est-ce qu'il y a ? » s'exclama Juliette.

Mademoiselle éclata de rire.

« J'ai pas baisé mais je viens d'avoir un flash, un truc qui s'est passé cette nuit. Un mec se branlait devant moi, alors que j'étais assise endormie. En ouvrant les yeux mon premier réflexe a été de faire un

grand geste du bras, je crois je lui ai donné une grosse claque dans la teub. Le pauvre, j'ai dû lui faire trop mal…
- T'as vu qui c'était ?
- Non, je m'en rappelle pas. J'étais surprise. J'ai juste vu sa bite, je crois. Pas assez longtemps pour te dire si je le reconnais. »
Une soirée normale. Le dessin sur son front était une blague : un de ses amis allait sans doute se dénoncer dans les jours à venir. Quant à l'autre homme, elle était flattée. Elle ne voulait pas coucher avec n'importe qui mais elle trouvait valorisant de plaire à un garçon au point qu'il se masturbe en pensant à elle. En un sens, elle avait atteint son but.

Était-ce une aguicheuse ? Son désir de plaire portait dans toutes les directions, elle ne donnait jamais de faux espoirs. Elle se laissait regarder mais ne prétendait pas être intéressée si elle ne l'était pas. Enfin elle voulait tout à la fois pouvoir séduire et disposer de son corps, ce qu'on ne saurait lui reprocher.

Après quelques hésitations, elles finirent par se décider à rentrer à pied chez elles : à cette heure le métro était rempli de gens bizarres, et il y avait un changement à faire. En une vingtaine de minutes de marche elles seraient arrivées, et l'air frais du matin leur permettrait de cuver. Elles titubaient, chantaient et saluaient les passants mais elles parvinrent finalement, chacune son tour, chez elles.

Le dimanche fut court : il fallait rattraper le sommeil de la nuit et préparer la rentrée du lendemain. Sa mère réveilla Mademoiselle à quatorze heures. Le temps qu'elle émerge, sorte de son lit, prenne sa douche, déjeune, s'habille et se dise prête il était déjà plus de seize heures trente. Elles firent les derniers achats nécessaires et s'assurèrent que tout était prêt pour lundi.

Sa mère savait que Mademoiselle grandissait, qu'elle n'avait plus besoin depuis longtemps d'être accompagnée pour faire les courses mais elle entrerait à l'université l'an prochain, bientôt après déménagerait et ferait sa vie ; bref, sa mère voulait profiter de Mademoiselle tant qu'elle était là, lui témoigner de son amour, essayer de la retenir encore un peu. Elle sentait sa fille commencer de s'éloigner depuis quelques années, c'était normal et elle le savait mais cela la chagrinait.

Quant à Mademoiselle elle comprenait que sa mère tenait ces moments à cœurs, mais elle aurait bien voulu qu'on la laisse un peu plus tranquille. Pour sa mère ce cap marquait une fin, pour elle un nouveau début. Pour sa mère elle était toujours la petite fille d'autrefois, pour elle elle était déjà la femme qu'elle souhaitait devenir, ce qui ne l'empêchait pas avec ses amies de chanter les génériques des dessins animés de leur enfance.

C'est aussi cela, les années lycée : être tiraillé entre deux inverses d'une même réalité.

Chapitre 4
Premiers jours de cours

Le premier lundi de septembre, Mademoiselle avec des millions d'autres reprit le chemin habituel du lycée. Elle n'aimait pas les rentrées : outre la fin des vacances qu'elles consacrent elles sont toujours molles, elles ont toujours du mal à se mettre en place. La machine doit reprendre son mouvement.

Les trois premiers jours, en tous cas à chaque premier cours par discipline, on ne fait rien. Il faut être là, mais on ne fait rien : les professeurs présentent le programme de l'année, demandent de remplir des fiches sur la situation des parents en indiquant ses coordonnées... Quel ennui ! Comme si les enseignants avaient peur d'un retour trop brutal alors que justement, Mademoiselle aurait préféré qu'on la plonge directement dans le bain et qu'on s'y mette.

Il y avait, tout de même, une nouveauté cette année : la philosophie. Et par un prof inconnu, ce qui empêchait de savoir ce qu'il valait. D'après les précédents bacheliers, Monsieur Schonen, que Monsieur Anneau remplaçait, était extraordinaire. Qui dit nouveau professeur dit, en plus de la fiche de renseignements, travaux manuels.

Prenez une feuille A4 (« Monsieur je peux prendre une demie feuille ? – Non. »), pliez-la en trois parties égales dans le sens de la hauteur (« Jeune homme je n'ai pas dit déchirez-la en trois j'ai dit *pliez-la* »), repliez deux bords l'un sur l'autre et écrivez-y votre prénom et votre nom. Connaissant ses camarades de classe Mademoiselle savait que ça allait être long ; elle décida donc de s'appliquer. D'un geste soigneux elle écrivit :

Mademoiselle Louise Parlié

Le résultat lui semblait parfait. Alors qu'elle avait pris son temps, il s'en trouvait toujours pour être plus lents. C'était de l'acharnement, on voulait la tuer. Pour garder son calme elle hésita à dessiner une bordure autour de son patronyme mais craignit que cela fasse « trop ». Par désœuvrement, elle dessina quelques signes du côté de la pancarte que Monsieur Anneau ne pouvait pas voir.

« Bien, reprit-il, vous devez avoir fini... Je vous demanderai de bien vouloir apporter vos petits panneaux à chaque cours pendant les premières semaines : ça m'aidera à me souvenir de vos prénoms. Quand vous prenez la parole, rappelez-le moi aussi. Ça entrera progressivement. Commençons : d'après vous qu'est-ce que c'est, la philosophie ? »

Alors là, il y allait fort. Bien sûr personne ne répondit : c'était trop risqué. Mademoiselle dévisageait Monsieur Anneau, qui croisait les bras en attendant plein d'espoir une réponse. Comment avait-il pu atterrir ici ? Quarantenaire, l'air pas sûr de lui. Il semblait complètement intimidé par la trentaine de paires d'yeux qui le fixaient en silence. Une vois s'éleva, provoquant quelques rires :

« Ça sert à avoir le bac !

- C'est une façon de voir les choses... Aurélien, reprit Monsieur Anneau en déchiffrant la feuille pliée du jeune homme. C'est bien Aurélien, votre prénom ?

- Ouais.

- C'est une façon de voir les choses mais là vous me dites à quoi *sert* la discipline que je vais vous enseigner. Ce n'était pas ma question : je vous demandais ce qu'elle *était*, sans la restreindre à l'horizon du mois de juin. Peu importe : vous devrez être plus attentif au choix des mots dans les textes que nous étudierons et les énoncés de dissertation, pour l'instant ce n'est pas l'essentiel et vous avez fait l'effort de répondre. Certes nos cours contribueront, je l'espère, à l'obtention de votre baccalauréat. Mais qu'est-ce qu'un diplôme ? »

Ça y est : les voilà, les fameuses et fumeuses grandes questions philosophiques. Le prof continua :

« C'est un acte qui atteste d'un titre ou d'un grade. Ce qui importe – pour vos esprits, par pour votre poursuite d'études – est moins le diplôme du bac que les compétences intellectuelles attendues de vous à ce niveau. Si vous réussissez sur un coup de chance, cela n'atteste pas de votre capacité de réflexion. Si vous échouez à cause d'une malchance, cela ne diminue en rien votre capacité de réflexion. En philosophie tout passe par la tête. Qui d'autre ? D'après vous qu'est-ce que c'est que la philosophie ? Vous avez vu : il n'y a pas de réponse idiote. Lancez-vous !

- C'est la réflexion justement, le fait de réfléchir sur tout, hasarda

Ophélie.
- C'est des théories pour trouver le bonheur, continua Martin.
- Pas forcément le bonheur, critiqua Sophie : je suis plutôt d'accord avec Ophélie pour dire que c'est plus général.
- C'est une remise en question, poursuivit André. »
Incroyable : le gringalet avait réussi à lancer son cours. Pendant quelques minutes les élèves donnèrent leur avis à peu près sans désordre.
« Pas d'autre proposition ? demanda Monsieur Anneau lorsque le silence se fit progressivement. C'est pas mal, c'est intéressant ! Certaines de vos réponses auraient pu être plus détaillées, plus précises, mais il n'y avait rien d'incorrect. Adoptez un nouveau réflexe : la prochaine fois qu'on vous demande ce qu'*est* une chose, mieux encore que sa paraphrase définitoire qui peut changer selon les époques et les doctrines, pensez à l'étymologie du mot ou du concept en question. L'étymologie, elle, ne bouge pas. »
Il s'expliqua, après avoir repris son souffle :
« *Philosophie* vient du grec, *philos* et *sophia*. Le grec avait deux mots pour parler de l'amour ; *eros*, qui désigne l'amour charnel, physique, ce que nous appelons plus le désir que l'amour, et *philos*. On le retrouve dans le prénom Théophile, celui qui aime Dieu, dans francophile, celui qui aime la langue française ou dans bibliophile, celui qui aime les livres. Et *sophia* le savoir, la science, la sagesse.
- Le prénom Sophie, ça vient de *sophia* ? demanda Aurélien en plaisantant.
- Bien sûr, répondit Monsieur Anneau qui ne comprenait pourquoi quelques rires se firent entendre. Pourquoi ?
- Parce que je m'appelle Sophie, reprit l'intéressée.
- Votre prénom renvoie donc au savoir ! N'est-ce pas fantastique ? »
Sophie ne semblait pas convaincue.
« Vous savez maintenant ce que c'est que la philosophie : l'amour du savoir. C'est pour cela qu'on peut se conduire en philosophe quelle que soit notre discipline ; la philosophie est une manière d'être au monde qui vise à l'interroger, l'interpréter et le comprendre, à ne jamais se complaire dans les jugements définitifs. Au lieu de se contenter d'y passer le temps de sa courte vie, le philosophe tâche

d'éclairer le monde.
- Monsieur on doit noter ça ? demanda un élève.
- Vous faites ce que vous voulez, ce sont vos notes de cours. Mais je vous conseille de commencer à gratter, oui. »
Aussitôt un bruit de feuilles et d'ouverture de trousses emplit la salle. Monsieur Anneau était toujours aussi frêle mais il avait acquis une lueur dans les yeux, qui avait fait disparaître sa réserve du début. On sentait plus que de l'intérêt, une véritable passion à transmettre son savoir. Mademoiselle commençait à revoir son jugement sur lui. À la fin de l'heure, Ophélie se plaignit :
« Ça va être trop chiant, je sens.
- J'sais pas, répondit Juliette. Ça peut aussi être intéressant.
- On verra bien, compléta Marine. De toute façon, on n'a pas le choix. »

Quant à Mademoiselle, elle ne commenta rien. La première semaine se passa assez vite. Les séances d'introduction furent plus courtes, dans la mesure où la classe retrouvait la plupart de ses enseignants de l'année passée, où ils venaient tous de la même section et où dans le cas de Monsieur Anneau il ne fallait pas traîner, n'ayant qu'un an pour leur donner un aperçu de la philosophie.

À la fin de la deuxième semaine Monsieur Disert, leur professeur de Science politique spécialité et professeur principal, banalisa un de ses cours pour recevoir un à un les élèves. C'était l'occasion pour lui de faire le point sur la rentrée, comment elle s'était passée, si chacun se sentait d'attaque. Il avait à cœur de ne pas seulement donner cours à une classe mais connaître les élèves qui la composaient.

Peut-être plus encore que les élèves : les individus qui la composaient. Pour cela il se montrait toujours disponible après les cours, passait de temps en temps en permanence et il lui arrivait régulièrement d'inviter un lycéen au café pour pouvoir converser plus librement.

À propos de la permanence, ces deux dernières semaines et les deux années précédentes, Mademoiselle et ses amies la fréquentaient régulièrement. Surveillée, c'était un lieu où elles pouvaient travailler en groupe et discuter tant qu'elles ne faisaient pas trop de bruit. Théoriquement le téléphone y était interdit, mais elles avaient trouvé la parade.

D'abord en tant que Terminales, on leur faisait beaucoup moins la discipline : les surveillants préféraient discuter avec elles, prendre de leurs nouvelles et éventuellement leur donner des conseils. Ensuite il y avait plusieurs surveillants et si la règle est la même, chacun a son mode de fonctionnement.

Sylvain et Paul étaient sans aucun doute leurs surveillants préférés : ils étaient là depuis longtemps, toujours fourrés ensemble (c'est eux qui avaient ouvert la grande double porte le jour de la rentrée) et avaient leur propre conception de la discipline. Pour eux la salle de permanence devait être calme, pour permettre à qui le voulait de travailler. Si certains préféraient pianoter sur leurs téléphones voire écouter de la musique, ils ne disaient rien. Si en revanche la musique s'entendait ou si les chuchotements devenaient trop forts, ils demandaient le silence qu'ils obtenaient aussitôt. En réponse à la confiance dont ils témoignaient, les élèves les respectaient.

De même que pour Monsieur Disert l'enseignement était accompagné d'une connaissance précise des élèves, pour Paul et Sylvain le fait d'être surveillants était accompagné d'un amour de la pédagogie et des élèves. Ils venaient leur parler de n'importe quoi : un problème avec un professeur ou un autre élève, le besoin d'une aide sur un devoir ou simplement discuter.

Mademoiselle leur avait raconté l'histoire du pénis sur son front (pas celle de la masturbation). Comme un grand frère, Paul lui avait dit : « Fais attention à toi, Mademoiselle. Ça aurait pu être pire. » Voilà donc pourquoi elles venaient régulièrement en permanence : pour y être au calme, et écoutées si elles le souhaitaient.

Mais si elles voyaient qu'un autre surveillant que Sylvain ou Paul était là, un de ceux à cheval sur l'interdiction du téléphone, elles ne restaient pas. D'ailleurs, plus souvent encore qu'en permanence, c'est au café qu'elles allaient. Elles se prenaient en photo, les publiaient et allaient voir les actualités de leurs amis.

C'était leur activité favorite. Elles passaient des heures sur leurs téléphones. Elles pouvaient tout oublier en sortant de chez elles :

leurs clefs, leur sac à main, leurs affaires de cours, leur portefeuille ou même de troquer leurs chaussons contre des chaussures ; mais jamais leur téléphone.

Leurs parents se moquaient d'elles ; qu'y pouvaient-elles pourtant si leur esprit leur faisait parfois oublier certaines choses, jamais leur portable ? Sans compter qu'elles pouvaient appeler un serrurier ou demander qu'on leur apporte leurs affaires tout en ayant accès à Internet, ce que ne permettait aucun autre des indispensables de leur quotidien.

Elles étaient de tous les réseaux sociaux, adaptant leurs publications au format attendu. Facebook servait à tout, Twitter aux anecdotes, Instagram aux photos, Snapchat aux vidéos, plus toutes les applications éphémères ou durables qu'elles pouvaient trouver. Quel que soit ce qu'elles avaient à exprimer, elles disposaient du *medium* correspondant.

Pour elles, ce n'était pas seulement des « réseaux sociaux » : plus qu'un vecteur de sociabilité, cette nébuleuse formait une société. Mademoiselle et ses amies appartenaient à deux sociétés, ni opposées ni complémentaires mais différentes, parallèles : celle « normale », physique, et celle numérique. On vit en société avec son voisin, même si on ne lui a jamais dit autre chose que bonjour, parce que c'est notre voisin. Pourquoi une personne, habitant à un ou dix mille kilomètres, ne pourrait-elle pas faire partie de notre société qu'on la connaisse par les textes intimes ou les photographies qu'elle publie ?

Certains ont besoin, après avoir côtoyé leurs collègues toute la semaine, de fréquenter de vieux amis le week-end. Là aussi il s'agit de deux sociétés parallèles, dont les membres de l'une et de l'autre ne sont pas destinés à se croiser.

C'était pareil pour elles, entre d'une part lycée-amis-famille et d'autre part Internet. Ces deux sociétés pouvaient même dans leur cas être poreuses : lorsqu'elles rencontraient quelqu'un elles l'ajoutaient à leurs réseaux et apprenaient ainsi à non seulement mieux le connaître, mais même à le connaître différemment.

Avant Internet il fallait se contenter de ce que les gens voulaient bien nous dire ; aujourd'hui tout le monde peut s'exprimer et choisir la façon de le faire. Elles se sentaient plus proches avec leurs amis du bout du monde qu'elles n'avaient jamais vus mais avec lesquels elles pouvaient échanger instantanément qu'en voyant leurs parents téléphoner une fois par semaine à leurs amis. L'amitié, par sa relation et sa définition, avait changé.

Malgré cela les parents de Mademoiselle et de ses amies continuaient de dire qu'elles s'enfermaient dans un monde irréel, ce qui semblait absurde aux jeunes femmes. La réalité n'est pas que le matériel, physique et palpable ; leur réalité était beaucoup plus riche.

Mais il faut en revenir un peu à leur réalité de lycéennes. À la fin de la deuxième semaine de cours donc, Monsieur Disert organisa des entretiens individuels.
« Alors, Louise : comment se passe cette rentrée ?
- Plutôt bien, pour l'instant.
- Avec les profs, ça va ? Vous arrivez à suivre les programmes, vous ne vous sentez pas perdue ?
- Non, au contraire. Je m'ennuie. C'est long, j'ai hâte que le lycée se termine.
- Vous etes confiante, pour le bac ?
- Je crois que je réalise pas trop, encore. Mais ça devrait aller. Je veux dire : en bossant un peu, et sachant que j'arrive à suivre en cours ça devrait le faire.
- Vous savez ce que vous voulez étudier l'an prochain ?
- Non. Enfin… J'ai plusieurs idées, c'est pas encore très clair. J'ai juste envie de partir du lycée.
- Essayez de nous quitter en beauté, pourquoi pas avec une mention ? Pour votre orientation, prenez rendez-vous assez vite avec la conseillère : ça ne peut pas faire de mal. Je sais que c'est effrayant, ou au contraire que ça peut vous paraître lointain mais n'oubliez pas que la procédure d'admission post-bac commence en janvier : à ce moment-là ça doit être à peu près clair dans votre esprit !
- Je prendrai rendez-vous avec la conseillère d'orientation, oui.
- Bien. Autre chose à me dire ? Sinon vous savez où me trouver. Faites entrer votre camarade qui attend en sortant, s'il vous plaît. »
      Pour la plupart, ces entretiens avaient été l'occasion d'un cours en moins. Pour Mademoiselle, c'était une preuve de plus de

l'attachement de Monsieur Disert à ses élèves, mais elle ne voyait pas ce que ça lui avait apporté. Quant à Monsieur Disert, c'était pour lui extrêmement instructif. Il avait réussi à établir une relation de confiance avec ses élèves : respectueuse et distanciée, mais franche et honnête. Ils pouvaient s'exprimer librement, et lui savait lire entre les lignes. Il enseignait depuis assez longtemps pour ne pas se laisser duper par les réponses de façade, quitte même à ce que les principaux intéressés n'en aient pas conscience.

Pour Mademoiselle, il écrivit : « Toujours aussi sérieuse, mais commence à se perdre et avance à vue », suivi du chiffre trois. Sur une échelle de cinq, trois signifiait « à suivre ». Quatre, « autonome, peut se débrouiller seul ». Cinq « ennuyeux d'indépendance » et un, « à accompagner par la main à chaque étape ». Cela lui servait à assurer un suivi à la fois immédiat et sur la durée. Pendant l'année les chiffres étaient amenés à évoluer, si possible vers le haut. Quant à ces commentaires ils ne servaient qu'à lui, partagés si besoin avec la CPE Madame Delaplace mais les élèves n'en savaient rien.

Madame Delaplace, d'ailleurs, travaillait différemment puisqu'elle n'entretenait pas la même relation avec ses élèves. Elle ne les voyait pas plusieurs fois par semaine, à des moments réguliers, comme les enseignants. Elle ne pouvait échanger avec les élèves que lorsqu'ils venaient excuser une absence ou s'ils passaient dans son bureau par amabilité.

Cela ne l'empêchait pas, loin s'en faut, de les suivre rigoureusement. En cas de besoin, elle pouvait également les convoquer. Comme elle le faisait rarement ils savaient que c'était sinon grave, du moins important.

Voilà aussi pourquoi Mademoiselle poussait de temps en temps la porte de son bureau : outre son affection pour Madame Delaplace, affection du reste réciproque, elle lui donnait des nouvelles régulièrement et n'était jamais convoquée puisqu'elle venait d'elle-même. Le lycée comptait deux CPE : une acariâtre, désagréable, agressive, volontiers méchante et qui faisait peur à tout le monde (même à certains surveillants !) et une douce, franche, aimable, disponible et compréhensive.

Mademoiselle était heureuse de sa chance d'être suivie par

Madame Delaplace et ne s'en cachait pas. Elle savait se faire apprécier de gens si différents d'elle : professeurs, CPE, surveillants, en adaptant son discours et en profitait, y gagnant en liberté et aimant ces échanges.

Chapitre 5
Faune lycéenne

Car elle y était très attachée, en dépit de sa tendance à rester collée à son téléphone. Puisqu'on témoignait d'un intérêt pour sa personne, elle s'intéressait à eux. Elle s'entendait particulièrement avec Sylvain. Paul était plus un grand frère, une aura tutélaire qui veillait sur les lycéens et sur elle. Sylvain, peut-être parce qu'il était plus jeune, aurait pu être un ami s'ils s'étaient rencontrés autrement. Elle savait tout de lui. Alors qu'elle entrait en Terminale, il entamait son Master 2 de sociologie. Pour elle, il faisait partie des murs du lycée. Paul et Sylvain étaient devenus surveillants l'année précédant son arrivée en Seconde. Elle se souvenait que c'était Sylvain qui l'avait inscrite. Elle venait d'un petit collège du quartier et découvrait cet immense bâtiment. Il l'avait reçue, en salle de permanence, avec sa mère.

Après avoir vérifié que son dossier était complet il lui expliqua le fonctionnement du lycée : la nécessité d'être assidue, à l'heure, indépendante et savoir travailler seule. La disposition des salles, les horaires de la cantine et les points principaux du règlement intérieur. Il conclut sur l'importance de ne pas laisser les éventuelles difficultés se développer : « Tout le monde est là pour toi : la CPE, Madame Delaplace, les professeurs et les surveillants. Surtout n'hésite pas à venir nous voir. Il y aura des profs avec lesquels tu t'entendras mieux qu'avec les autres, tu pourras te tourner vers eux. C'est pareil pour les surveillants, ajouta-t-il sur une plaisanterie : on est toute une équipe alors si tu ne m'aimes pas, tu peux aller voir les autres. »

Malhabile, alors qu'elle aurait voulu dire « je t'aime bien », la toute jeune femme répondit trop vite pour faire bonne impression : « Si, si : je t'aime déjà. » Ce n'était pas de l'amour, mais le fait qu'elle l'aimait beaucoup ne s'était jamais démenti.

Sylvain était en troisième année de Licence lorsque Mademoiselle le connut. Mais pas de Licence de sociologie : d'Histoire. Il avait validé sa Licence de sociologie l'année précédente, celle de ses débuts en tant que surveillant mais avait souhaité élargir son horizon avec cette incursion en Histoire. Depuis il avait obtenu sa

deuxième licence et en était revenu à sa discipline, validant sa maîtrise et entamant désormais son Master 2. De même qu'il lui demandait comment se passaient ses cours, Mademoiselle se renseignait sur l'avancée de sa recherche.
« Comment ça se passe pour toi à la fac ? l'interrogea-t-elle un jour.
- Ça va, tout roule. On a eu notre rentrée cette semaine, certains cours ont l'air juste géniaux.
- Cette semaine ? Mais… ça fait genre trois semaines qu'on est rentrés, nous !
- C'est la fac : on commence plus tard et on finit plus tôt, répondit-il avec un clin d'œil.
- Tu vas réussir à gérer ça avec le lycée ?
- Oui, sans problème : je n'ai que dix heures de cours, en plus des vingt ici. Ce qui est plus compliqué c'est la recherche, c'est ça qui prend le plus de temps. Je dois passer des heures en bibliothèque pour trouver et lire des livres sur mon sujet. Mais c'est surtout une question d'organisation.
- Seulement dix heures ? La chance !
- Comme je te dis ce qui est chronophage c'est la recherche. On a peu de cours pour pouvoir s'y consacrer. Mais vas-y, passe ton bac et étudie cinq ans, tu auras toi aussi un super emploi du temps !
- Euh… ouais, c'est pas sûr. On en reparlera, hein ! Tu travailles sur quoi cette année ?
- Pour l'instant j'ai juste une idée générale, il faut que je lise encore pas mal avant de définir ma problématique.
- Tu me tiendras au courant ?
- Bien sûr !
- Et du coup t'as fait quoi ces trois dernières semaines si t'avais pas cours ? T'as glandé ?
- Pas vraiment, non ! répartit Sylvain en riant. J'en ai profité pour aller à la B.U., je veux dire à la bibliothèque universitaire les jours où je n'étais pas au lycée ou alors en sortant du lycée. J'ai bien avancé d'ailleurs, je suis hyper content. »

  Car oui : Sylvain était un passionné. Il était enthousiaste d'avoir pu passer des journées enfermé à la bibliothèque. Mademoiselle l'aimait bien, mais elle ne le comprenait pas toujours.

Très peu pour elle, ce genre d'isolement. Elle faisait son travail, ensuite elle avait besoin de sortir.

Il ne faut pas croire cependant qu'ils ne parlaient que du lycée ou de la fac. Il avait répondu à ses questions comme elle avait répondu aux siennes ; ainsi Mademoiselle savait-elle que Sylvain était célibataire. Elle l'avait taquiné plusieurs fois avec ça, surtout l'année précédente ; quelques semaines après la rentrée tardive de son surveillant, s'ennuyant, elle était revenue à la charge alors qu'ils étaient seuls à la porte devant le lycée : « Je comprends pas pourquoi tu restes célib' alors qu'il y a plein de jolies jeunes femmes autour de toi. » Il avait compris qu'elle parlait d'elle. Il accepta de jouer le jeu : « Des jeunes femmes au lycée, tu veux dire ?
- Bah oui ! Regarde : il y en a qui sont mignonnes dans toutes les classes.
- Oui mais ce sont des élèves.
- Et alors ?
- Alors je ne vais pas sortir avec des élèves ! s'exclama Sylvain, mi-indigné mi-amusé.
- Pourquoi ?
- D'abord parce que ce serait malsain.
- À cause de la différence d'âge ? On a cinq ou six ans d'écart, je suis déjà sortie avec des mecs plus vieux.
- Ensuite parce que je deviendrais injuste. Forcément : si j'ai un lien particulier avec une élève j'aurai tendance à la laisser faire des choses que je permettrais pas à d'autres.
- C'est déjà le cas : en perm tu me laisser aller sur mon tél, mais pas les Secondes.
- C'est autre chose : c'est parce que tu ne fais pas de bruit. Eux ils mettent de la musique ou ils jouent à des jeux qui font hurler leurs potes quand ils gagnent.
- Okay mais on a déjà été au café ensemble, prit-elle plaisir à rappeler.
- On a déjà pris *plusieurs* cafés ensemble, et j'en ai pris avec d'autres élèves.
- Je te parle pas des autres élèves, je te parle de moi.
- Je sais bien. Mais tu me parles pas d'un café, tu me parles de sortir avec une élève.

- Tu me trouves pas jolie ? demanda-t-elle d'un air taquin et systématiquement déroutant.
- C'est pas la question.
- Réponds quand même.
- Si, bien sûr.
- Tu dis ça d'une manière machinale, comme pour me faire plaisir. »
Mademoiselle commença à bouder : quand on lui disait qu'elle était jolie elle voulait que ça vienne du cœur – ou de plus bas. Elle était blessée par cette réponse, à laquelle elle ne s'attendait pas. C'était vrai pourtant qu'il lui avait répondu cela pour lui faire plaisir.
« Je sais pas comment t'expliquer, reprit-il. Pour moi tu es une élève, vous êtes tous des élèves. *Mes* élèves, en un certain sens. Je te vois pas physiquement comme une femme, je te regarde pas comme je te regarderais si tu étais une inconnue dans la rue. Ce qui m'intéresse est ce que tu as là-dedans, continua-t-il en lui donnant de légers coups sur la tête. Je vois pas ton corps, vous êtes trop mes élèves pour que je puisse vous considérer comme des personnes désirables, si tu vois ce que je veux dire.
- La vache, t'es violent. Si je suis disposée après tous les vents que tu m'auras mis, on en reparlera quand j'aurai mon bac.
- Ce sera pareil, Mademoiselle. Tu seras toujours mon élève. »
Elle fit comme si elle comprenait. En vérité, Mademoiselle ne comprenait pas. Elle ne comprenait pas toutes ces règles, qu'il acceptait et même qu'il se donnait. Est-ce qu'il était incapable de s'amuser ? Était-il possible qu'il ne voie vraiment pas le corps de ses élèves ? Ou était-ce tout simplement qu'elle ne l'intéressait pas ? Il n'y avait pas de sujet entre eux deux : elle jouait avec lui, elle ne se jouait pas de lui. Cela amusait Sylvain et Mademoiselle le savait, elle n'avait pas envie de sortir avec lui.
Mademoiselle n'avait envie de sortir avec personne : elle préférait le sexe, pour un soir ou plus longtemps mais sans se compliquer avec des sentiments. Pour Mademoiselle, les sentiments n'apportaient que des embrouilles : ils sont toujours inégaux, chacun attend quelque chose de l'autre... Avec le sexe au moins, le sexe brut, tout le monde est à égalité, pour provoquer un plaisir réciproque. Les choses sont claires, faciles à finir.

Donc avec Sylvain, pas de complication avec les sentiments. Pas question non plus de faire comme Juliette l'été précédent et se réserver sexuellement dans l'attente d'un homme, c'était inenvisageable. Les trois semaines qui venaient de s'écouler depuis son dernier rapport commençaient déjà à se faire sentir. Alors, à quoi jouait-elle ? Sans doute ressentait-elle un peu de désir pour lui, elle n'avait jamais couché avec un prof et aurait bien voulu se faire un surveillant. Elle n'insistait pas, comprenant que le fantasme était loin d'être partagé.

Avec Paul, Mademoiselle n'entretenait pas la même relation. Il était évident que pour lui aussi il était inconcevable de sortir avec une élève, sans compter qu'il avait une copine et qu'il était fidèle. Il était plus distant ; pas froid, pas du tout, mais plus distant. Plus grand, plus âgé, il semblait toujours dominer la situation et la considérer avec un peu d'amusement. Bref, Paul en « imposait » plus que Sylvain.

Ils formaient donc un duo parfait, sachant à eux deux parler aux plus de mille élèves de tout le lycée. Et attirant chacun auprès de soi des élèves différents, leur permettant à tous de trouver une oreille chez les surveillants. Leurs collègues avaient tous des qualités mais Mademoiselle ne s'était jamais familiarisée autant avec eux. Enfin si l'équipe des surveillants était unie, il y avait quelque chose de plus entre Paul et Sylvain : une véritable amitié.

Paul avait un parcours intéressant. À part lui, personne ne comprenait bien comment il avait pu finir par atterrir au lycée. Après des études en histoire de l'art et en mathématiques, il s'apprêtait à toucher du doigt son rêve : devenir architecte. Avant même d'avoir obtenu son diplôme, il avait été recruté à temps partiel par un cabinet pour de menues tâches.

Après quatre années dans la même agence, il était toujours à temps partiel et on tardait à lui confier de vrais projets. Ses patrons, deux hommes et une femme, prétextaient un manque de budget pour lui proposer un contrat. Il avait beau s'entendre avec un de ses supérieurs, qui avait remis la question de l'embauche sérieuse de Paul sur la table, cela ne suffisait pas.

Les choses n'évoluant pas, il se décida à prendre un deuxième emploi. Comment en était-il arrivé à penser devenir surveillant ?

c'était là son mystère. Sa justification selon laquelle il s'agissait d'une des rares occupations faciles à cumuler semblait cacher autre chose. Mais enfin il était là, pour le plus grand plaisir de Sylvain et des élèves, à commencer par Mademoiselle.

Il remplissait à merveille le rôle de l'intermédiaire, responsable mais moins intimidant qu'un professeur ou certaines CPE (lui n'avait pas peur de l'acariâtre) : on venait tout autant le voir pour le plaisir de discuter que pour régler un conflit. Ils avaient déjà discuté plusieurs fois depuis la rentrée mais Mademoiselle vint le voir quelques jours après son dernier échange avec Sylvain ; un jour où Sylvain ne travaillait pas, ce qui semblait rendre Paul morose :

« Quoi de neuf à ton deuxième boulot ?
- Rien, justement. Ça n'avance pas.
- Toujours exploité, alors ?
- Toujours, et toujours plus ! Mais plus pour très longtemps.
- Pourquoi ? T'as trouvé un autre taf ?
- C'est pas pour tout de suite, il faut que je réfléchisse encore mais je crois bien que oui.
- Putain, trop bon ! s'exclama Mademoiselle, enthousiaste. Dans quel domaine ?
- Je pense passer le concours pour devenir conseiller d'orientation.
- Sans déconner ?
- Ton langage, Mademoiselle ! J'ai rien dit la première fois, là t'abuses.
- Scuse. T'en as fini avec l'architecture, alors ?
- Ça restera ma passion, mais c'est trop difficile de trouver un poste bien payé quand tu connais personne.
- Ça me tue. Je te voyais trop pas Conseiller d'Orientation – Psychologue. En vrai maintenant que tu le dis c'est trop stylé, je suis sûre tu seras super.
- T'es mignonne.
- Nan, la vie ! Toutes tes collègues seront des meufs mais t'es déjà un peu psy avec nous, et tu sauras aider les élèves à se retrouver dans toutes les études possibles. En vrai c'est pas facile. T'en as pas marre de nous, tu veux voir des lycéens toute ta vie ?
- Non, répondit-il en riant, je n'en ai pas marre de vous ! Au contraire,

je trouve ça passionnant. »
                Décidément, Paul comme Sylvain n'avait pas peur des grands mots.
« Qu'est-ce que tu trouves de passionnant dans le boulot de COP ?
- Comme tu le dis il y a plein d'études possibles, c'est pas facile de s'y retrouver. Vous ne savez pas ce que vous allez faire demain et on vous demande ce que vous voulez faire de votre vie.
- Pire.
- C'est hyper important les études, mais il faut que vous fassiez ce qui vous plaît vraiment. Vous pouvez toujours vous réorienter, il est jamais trop tard : regarde votre prof de philo, Sylvain qui est passé par l'Histoire au milieu de sa formation en socio ou même moi. Les parcours atypiques existent, ce n'est jamais une perte de temps mais si je peux aider des adolescents à trouver leur voie c'est quand même extraordinaire. »
                Lui aussi était un passionné ; moins « rat de bibliothèque» que Paul, mais un passionné. C'est pour cela que c'étaient de bons surveillants : parce qu'ils ne prenaient pas ça comme un simple job étudiant mais parce qu'ils se donnaient à fond, ils s'impliquaient. Les élèves s'en rendaient compte, même ceux qui ne le disaient pas – et même ceux qui n'aimaient pas trop cela.

Chapitre 6
Deux mondes opposés

Le week-end suivant – nous étions déjà en octobre – Mademoiselle, Juliette, Ophélie et Marine avaient prévu de se voir, comme elles le faisaient au moins toutes les deux semaines. Cette soirée promettait d'être un peu différente : Juliette avait prévu d'amener « un invité surprise ». Ses amies eurent beau lui poser toutes les questions du monde, elle ne lâcha aucune information. Même Mademoiselle n'avait pas réussi à en obtenir, tout en lui promettant le secret. C'est dire…

Le samedi, elles se retrouvèrent à vingt heures chez Juliette. Ses parents étaient partis pour le week-end : elle avait l'appartement pour elle ; elle comptait bien boire avec ses amies et son « invité surprise ». Juliette avait acheté un pack de bières et du vin ; ses complices ne vinrent pas non plus les mains dans les poches : il y avait de quoi boire.

Après avoir trinqué et papoté, Juliette vendit la mèche : son invité était Éric, son copain. Ophélie et Marine poussèrent des exclamations : c'était vraiment une surprise !

« Je finissais par croire que soit tu l'avais inventé soit tu avais honte de nous, à force de t'entendre parler de lui sans nous le présenter, dit Mademoiselle.

- T'es bête, j'ai pas honte de vous. Mais c'est nouveau pour moi, ce genre de relations.

- Ça fait combien de temps que vous êtes ensemble, maintenant ? demanda Marine.

- Deux mois.

- Et… c'est sérieux ? reprit Mademoiselle.

- Je crois, oui. Je me sens bien avec lui. Je me sens… plus calme, plus libre. Plus intelligente, aussi. J'attendais que ce soit assez sérieux pour vous le présenter. Si c'est juste un type, on s'en fout.

- Les meufs, ce soir ça rigole pas ! Préparez vos balances et vos épées de la justice ! Et vérifiez vos maquillages, ironisa Ophélie, parce que les juges se font aussi juger.

- Faites pas les putes, hein ! Lui faites pas peur. Putain j'aurais jamais

dû l'inviter.
- T'inquiète, Ju, conclut Mademoiselle. On t'aime et s'il t'aime, on l'aime déjà. »
   Juliette fut rassurée par la promesse de sa meilleure amie. Elles ouvrirent chacune une bouteille de bière et trinquèrent de nouveau. Une demi-heure plus tard, l'interphone sonna. « Putain, c'est lui », dit Juliette soudain prise de trac et de timidité.
« Vous vous tenez à carreau, les meufs ?
- Oui, chef ! répondirent-elles en portant le bout des doigts à leurs tempes.
- Fait chier », murmura Juliette avant d'attraper l'interphone.
   Il parut.
   Alors le voilà, ce fameux Eric. Dix-sept ans, fidèle à la description de Juliette. Frêle. Taille moyenne ; moyenne haute. Et une vraie tête d'intello avec ses larges lunettes, ses fringues et sa coiffure. C'était même plus que ça : on aurait dit que quelle que soit la manière dont on l'habille, il y aurait toujours écrit « intello » sur son front.
   Mais il y avait aussi quelque chose de mignon en lui. De protecteur, d'enveloppant. De tendre, dans la naïveté qu'il dégageait. Ce n'était pas le genre de Mademoiselle, mais elle comprenait que Juliette ait craqué sur lui. Malheureusement ils allaient devoir se parler, et les différences de leurs esprits allaient se révéler plus fortes que les différences de leurs apparences.
   D'abord il se présenta : « Salut, moi c'est Eric. » Pourquoi fallait-il avoir la politesse de se présenter alors que tout le monde savait qui c'était ? Et on se fit la bise, et on se proposa mutuellement à boire, et on s'installa... Que de cérémonial, alors que Mademoiselle brûlait d'envie d'en savoir plus ! Enfin tout le monde fut assis, elle put passer à l'offensive : « Alors Eric, qu'est-ce que tu fais dans la vie ? »
   Cette question aussi était cérémonieuse : en général à dix-sept ans on *fait* lycéen et pas grand-chose d'autre. Disons que c'était une entrée en matière. « Je suis en Terminale L. » Évidemment...
« Cool. Où ça ?
- À Rabelais, dans le dix-huitième.
- Je crois j'ai une pote là-bas. Iris, tu connais ?
- Non, désolé. C'est un grand lycée, je ne connais pas tout le monde.

- Ouais, reprit Ophélie. Sinon t'aimes quoi ?
- Putain les meufs c'est quoi cet interrogatoire, là ? s'interposa Juliette. Laissez-le boire tranquille.
- On fait connaissance, dit Ophélie en avalant une chips.
- C'était quoi ta question, déjà ? interrogea Eric en direction d'Ophélie.
- Qu'est-ce que t'aimes faire. Genre des occupations, des hobbies, un kiff, tout ça...
- Je lis beaucoup. J'adore la poésie, en particulier Verlaine. En ce moment je découvre aussi la philosophie, forcément, pour le bac. Je crois que je me suis trouvé un nouveau maître à penser avec Épictète, un auteur antique.»
　　　　Il s'enfonçait de plus en plus.
« Sinon une de mes passions c'est le dessin, je dessine tout le temps. Dans le métro, dans la rue, en cours... Je ne peux pas sortir sans avoir de quoi dessiner.
- C'est cool, ça. Tu pourras nous montrer ? demanda Mademoiselle.
- Si tu veux, ouais. J'en ai pas de bien sur moi, mais je t'en montrerai.»
　　　　La conversation commençait à languir.
« Et vous ? demanda-t-il, mystérieux.
- Quoi, nous ? lui répondit Marine.
- C'est quoi vos passions, qu'est-ce que vous faites de vos journées ?»
　　　　Mademoiselle, Marine et Ophélie se dévisagèrent en silence, observées par Juliette et Eric.
« On n'a pas vraiment de passions, je crois, répartit Mademoiselle. En tous cas pas moi. Déjà y'a les cours, qui nous prennent presque toutes nos journées. Et puis le week-end, enfin le vendredi soir et le samedi soir on sort. On se voit à deux, on va boire une bière à trois, on fait une soirée toutes les quatre... Ça dépend.
- Et... ? relança Eric.
- Et quoi ? Le lendemain on se réveille à quatorze ou quinze heures et c'est bon, la journée est vite remplie.
- Je ne peux pas croire que vous n'ayez aucune passion, aucun centre d'intérêt, s'obstina le jeune homme. Qu'est-ce que vous faites les soirs de semaine, quand vous avez fini votre travail ? Tiens ! Qu'est-ce que

vous faites pendant les vacances ? Vous bouquinez, vous regardez la télé… ?
- Bouquiner non, on fait pas ça. On lit ce qu'on nous demande de lire en cours, et encore. C'est trop chiant, je comprends pas comment on peut juste ouvrir un livre et rien foutre, attendre que les pages se tournent. »
  Cette fois c'est Mademoiselle qui s'enfonçait aux yeux d'Eric. Il faut dire que ses amies lui ayant laissé la parole, elle était obligée de répondre comme elle le pouvait.
« J'essaie de comprendre, pourtant, j'en parle souvent avec Sylvain – Sylvain c'est un de nos pions – mais c'est pas trop notre style.
- Y'a les magazines quand même, observa Ophélie qui tenta un vague soutien à Mademoiselle. T'en en L tu vas dire c'est pas de la lecture mais on lit quand même des magazines.
- J'avoue, reprit la chef de bande, j'y avais pas pensé. La télé, bof. Quand y'a un bon film, pourquoi pas. Mais j'ai pas de télé dans ma chambre, je suis obligée de la regarder dans le salon avec ma mère c'est relou. Je préfère télécharger sur mon ordi.
- Je comprends pas. Tu dis que ça t'emmerde de te poser avec un livre mais tu es incapable de me dire ce que tu fais quand t'as rien à faire. Tu médites ou quoi ?
- J'en sais rien, moi. On va sur nos téls *checker* ce que nos potes ont publié. »
  C'était tellement évident qu'elle n'y avait pas pensé. Se connecter était un réflexe à ce point régulier qu'elle n'y faisait plus attention. Il y a cinquante ans on fumait au restaurant, dans l'avion, au théâtre, ça semblait normal. Pour elle sortir son portable au restaurant, dans l'avion ou au cinéma lui paraissait tout aussi naturel. Il n'y a qu'en cours qu'elle devait se retenir.
« Tous les jours ? Tous les jours vous regardez ce que les gens ont publié et vous mettez des cœurs quand ça vous plaît ?
- Bah ouais, y'a quoi ? lui jeta Mademoiselle, irritée.
- Y'a rien, t'énerve pas. Tu trouves pas dommage d'avoir le nez collé à ton écran, réagissant à ce que des inconnus ont écrit ou photographié alors que tu pourrais faire plein de choses ? Vous sortez jamais ?
- Si, je t'ai dit : le week-end.

- Pour aller boire ; mais pour vous promener, aller au musée ou ce genre de choses ?
- Ju, ton copain commence à me saouler grave. »

Après avoir ri pour tenter de détendre l'atmosphère, Juliette déboucha une autre bouteille de vin et alla chercher des bières. « Mon cœur tu peux venir m'aider steuplé ? » demanda sa voix dans la cuisine. Les trois jeunes femmes se retrouvaient seules dans le salon.

« Putain tu y as été fort, Mademoiselle, commença Ophélie.
- Je suis la seule à penser il casse les couilles ? Genre *ouais votre vie elle est trop nulle vous devriez aller courir dans les champs*. Espèce de boloss. Je lis de la poésie et de la philosophie, je suis en L. À quoi ça va lui servir, la vie de moi ? Il en pense ce qu'il veut y'a plus à apprendre dans nos magazines et sur nos applis.
- Calme-toi, Mademoiselle, temporisa Marine. On fait un effort, c'est le copain de Ju. Mais c'est vrai c'est un gros con.
- Ils foutent quoi, là ? s'impatienta Ophélie. Faut pas trois plombes pour ramener de la bière.
- Putain j'y crois pas ils sont en train de s'emballer et de se peloter, s'exclama Mademoiselle en tendant la tête vers la cuisine. Ça se galoche sévère. Okay on la ferme les meufs, ils arrivent.
- Qui veut de la bière ? » demanda Juliette victorieuse, bouteilles en main.

La partie était mal engagée entre ses amies et son petit ami. Il fallait faire diversion, trouver un autre sujet de conversation, si possible neutre. Entre temps, Eric avait quand même eu trois demandes d'amis et trois nouveaux *followers* : qu'elles l'apprécient ou non elles voulaient en savoir plus sur lui, et leur source d'information passait par les réseaux sociaux. On s'y révèle toujours par ce qu'on publie. Même le fait de publier peu témoigne d'une certaine personnalité.

« Bon les meufs, de quoi on cause ? Vous parliez de quoi pendant notre absence ?
- De rien.
- Va falloir trouver quelque chose, alors ! »

C'est marrant, pensait Mademoiselle : quand on doit chercher un sujet de conversation on n'en trouve pas, mais quand on n'y réfléchit pas ils viennent d'eux-mêmes. C'est comme quand il faut poser des questions. Leur professeur de philosophie avait trouvé la parade : il disait : « La première question étant toujours la plus difficile, passons directement à la deuxième ».

Ça les faisait rire, et ils posaient leurs questions. Ces rêveries avaient permis à Mademoiselle de trouver un sujet de conversation. En rapport en plus avec le lycée, ce qui emmerderait Eric. Mademoiselle s'en félicitait.

« Vous savez pas quoi ? Monsieur Anneau a pas toujours été prof.
- Jure ?
- La vie de moi !
- Comment tu sais ? demanda Juliette.
- C'est Paul. On discutait orientation et tout, il m'a dit Anneau s'est « réorienté ».
- Il faisait quoi avant ?
- Je sais pas. J'ai essayé de tirer les vers du nez de Paul mais il a pas voulu me répondre. Je crois il a gaffé.
- Si ça se trouve c'est un secret, proposa Marine. Un truc grave, ou un truc chelou. Genre proxénète. Laveur de carreaux. Mercenaire.
- Dealer, énuméra Ophélie à son tour. Pilote de *go fast*. Ou photographe de mode.
- Chanteur de variété, surenchérit Mademoiselle. Plagiste. Steward.
- Vous êtes tarées les meufs, s'exclama Juliette en riant. Il a pas le physique pour être steward, pilote ou mercenaire.
- Ce serait marrant, dit Eric en tentant de s'immiscer dans la conversation. Peut-être même qu'il cumulait les casquettes : en tant que steward il faisait passer de la drogue dans la soute des avions, qu'il transportait ensuite dans de grosses berlines au milieu d'armes automatiques. »

Mademoiselle leva un œil noir, agressif, à l'adresse d'Eric. Un regard qui voulait dire « ta gueule », un regard qui l'excluait de la conversation.

« La meilleure façon de le savoir, reprit Mademoiselle, ce serait de lui demander.
- Tu sais ce qu'il te reste à faire lundi ! glapit Ophélie.

- Pourquoi moi ?
- Parce que tu viens de proposer de lui demander. Et parce que c'est toi qui nous as appris il avait eu une autre vie. Tu peux pas nous donner juste la moitié d'une info, tu dois aller au bout !
- C'est ta mission, dit Marine en imitant la voix grave d'une bande-annonce de film américain.
- Je demande un tirage au sort.
- Ça me semble juste, répondit Juliette. Qu'est-ce que tu proposes ?
- *Alea.* »

Le mot était lancé. Les quatre jeunes femmes se levèrent, laissant Eric perplexe. Juliette ramena de la cuisine quatre sous-tasses. « Qui a une pièce ? demanda-t-elle.
- Deux balles, ça ira ? » répondit Marine en en sortant une de sa poche.

Juliette débarrassa la grande table du salon. Mademoiselle, Marine et Ophélie se placèrent à une extrémité. À l'autre bout Juliette disposa les sous-tasses en ligne, de plus en plus éloignées de ses amies. Le jeu était le suivant : chacune son tour, elles devaient réussir à envoyer la pièce dans une sous-tasse. Mais pas n'importe laquelle : la joueuse précédente disait « aller à » (d'où *alea*, le nom qu'elles avaient inventé pour leur jeu) puis un, deux, trois ou quatre, c'est-à-dire de la première à la quatrième cible. La première arrivée à trois points gagnait. Dans le cas présent la gagnante était exemptée de la question à poser à Monsieur Anneau.

La partie était sérieuse. Les quatre amies se concentraient, déjà gagnées par l'alcool. « Mademoiselle, aller à deux ; Ophélie, aller à un ; Marine, aller à quatre ; Juliette, aller à un ; Mademoiselle, aller à trois »... Lorsque le tintement de la pièce contre la sous-tasse visée se faisait entendre, la joueuse victorieuse hurlait de joie. Juliette se permit un tour d'honneur de la table lorsqu'elle fut la première à être dispensée de la corvée indiscrète.

« Mademoiselle, aller à quatre ; Ophélie, aller à deux ; Marine, aller à un »... Ophélie réussit à son tour à atteindre trois fois sa cible. Il ne restait plus que Mademoiselle et Marine. En dépit de l'enjeu, elles riaient beaucoup. Toutes les deux avaient atteint deux fois leur coup. La prochaine serait décisive.

« Mademoiselle, aller à deux. Marine, aller à un. Mademoiselle, aller à trois. Marine, aller à quatre. » Mademoiselle espérait déstabiliser Marine en la faisant aller de un à quatre, du plus proche au plus loin. La table de jeu étant chaque fois différente, elles n'avaient pas le temps de s'habituer aux distances. La pièce de Marine rebondit sur la troisième coupelle, glissa sur la quatrième, faillit en tomber mais y resta.

Mademoiselle avait perdu : elle devrait parler avec son professeur le lundi suivant. Le hasard lui avait donné, ce jour-là, moins d'adresse : car si elle avait proposé ce jeu plutôt qu'un autre pour les départager, c'est qu'elle y était habituellement douée.

« Je pense à un truc, les meufs, glissa Mademoiselle. S'il nous en a pas parlé c'est peut-être qu'il veut garder ça pour lui. Ce serait pas cool de lui imposer.

- Te défile pas, Mademoiselle ! la rappela à l'ordre une Marine qui n'était pas passée loin. Et t'en fais pas trop pour lui : s'il veut pas qu'on sache, il dira rien. »

Mademoiselle marmonna un « mouais » dubitatif, cherchant déjà sur son téléphone si Internet ne pouvait pas répondre à cette question. Malheureusement pour elle, Monsieur Anneau semblait être un de ces fantômes de la toile : aucune trace, aucune mention de lui ne remontait. Il avait un homonyme, un athlète de bobsleigh. Ce n'était pas lui : sur les photos, les deux hommes n'avaient rien à voir.

La suite de la soirée se passa à boire et à discuter. Eric partit un peu avant deux heures du matin, pour avoir le temps d'attraper un métro. Décidément, Mademoiselle ne l'aimait pas. Il n'avait pas seulement l'air intello : il jouait les intellos. À mots couverts ou directs, il ne manquait pas de lui faire comprendre qu'il trouvait stupide de passer sa vie sur son portable.

« C'est une perte de temps, disait-il. Tu évalues ce que tu vaux en fonction de ta popularité, du nombre de *j'aime* et de *retweets*. » De quoi se mêlait-il ? Par pure méchanceté, elle pensait que ses dessins étaient sûrement affreux. Vers cinq heures, tombant de sommeil, les filles quittèrent l'appartement de Juliette pour rentrer chez elles. Il leur arrivait souvent de prolonger leurs soirées au-delà, et parfois de rester dormir chez l'une ou l'autre. Elles étaient sans doute en petite forme.

Chapitre 7
L'enquête philosophique

Deux jours plus tard, ou plutôt vingt-huit heures plus tard, elles se retrouvèrent à neuf heures devant le lycée. Elles étaient un peu en avance : la porte était encore fermée. Elles parlèrent à nouveau de la soirée et de leur avancée sur les travaux de la semaine, comme toutes les lycéennes. De neuf heures à onze heures, elles avaient cours de mathématiques. C'est entre onze heures et treize heures que le grand moment, le moment fatidique, devait arriver : Monsieur Anneau allait traiter de Spinoza et Mademoiselle devait l'interroger sur sa vie antérieure.

Elle en voulut un peu à Paul de l'avoir mise sur une piste sans tout lui révéler. Mais non, c'était injuste. Et puis, au fond, cette espèce de petite enquête l'amusait. Les professeurs ignorent trop à quel point les élèves sont curieux de leurs vies. Ils ne sont pas là pour ça, mais tous les moyens étant bons pour attirer leur attention, pourquoi ne pas glisser de temps en temps une anecdote personnelle ? Celle-ci n'étant pas venue d'elle-même, Mademoiselle allait à la chasse aux informations. Assise à côté de Juliette, elle lui glissa un quart d'heure avant la fin :

« Meuf, j'ai trop la dalle.
- Grave, moi aussi. Mais tu devras parler à Monsieur Anneau avant de bouffer.
- Je peux aller le voir un autre jour.
- Nan. L'*alea* l'a décidé : c'est toi, et c'est aujourd'hui.
- Je te jure j'ai trop faim.
- On te gardera une place à la cantine. Si tu te grouilles et que t'as l'info tout de suite t'auras pas à faire la queue. Sinon tu nous rejoindras à notre table.
- Mesdemoiselles, on ne vous dérange pas trop ? demanda une voix grave et puissante.
- Excusez-nous, M'sieur. »

Se faire remarquer juste avant d'aller se renseigner, ce n'était pas très malin. Mademoiselle eut aussitôt son idée pour en faire un atout. Dix minutes plus tard, le professeur concluait. « J'entends d'ici vos estomacs qui crient famine. Allez vous sustenter, ou vous repaître de bonne graillance comme vous diriez. Je compte sur vous pour descendre en silence : tout le lycée n'est pas obligé de savoir que je vous ai lâchés cinq minutes en avance. Bonne journée, mesdemoiselles et messieurs. »

C'est fou comme cinq minutes, c'est-à-dire rien, peuvent faire plaisir quand elles sont gagnées. La trentaine de jouvenceaux se hâta de ranger ses affaires et prendre la direction de la porte. « En silence, s'il vous plaît », répéta Monsieur Anneau avec une douceur tutélaire. En silence, donc, les pas impatients guidèrent toute la classe vers la cantine ou l'extérieur.

Toute la classe sauf Mademoiselle, qui restait assise. Quand il n'y eut plus personne, ce qui ne tarda pas à arriver, elle se leva en direction du bureau où Monsieur Anneau rangeait ses livres et ses notes de cours. D'abord, pensait-elle, l'amadouer.

« Excusez-nous pour tout à l'heure, on ne voulait pas vous déranger. C'est moi qui viens vous voir parce que c'est moi qui parlais à Juliette, elle ne faisait que me répondre.

- Vous êtes pardonnées. Je peux comprendre qu'au bout de deux heures vous fatiguiez, mais essayez de rester concentrées si vous voulez qu'on avance. Vous pourriez grignoter quelque chose juste avant notre cours.

- On n'a eu l'esprit ailleurs que deux minutes, mais c'est compris. On sait que c'est pour nous que vous faites ça. »

Premier objectif atteint. Elle avait beau faire ça depuis des années, Mademoiselle était toujours stupéfaite de la facilité et de l'efficacité des excuses spontanées. Le secret est de ne pas le faire trop souvent avec le même professeur, sinon il comprend la technique et elle ne fonctionne plus. Le deuxième secret est de n'avoir pas grand-chose à se faire reprocher. Avec tout cela elle avait réussi à se le mettre dans la poche, mais pas encore à lui poser sa question. Après quelques instants de silence, il reprit :

« Vous n'allez pas déjeuner ?
- Si, si… Mais je me demandais. Si c'est pas indiscret. Vous avez toujours été prof ou vous avez eu un autre métier avant ? »

Elle avait hésité. Mademoiselle ne savait pas trop comment

aborder le sujet. Elle craignait que cette formulation, directe, le braque s'il s'agissait d'un secret. Elle avait pensé à tout un ensemble de détours, prétextant des questions sur l'orientation, mais c'était un peu compliqué. Et long : elle avait trop faim pour les tournures diplomatiques. Il ne semblait d'ailleurs pas offensé :
« J'ai pratiqué une autre activité avant de passer le concours de l'enseignement, pourquoi ?
- Par curiosité. C'est intéressant de le savoir. Vous faisiez quoi ? demanda-t-elle, trop sûre d'elle-même.
- Laissez-moi vous répondre par une autre question, souffla-t-il après avoir un peu réfléchi. Est-ce que vous trouvez que je suis un bon prof ?
- Oui, bien sûr.
- Alors que vous importe de savoir ce que j'ai fait *avant* ? Ce qui compte c'est que je sache, aujourd'hui, vous transmettre ce dont vous avez besoin pour le bac et pour la formation de vos esprits. »
Il l'avait mouchée. Elle réfléchit aux objections qu'elle pouvait lui apporter mais le seul « oui mais » qui lui vint à l'esprit fut « oui mais je veux quand même savoir », ce qui était un argument un peu faible. Elle lui répondit qu'il avait raison, le remercia et ils se souhaitèrent un bon appétit. Elle ne comptait pas abandonner en si bon chemin. Sa curiosité grandissait au contraire. En descendant les escaliers elle pianota sur son téléphone, en bien moins de deux-cent quatre-vingt caractères :

Le prof de philo a eu un autre taf avant celui-là. Qqun a des détails ?

C'était envoyé. Le temps d'arriver à la cantine elle avait déjà trois retweets. Après déjeuner elle en comptait sept, et son tweet était marqué comme favori par vingt-quatre comptes : elle avait réussi à aiguiser la curiosité des autres. Elle avait bien pesé ses mots : pas de nom de famille ni de hashtag, pour ne pas qu'on puisse la retrouver avec une simple recherche. La trentaine d'élèves de Terminale ES, plus quelques autres l'ayant aussi comme enseignant, formaient dans ce contexte un public suffisant. Pour elle, et pour obtenir sa réponse.
À la cantine Juliette, Marine et Ophélie étaient déjà attablées.

Mademoiselle dut faire la queue toute seule, puis les rejoindre. Elle leur raconta le maigre fruit de son interrogatoire. « C'est bien ce qu'on pensait, en regardant ton tweet », répondit Marine dont le téléphone était sur le plateau.
« Ça me saoule, j'aime pas ne pas savoir ! s'exclama Mademoiselle.
- Avec ce que tu viens de publier, je pense qu'on aura bientôt la réponse. »
  Toujours collés l'un à l'autre, Sylvain et Paul s'approchèrent. Ils étaient de corvée de surveillance du self. C'est Sylvain qui entama la conversation.
« Alors les filles, ça vous plaît ce qu'on vous a servi aujourd'hui ?
- Ça va, ça passe, répondit Ophélie.
- Paul tu veux pas me dire ce qu'il faisait avant, Monsieur Anneau ? supplia Mademoiselle.
- Demande-lui, ça le regarde.
- T'es pas cool, le critiqua Sylvain, tu vois bien qu'elle a envie de savoir.
- Ouais ! Et je lui ai déjà demandé en plus, il m'a recale. Il a pas voulu me dire.
- Tu me promets de pas le répéter ? demanda Sylvain en faisant un clin d'œil à Paul. Vous me le promettez toutes ? De toute façon je nierai vous l'avoir dit. Selon les sources, il y a deux explications. »
  Les quatre jeunes femmes le regardaient, subjuguées, en oubliant leur repas. « Selon certains c'était un agent secret, commença Paul le plus sérieusement du monde. Il travaillait pour le gouvernement, déjouait des complots et empêchait des attaques à travers le globe. Sa dernière mission se passait en Inde. Dans un ashram il a rencontré un vieux sage, maître Iado, qui lui a dit : "La paix pour toi tu trouveras et l'esprit tu enseigneras". Il aurait pris l'avion pour Paris le lendemain, aurait démissionné et serait devenu prof comme ça. Selon la deuxième version il était banquier le jour et chanteur la nuit, genre Hannah Montana adulte. Il en a eu assez de cette double vie, il a tout lâché pour avoir une autre vie mais qui la suive, pas parallèle. »
  Sylvain souriait largement, fier de lui. Derrière, Paul acquiesçait de la tête. « T'es nul », dit Mademoiselle en retournant à

son assiette. En vérité elle était séduite, elle adorait ses histoires improvisées mais son côté pince-sans-rire prenait le dessus. « Laissez-le tranquille, ce pauvre Monsieur Anneau, compléta Paul. C'est sa vie, ça vous regarde pas. Vous feriez mieux d'être curieuses de ce qu'il vous apprend, plutôt que de son passé. » Paul était ce genre d'hommes : capable, en quelques mots apparemment simples, de dire l'essentiel. Ce n'était là qu'une de ses qualités, mais qui en l'occurrence n'était pas pour satisfaire Mademoiselle. Les deux surveillants s'en allèrent, cherchant d'autres élèves à taquiner.

Mademoiselle cependant n'avait pas dit son dernier mot. Elle allait être patiente, elle allait utiliser tous les moyens nécessaires mais elle allait savoir. « Tu pourras dire à Eric que j'ai une passion, maintenant », dit-elle à Juliette sur un ton cynique.

À la fin de la semaine se tenaient les premières vacances de l'année. La moitié des professeurs avait organisé un contrôle, l'autre moitié donnait du travail pour les congés. « Je comprends pas, disait Aurélien ; si on a du boulot, c'est pas des vacances ». Ni Mademoiselle ni aucune de ses amies ne partait : elles décidèrent d'en profiter pour des soirées à rallonge, et multipliées. À part pour dormir ou manger, elles ne restaient que quelques heures par jour chez elles. En général l'après-midi, le temps de faire un ou deux exercices.

Ces deux semaines étaient placées sous le signe de l'alcool ; elles n'avaient jamais le temps de cuver. Leur corps comptait plus d'alcool que de sang, leur sang plus d'alcool que de globules rouges. C'était la folie ; une joie permanente. Aucune contrainte ne pesait sur elles, elles étaient libres.

L'alcool ne suffisant pas à toutes les ivresses, elles allèrent au bar pour rencontrer des garçons. Mademoiselle coucha avec deux d'entre eux. Elle ne retint pas leurs prénoms : ce n'était pas de leur état civil qu'elle avait envie mais de leur sexe.

Elle se laissa draguer, après avoir identifié celui qui l'intéressait. Ce n'était pas à elle d'aller vers lui mais à lui de faire des efforts. Mais on n'est pas innocente quand on se laisse draguer par celui qu'on a repéré. Elle ne leur donna ni son numéro, si son nom ni ses pseudonymes utilisés sur Internet : ces garçons étaient interchangeables, elle n'avait aucune raison de les revoir alors qu'il y en avait des milliers d'autres dans les bars de la capitale.

Les jours où elle ne sortait pas, Mademoiselle restait dans sa chambre. Elle regardait la grand route du monde, à travers un écran. Elle rêvait des paysages qu'elle voyait en photos. Les gratte-ciel de New York, ses taxis. Une plage parfaite en Australie. Les dunes du Sahara. Les bars de Khao San Road, à Bangkok. Moins loin Big Ben, la Rambla ou Berlin. Le monde semblait une fête. D'un geste du doigt elle marquait un cœur sur une photographie, puis passait à une autre.

Elle soupirait. Elle jalousait les publications qu'elle lisait. Ses amis, qu'elle connaissait « dans la vraie vie » ou par Internet, avaient des vies bien plus intéressantes que la sienne. Elle marquait un *j'aime* là aussi : il faut savoir reconnaître la réussite, même si ce n'est pas la nôtre. Quelque chose lui faisait mal au niveau du cœur, comme si on le lui compressait.

Elle s'ennuyait. Toutes ces choses qu'elle voyait, qu'elle vivait depuis le creux de son lit, semblait infiniment loin. Elle n'avait pas envie de voyager, certaines des réussites qu'elle jalousait ne faisaient pas partie de ses objectifs, mais elle s'ennuyait. Elle se sentait enfermée alors même qu'elle n'avait pas envie de sortir : qu'y avait-il d'autre dehors que son ennui, à ajouter à cette foule de passants qui l'insupportaient souvent ?

C'était bien cela, le pire : elle s'ennuyait alors qu'elle faisait ce qu'elle voulait, qu'elle n'aurait pas voulu autre chose. Heureusement qu'elle avait son téléphone, sa seule fenêtre vers une liberté dont elle ne trouvait pas le chemin.

Quand cela devenait trop insupportable, elle appelait Juliette pour lui proposer de prendre un verre. Si elle était occupée, la plupart du temps à cause d'Eric, elle téléphonait à Marine. Si elle non plus n'était pas disponible elle se jetait sur son lit, le visage sur l'oreiller. Pour Ophélie c'était autre chose : elles s'appréciaient, mais n'avaient jamais vraiment été très proches. « Ce n'est pas grave, pensait-elle : on va bientôt se revoir pour sortir. »

Elles organisaient des soirées tous les deux jours, au pire un jour sur trois : bien sûr qu'elle n'avait pas longtemps à attendre. Mais elle avait alors envie de pleurer, sans y arriver et sans savoir pourquoi. Elle s'énervait contre elle-même : pourquoi souffrait-elle autant ? Elle avait tout ce qu'elle voulait, tout pour être heureuse, elle était belle, elle réussissait dans presque tout ce qu'elle entreprenait. Pourquoi, alors, cette douleur au fond d'elle-même ?

Elle reprenait son téléphone, attentive aux photos, aux vidéos et aux textes auxquels elle devait réagir. Internet est une mise à jour continue : si on prend du retard, on se laisse dépasser. Il est important de montrer à nos amis qu'on aime ce qu'ils publient et qu'on les suit : sinon ils pensent qu'on se désintéresse d'eux, qu'on les méprise et ils ne réagissent plus à nos publications. Alors on nous oublie. Et c'est une certaine façon de mourir.

Quand après tout cela Mademoiselle retournait au bar ou danser, c'était un tourbillon. Elle s'enivrait ; d'alcool, d'hommes et de rires. Elle ne manquait jamais une occasion de prendre une photographie, qui rejoindrait bientôt les réseaux sociaux. Elle aussi savait s'amuser et profiter de la vie : ces images étaient là pour en témoigner. Au procès de la vie sociale, elle aurait pu apporter toutes ces preuves pour témoigner qu'elle existait.

Le lendemain au réveil, une autre ivresse gagnait Mademoiselle dans sa gueule de bois : des dizaines de mentions *j'aime* prouvaient qu'elle était en vie. Voilà comment elle passa ses vacances d'octobre, comme à peu près toutes ses vacances depuis son entrée au lycée, à l'exception de l'été.

Puis ce fut la rentrée. Le dimanche précédent, elle termina à la hâte les devoirs qu'elle devait rendre. Pendant un mois et demi elle allait retrouver le quotidien, ennuyeux mais confortable, d'une lycéenne. Novembre. Elle n'avait jamais aimé ce mois. Septembre c'est la rentrée. En octobre on peut encore espérer quelques jours de beau temps. Décembre c'est Noël, la fin de l'année parfois recouverte d'une légère couverture de neige blanche. Novembre n'évoquait pour elle que la pluie, qu'un entre deux, qu'un passage obligatoire mais désagréable. Janvier c'est une nouvelle année qui s'ouvre, avec ses promesses et ses résolutions. Décidément, non : Mademoiselle n'aimait pas le mois de novembre.

Pourtant celui-ci se passa. Ni bien, ni mal : il passa. Pour se désennuyer elle coucha avec Thierry, un garçon de sa classe. Elle avait déjà couché avec André, Martin et bien sûr Aurélien. Plusieurs fois, avec Aurélien. Elle savait qu'elle plaisait à Thierry, mais pas assez. Elle voulait être désirée, pas seulement plaire. Elle excita ses ardeurs. Quand il fut à ses pieds, elle le fit passer à l'horizontale. Il lui fit comprendre quelques jours plus tard qu'il était prêt à renouveler l'expérience. Mademoiselle refusa : elle n'avait eu envie de lui que pour une fois. Une fois qui fut agréable, sans extraordinaire.

Mais il n'y a pas que le sexe, l'alcool et les amis dans la vie d'une lycéenne : il y a aussi les cours. La fin du mois de novembre marquait la fin du premier trimestre et son cortège de bulletins. Mademoiselle ne craignait pas trop le sien, même si elle n'avait pas encore eu les notes de certains devoirs maison des vacances. Sa mère avait une habitude : elle ne disait rien en recevant le bulletin dans sa boîte aux lettres puis le lisait tranquillement. Le soir même ou le lendemain elle appelait sa fille auprès d'elle pour en discuter.

Elle avait rarement à se plaindre : Mademoiselle était une élève moyenne. On peut féliciter un bon élève ou s'énerver d'un mauvais, mais que faire quand le résultat est juste moyen ? Alors trois fois par an, à chaque trimestre, Madame Parlié encourageait sa fille à s'améliorer et à progresser. En vain : cette fois encore Mademoiselle ramenait un douze de moyenne générale, avec des notes allant de onze à treize dans chaque discipline. Elle n'excellait ni n'était mauvaise nulle part. Le jour où elle avait reçu ce premier bulletin de Terminale, elle fit donc venir sa fille pour faire le point avec elle.

« Je te laisse regarder tes notes et les commentaires de tes professeurs, ma chérie.

- Douze de moyenne générale, ça va. Onze en maths c'est chaud pour le bac. Treize et demi en Science po, cool ! Monsieur Disert a écrit : *élève sérieuse et volontaire*.

- Douze en philo, reprit sa mère. C'est pas mal pour un début : tes notes devraient augmenter quand tu auras acquis la méthode.

- Ouais, on verra hein… Vendons pas la peau de l'ours.

- Bon. C'est pas mal, c'est sûr, mais qu'est-ce que tu penses de tout ça

pour le bac ?
- Ça va le faire. Déjà je vais travailler dur avant les épreuves, ensuite avec ces résultats c'est jouable. Faut juste que je prenne un peu de marge en maths. Askip on a...
- *Askip* ? la coupa sa mère.
- À ce qu'il paraît, explicita Mademoiselle, on a genre un point de plus le jour du bac, ils notent plus large. Donc même si j'ai un peu de mal sur une matière, ça compense. Au pire les rattrapages c'est fait pour ça.
- Je te souhaite de les éviter ! C'est du stress inutile, et toutes tes copines seront en vacances avant toi.
- T'inquiète, je blague. Je veux pas aller aux rattrapages. Je bosserai », conclut-elle en adressant un sourire à sa mère.

Elle était plutôt contente des résultats, sachant qu'elle avait travaillé sans se donner beaucoup de mal. Fidèle à ses réflexes Mademoiselle prit en photo sa moyenne générale et quelques appréciations de ses enseignants sur son téléphone. Avoir une trop bonne moyenne fait passer pour un intello, une trop basse pour un cancre. Ce douze était parfait. Elle le publia sur Facebook et Twitter, accompagné seulement de : « ça passe ».

Juliette avait obtenu treize virgule huit, Marine onze et demi et Ophélie seulement neuf. Monsieur Disert, en tant que professeur principal, avait même commenté : « Moyenne générale de huit virgule huit arrondie à neuf. Ressaisissez-vous ! » Pour elle, ça sentait le roussi. Elle devait cette note à des devoirs bâclés ou rendus en retard, sans compter qu'elle ne faisait aucun effort. Aurélien décrochait un beau douze et demi, se situant exactement au niveau de la moyenne de la classe.

Quant à Isabelle, la laideronne boutonneuse acharnée de travail, solitaire, elle caracolait en tête, impossible à approcher, avec presque dix-huit et les félicitations. Mademoiselle détestait Isabelle. Et cette fois, sans jalousie. C'était physique. Elle ne supportait pas de la voir.

Chapitre 8
Une fin d'année mouvementée

Le mois de décembre allait apporter son drame au sein de la petite communauté de Mademoiselle. Le lycée organisait son premier bac blanc, en conditions d'examen. Pendant quatre jours tous les élèves de Terminale allaient composer, enchaînant les matières. C'était un moment important dans la vie du lycée : les plus grandes salles étaient réquisitionnées, les résultats allaient donner une indication de ce à quoi s'attendre à la fin de l'année. Les élèves stressaient, commençant à prendre la mesure de ce qu'ils allaient devoir affronter.

Pour certains, l'enjeu était double : les parents d'Ophélie lui avaient interdit de sortir en semaine, elle devait rentrer tôt tous les jours et avait « intérêt à rapporter de meilleures notes à l'avenir ». Il n'y avait pas eu de contrôles ou de devoirs depuis le début du deuxième trimestre, pour laisser le temps de se préparer au bac blanc. Si elle ne revenait pas avec la moyenne, c'en était fini d'Ophélie.

Mais elle avait trop de retard à rattraper, elle ne prenait que la moitié des notes en cours et personne ne pouvait se consacrer à elle. Au pied du mur, elle ne voyait qu'une seule solution.
« Les meufs je crois je vais tricher au bac blanc, les prévint-elle. J'ai trop pas le choix.
- T'es sûre, meuf ? demanda Marine. C'est risqué.
- J'ai pas le choix, je te dis ! Mes parents vont me buter si j'y vais au talent.
- Bosse un peu aussi, intervint Mademoiselle. Tu vas faire comment le jour du bac ?
- Ta gueule, toi ! s'emporta Ophélie. T'en branles pas une et t'as la moyenne, j'ai pas de leçon à recevoir de toi.
- Vas-y, tranquille, meuf, dit Juliette en s'interposant. C'est pour toi qu'on dit ça, t'as vu. On sait c'est chaud, mais c'est chaud aussi de tricher.
- Vous cassez les couilles, vous comprenez rien. »
Ophélie s'empara de son sac et les laissa plantées là. Elle connaissait les risques. Elle les connaissait aussi en cas de mauvaise note. Sa décision était prise. Elle enregistra sur son téléphone des

formules mathématiques, les noms d'auteurs de théories politiques et des citations de philosophes. Surtout elle comptait sur Internet, dans le cas très probable où les sujets soient tirés des annales.

Le premier jour des épreuves arriva. Les Terminales ES étaient réunis dans la grande salle de réception, au rez-de-chaussée. Les professeurs qui les surveillaient n'étaient pas sur une estrade mais une véritable scène. La salle servait à des projections, des représentations de théâtre, à recevoir des invités de marque etc., en plus donc du bac ou du BTS.

Le lundi avait été banalisé pour les Terminales. Du mardi au vendredi, leurs cerveaux et leur énergie étaient mis à rude épreuve. Mardi, le proviseur était passé dans toutes les salles pour leur souhaiter bon courage. Les jours suivants, ce furent les surveillants qui s'en chargèrent. Les élèves étaient épuisés. En sortant des épreuves, on pouvait voir sur leurs visages s'ils pensaient avoir réussi ou échoué.

Paul et Sylvain s'assignaient la mission d'aller en voir le maximum, félicitant les optimistes et rassurant les pessimistes : c'est pour cela qu'on fait un bac blanc, pour vous entraîner physiquement et mentalement. Attends les résultats pour savoir si tu as vraiment raté, c'est souvent difficile de s'auto-évaluer à chaud. Ne te préoccupe plus de l'épreuve qui vient de se terminer : pense à la suivante, c'est sur l'ensemble des disciplines que le résultat est calculé.

Cela ne suffisait pas à calmer l'angoisse de tous, mais ils se plaisaient à croire que les élèves étaient réceptifs à leur attention. En science politique, Ophélie sécha complètement. Elle était démunie face à son sujet, incapable de se rappeler quoi que ce soit parmi ce qu'elle avait enregistré sur son téléphone. Elle ne pouvait même pas le sortir : les professeurs avaient fait disposer les sacs au bout de la salle, les élèves n'avaient théoriquement droit qu'à leurs stylos, sans trousse.

Elle commença une recherche, portable sur les genoux, mais c'était trop risqué. Ophélie demanda à aller aux toilettes. Elle y resta plus d'un quart d'heure, le temps de retrouver le sujet – il était bien issu des annales, mais il n'était pas référencé sur leurs copies –, de faire quelques captures d'écran et de mémoriser le reste.

Sitôt retournée à sa table, elle fut comme frappée

d'inspiration. Elle commença par jeter sur le papier tout ce qu'elle avait mémorisé. Ensuite elle put se contenter de recopier ses captures d'écran, téléphone posé sur les genoux auquel elle n'avait presque plus besoin de toucher. En sortant de l'épreuve, elle poussa un énorme soupir de soulagement. Personne ne l'avait vue. Elle était sauvée.

  Dix jours plus tard, on leur rendit leurs premières copies : les professeurs s'étaient dépêchés, pour que les élèves puissent comprendre et corriger leurs erreurs. Pour qu'eux-mêmes puissent, également, profiter de leurs congés. Les résultats d'ensemble n'étaient attendus que pour début janvier. Lorsque Monsieur Disert remit ses copies de science politique, Ophélie n'eut pas la sienne. Elle était impatiente, pourtant, du résultat ! Elle l'interpella :
« Monsieur, j'ai pas eu mon devoir.
- Oui, Ophélie. Vous viendrez me voir à la fin de l'heure, à ce propos. »
  Elle ne comprenait pas. Pourquoi tout le monde avait eu sa copie et pas elle ? Ses camarades souriaient largement ou faisaient la tête, selon leur note. Elle, elle ne savait rien. Elle s'impatienta, jusqu'à la fin du cours.
« Monsieur, vint-elle enfin lui dire, je comprends pas.
- Nous avons eu un problème en corrigeant votre copie avec mes collègues.
- Quoi, quel problème ?
- Avez-vous triché, Ophélie ? lui demanda-t-il droit dans les yeux.
- Non ! affirma-t-elle avec assurance.
- Je vous en prie, soyez honnête. J'ai besoin de savoir la vérité. Ça pourrait aller plus loin. Avez-vous triché ?
- J'ai pas triché, Monsieur.
- Bien, se contenta-t-il de dire. Suivez-moi : nous allons chercher votre copie. »
  Ils rassemblèrent leurs affaires mais s'arrêtèrent au premier étage, pas à l'entresol de la salle des professeurs. Ophélie ne comprenait à nouveau pas. Elle eut envie de demander « on va où ? » mais un sentiment de culpabilité la rattrapa, lui nouant le ventre et lui fermant temporairement la bouche. Elle en avait vu d'autres : elle

allait se ressaisir. Monsieur Disert la fit entrer dans le bureau de la CPE.

« Bonjour Madame. Je comprends pas ce qu'on fait ici.

- Je vous l'ai dit, reprit Monsieur Disert : nous venons chercher votre copie. C'est Madame Delaplace qui l'a.

- Bonjour Ophélie, répondit la CPE en sortant le document d'un tiroir de son bureau. Comme Monsieur Disert vous l'a sans doute confié, nous avons eu un problème avec votre composition.

- Ouais il m'a dit, c'est quoi le problème ? Il m'a demandé si j'avais triché, la vie de moi j'ai pas triché.

- Maîtrisez votre vocabulaire, s'il vous plaît. Et ne dites pas « il » mais « Monsieur Disert », qui est assis à côté de vous.

- Excusez-moi mais je comprends pas.

- Vous affirmez ne pas avoir triché ?

- Bien sûr que non ! »

Madame Delaplace regarda Monsieur Disert. Il lui fit un signe de la tête, signifiant qu'elle avait observé la même ligne de défense avec lui. Elle tendit à son élève sa copie, criblée d'annotations en rouge – mais sans note. Une énorme tache remplissait le cadre « observations » : *triche*. Monsieur Disert reprit la parole.

« Votre devoir est un copier-coller d'un corrigé sur Internet. Vous êtes sortie près d'un quart d'heure pendant mon épreuve, si je me souviens bien. C'est là que vous êtes allée sur Internet ? Vous aviez gardé votre téléphone sur vous ?

- Pas du tout ! improvisa-t-elle. Je me sentais mal, j'avais besoin de respirer. Mon portable était dans mon sac. »

On ne l'avait pas prise sur le fait : au *bluff*, ça pouvait passer.

« Comment expliquez-vous les ressemblances avec la correction sur Internet, alors ?

- Je l'avais sans doute lue pendant mes révisions, je me rappelle pas, et ça m'est revenu en composant.

- Vous plaisantez ? s'étrangla la CPE. Regardez : j'ai imprimé la page en question. C'est du mot à mot !

- Vous avez même copié une faute, précisa Monsieur Disert. Vous avez écrit « héros » au lieu de « héraut ».

- Bah je sais pas, c'est un hasard. »

Madame Delaplace attrapa son téléphone et composa un numéro à trois chiffres. « Bonjour Monsieur, dit-elle. Je suis avec Monsieur Disert et Ophélie, en Terminale ES. Est-ce qu'on peut venir ? » Elle raccrocha. En sortant, elle confia ses clés à Sylvain : « Je vais voir le proviseur, tu peux garder mon bureau ? Tu laisseras les clés au secrétariat si tu dois sortir et que je ne suis pas revenue. » Le trio traversa le couloir du premier étage, une véritable ruche à l'intercours qui devenait un désert pendant les cours. Le proviseur les reçut.

Les élèves entraient rarement dans cet espace, plus rarement encore de leur plein gré. Leur réaction était toujours la même : ils étaient impressionnés. La salle était grande, meublée d'une immense table au milieu. Le bureau du chef d'établissement était presque aussi grand, rempli de dossiers et d'épais classeurs. On se sentait tout petit.

Par la fenêtre donnant sur la rue, on pouvait voir flotter le drapeau européen. Le visage fermé, veste déposée sur le dossier de son fauteuil, le proviseur à la chemise blanche boutonnée jusqu'en haut attendait des explications.
« Bonjour Mademoiselle. Installez-vous. Je peux savoir ce qui vous est passé par la tête ? demanda-t-il abruptement.
- Je vois pas de quoi vous parlez.
- Allons, pas de ça ici ! s'agaça-t-il. En plus d'avoir triché vous voulez mentir à votre professeur, à votre conseillère principale d'éducation et au proviseur ? Vous êtes sûre ?
- J'ai pas triché !
- Alors vous disparaissez pendant l'épreuve, vous rendez un travail qui est une copie conforme de ce que la première recherche donne sur Internet, un travail qui vaut un bon seize alors que vous plafonnez à huit dans la discipline et vous mettez ça sur le compte de l'inspiration ? Vous me donnerez le nom de votre muse : moi aussi je vais l'invoquer.
- Putain, marmonna-t-elle, comprenant que la partie était finie.
- Je vous demande pardon ?
- Rien.
- Vous savez ce que vous risquez en faisant ça au bac ?
- C'est bon…

- Répondez-moi, insista le chef d'établissement en haussant la voix : est-ce que vous savez ce que vous risquez en faisant ça le jour du baccalauréat ?
- C'est bon, j'ai triché ! cracha-t-elle.
- On le sait, ça. Répondez-moi.
- Ça va, j'ai avoué.
- Cinq ans ! Cinq ans, Mademoiselle ! Cinq ans d'interdiction de passer tout diplôme d'État ! Cinq ans à végéter, chez vous ou dans un petit boulot, à gâcher votre vie à cause d'une connerie – parce que, excusez-moi mais c'est une connerie, s'emporta le proviseur. Cinq ans à ne pas pouvoir passer le bac ni d'études supérieures, cinq ans sans passer le permis. Vous savez la chance que vous avez d'étudier dans un grand lycée du centre de Paris ? Vous voulez foutre ça en l'air pour une bonne note, une note qui ne reflétera même pas votre niveau ?
- J'avais besoin de…
- Taisez-vous ! On vous a laissé la chance de vous expliquer, maintenant vous vous taisez. Réfléchissez, bon Dieu ! Réfléchissez ! Ce n'était qu'un bac blanc, vous pourrez quand même passer vos épreuves. Mais je vous préviens, Mademoiselle : au moindre écart, si j'entends parler de vous par vos professeurs ou Madame Delaplace, au moindre écart je vous exclue définitivement et vous passerez le bac en candidat libre. C'est bien clair ?
- Oui, Monsieur.
- Vous aurez zéro, ce sera expliqué dans votre bulletin. Disparaissez.
- Au re…, commença Ophélie en se levant.
- Dehors ! » hurla le proviseur en se penchant sur ses dossiers.

      Monsieur Disert et Madame Delaplace restèrent encore quelques minutes dans le bureau. Chacun avait joué son rôle, en espérant que cela lui serve de leçon. Ils savaient que cet avertissement allait faire du bruit auprès de tous les élèves, même s'il avait eu lieu dans un espace fermé. Dans le couloir, Ophélie croisa ses trois amies. Mademoiselle s'approcha :
« Ça va ?
- Casse-toi ! Va te faire foutre !
- Oph… tenta Juliette.
- Va te faire foutre toi aussi ! Allez tous vous faire foutre, putain ! »

Ayant entendu du bruit, Sylvain passa une tête. Il ne vit que le sac d'Ophélie disparaître dans les escaliers. Les trois autres lycéennes se rendirent en permanence.
« Qu'est-ce qui s'est passé ? demanda-t-il.
- C'est Ophélie, répondit Mademoiselle. Elle a pété son câble. Elle a triché au bac blanc, tu savais ?
- Ouais.
- Elle s'est fait serrer. Elle a dû prendre cher chez le proviseur.
- C'était débile de tricher, observa Sylvain, surtout comme ça. C'était sûr que ça allait se voir. Ce qui me tue c'est la faute qu'elle a copiée. Enfin… Et vous, ça s'est passé comment ?
- Ça va, reprit Juliette. On a eu à peu près les mêmes résultats qu'en cours.
- C'est bon signe, ça. Très bon signe ! »
    Mademoiselle et ses amies se sont installées et ont sorti leurs affaires – plus leurs téléphones. Sylvain les laissa travailler. Ophélie ne parut pas de la journée. Le lendemain elle reprit sa place dans les salles de cours, sans un mot.

    Pendant tout ce temps, Mademoiselle n'avait pas oublié son enquête. Elle l'excitait de moins en moins, mais elle tenait à savoir ce que faisait Monsieur Anneau avant d'enseigner. Ses recherches plus poussées sur Internet ne l'avaient pas avancée.
    Elle avait tenté de nouvelles approches du principal intéressé, sans succès. Elle avait également relancé Paul et Sylvain, qui s'étaient contentés de remarquer : « Tu t'obstines, une vraie tête de mule ! » Cela les amusait, tant les élèves que les surveillants. Si leur lycée était une grande famille, le passé de Monsieur Anneau en était le secret. Heureusement, le hasard est un allié dans la résolution des secrets.
    Monsieur Disert avait demandé à ses Terminale ES de se pencher sur l'arrière-plan de la politique : les conseillers et les cabinets, derrière les élus et les nommés. Certains prirent des sujets historiques, d'autres plus récents pour leur exposé. Les quatre demoiselles avaient l'habitude de réfléchir ensemble mais cette fois, Ophélie leur dit qu'elle préférait travailler seule. Les trois autres choisirent de se consacrer au cabinet d'un ancien ministre.

Tout commença avec la constitution d'un organigramme. Rien que pour le cabinet de ce ministre, il était fourni. Selon la Constitution nous élisons un Président de la République, chef de l'État, qui nomme son Premier Ministre, chef du gouvernement, qui officiellement nomme ses ministres et secrétaires d'État, qui choisissent ensuite les membres de leur cabinet.

En élisant une seule personne, on en conduit en fait des centaines sous les ors de la République. Cela, bien sûr, sans compter les milliers de fonctionnaires qui assurent le suivi des dossiers d'un ministre ou d'un gouvernement à un autre.

Cela, elles le savaient. Ce qu'elles ignoraient, et c'est d'ailleurs la raison pour laquelle Monsieur Disert avait placé ces exposés sous l'intitulé « l'arrière-plan de la politique », c'était le nombre de gens que cela impliquait. Lorsqu'un représentant de l'État s'exprime, sa voix résonne de centaines d'autres dans l'ombre.

Cette ombre, ils la choisissaient. D'abord parce que tout le monde ne peut pas être sous les feux de la rampe, ensuite parce qu'on est parfois plus efficace sans être vu. Il est rare qu'un ancien ministre redevienne ministre ; il est beaucoup plus courant qu'un bon conseiller ou directeur de cabinet passe d'un chef à un autre.

Au cours de leur enquête dans les arcanes des cabinets, elles rencontrèrent des intitulés étonnants, sans compter ceux trop vagues pour signifier quoi que ce soit concrètement. Elles se rendirent aux Archives nationales, pas loin du lycée, pour consulter des documents officiels imprimés mais absents d'Internet.

Elles étaient sûres ainsi de s'attirer les bonnes grâces de Monsieur Disert et une note en conséquence. En dépit de la cinquantaine d'années dont il approchait – un âge canonique, quand on a dix-sept ans – il était familier d'Internet. À certains égards, plus qu'Ophélie qui s'était laissée berner par le premier résultat de sa recherche. Mais Monsieur Disert aimait que les élèves sachent *aussi* trouver leurs références ailleurs.

Mademoiselle et ses amies avaient choisi ce ministre un peu au hasard, en souhaitant un récent mais n'exerçant plus. En face des intitulés des postes, les noms de leurs titulaires étaient indiqués. L'un d'entre eux leur sauta soudain aux yeux : celui de Monsieur Anneau,

leur professeur de philosophie. Moins d'un an auparavant, il rédigeait les discours du ministre en question.
En consultant l'arrêté de nominations suivant il était indiqué : « Démission de M. ANNEAU pour motifs personnels, remplacé par Mme. MARECHAL. » Motifs personnels : cela ne voulait rien dire. Il n'était pas écrit « changement de poste », comme certains autres. Or il avait bien changé de poste et continuait de travailler pour l'État, en tant que professeur.
« Je suis sûre ça cache quelque chose, affirma Mademoiselle.
- Attention, voilà les théories fumeuses ! dit Juliette dans un éclat de rire interrompu par le regard noir d'un autre lecteur.
- Genre quoi ? chuchota Marine.
- Je sais pas. Mais obligé il y a quelque chose. La vie, imagine : t'écris les discours d'un ministre, t'as un putain de boulot, tu bouges tout le temps, tu vis plein de trucs et tu reçois v'là la thune à la fin du mois. Un jour tu te dis "allez, j'arrête" pour te retrouver sous-payé et critiqué par des ados ? J'achète pas, je garde l'ancienne vie.
- T'as peut-être raison, reprit Juliette qui ne quittait pas du regard celui qui l'avait fait taire. Je sais pas si vous vous rappelez, il a dit il était spécialiste de philosophie politique. Putain, ça fait lien.
- Tu m'étonnes il est spécialiste, réplique Marine : il était au cœur du pouvoir.
- Ouais, mais on sait toujours pas pourquoi il l'est plus, conclut Mademoiselle. On va faire notre exposé sur lui. Avec interview et tout. On va déchirer, les meufs. »

Chapitre 9
Résolutions

Quelques jours plus tard Mademoiselle, Juliette et Marine discutaient devant le lycée. Ophélie, avec qui elles n'avaient pas parlé depuis son entretien avec le proviseur, arriva vers Mademoiselle comme une furie.
« Espèce de sale pute ! hurla Ophélie en la bousculant.
- Qu'est-ce que t'as, meuf ?
- Qu'est-ce que j'ai ? Tu te fous de ma gueule ? Nique ta race, t'es vraiment une connasse !
- Putain mais calme-toi ! cria Mademoiselle en la poussant à son tour. Explique-toi, bordel.
- Je sais tout, sale pute. On t'a balancée.
- De quoi tu parles, merde ?
- Je parle du bac blanc, connasse. Un mec de la classe t'a balancée. T'étais derrière moi. Putain j'y crois pas, comment t'as pu me faire ça ? Tu savais que j'avais besoin de cette bonne note.
- Putain mais merde, s'emporta Juliette, explique-toi ! Qu'est-ce que tu lui reproches ?
- Je reproche à cette balance de m'avoir dénoncée à Disert. Elle était derrière moi, elle m'a vue sortir mon portable et elle a poucave, cette pute.
- C'est qui qui t'a dit ça ? demanda Marine.
- On s'en bat les couilles qui me l'a dit ! C'est la vérité ou pas, sale pute ? Vas-y maintenant tu peux faire la fière devant tes copines.
- Je t'ai pas poucave, meuf. Je t'ai pas poucave.
- T'es vraiment qu'une salope. Ça va être marqué dans mon bulletin. Tu comprends, ça ? Dans mon putain de bulletin du deuxième trimestre, celui qu'on doit envoyer aux écoles pour l'année prochaine. Dessus y'aura écrit "tricheuse", à cause de toi. Jamais je te le pardonnerai.
- Wallah j'ai pas poucave !
- Garde ça pour les profs et le proviseur, lèche-boules. T'es morte pour moi. T'es putain de morte. »

Ophélie lança un regard plein de haine à Mademoiselle puis

s'en alla d'un pas décidé, crachant au pied d'un arbre. Mademoiselle était anéantie. Elle n'avait parlé à personne, elle n'avait même pas vu Ophélie regarder son téléphone : elle se concentrait sur son propre travail. Mademoiselle détestait l'injustice. C'était une chose qu'elle avait en horreur. Elle s'efforçait de ne pas en commettre, et quand elle en voyait elle se révoltait. Cette fois elle en était victime. Elle était remplie de désespoir et de haine.

Quelques jours passèrent encore. Le désespoir avait disparu : elle n'avait rien à se reprocher. Quant à la haine elle s'était transformée en mépris contre Ophélie. Elle avait fait son choix, Mademoiselle le sien. Elle n'avait pas de temps à consacrer à une personne qui l'avait jugée si rapidement – alors même qu'elle la connaissait. C'en était fini d'Ophélie pour elle, quoiqu'elle ne l'accepta pas tout de suite. À la fin d'un cours, Mademoiselle alla voir Monsieur Anneau accompagnée de Juliette et Marine.

« Oula, commença-t-il en les voyant approcher alors qu'il rangeait ses affaires, voilà l'équipe de choc.

- Monsieur, dit Mademoiselle, c'est un peu particulier mais on a une question à vous poser.

- Je vous écoute, répondit le professeur en souriant.

- Voilà, continua Mademoiselle en cherchant un soutien dans le regard de ses amies, Monsieur Disert a demandé à la classe de faire un exposé sur les hommes de l'ombre de la politique.

- Continuez… ajouta-t-il en se raclant la gorge et perdant son sourire.

- On n'a pas fait exprès, on savait pas. On a trouvé votre nom comme auteur des discours de…

- Qu'est-ce que vous voulez ?

- On pensait vous interviewer. Ça nous aiderait beaucoup d'avoir un témoignage direct.»

Monsieur Anneau regarda en direction de la porte, qui était ouverte.

« Vous avez cours, maintenant ?

- Non, on a une heure de perm.

- Alors pas ici.»

Il finit de ranger ses affaires, invita ses élèves à sortir de la salle et la referma après en avoir éteint la lumière. Il descendit les

escaliers en silence, suivi par les trois lycéennes qui avaient réussi à retrouver sa trace. Avant de sortir il remit les clés de sa salle à la loge. Il dit : « Suivez-moi », ce qu'elles ne manquaient pas de faire, se demandant où ils allaient. « Ça vous va ? » reprit-il en indiquant la table en terrasse du café où elles avaient leurs habitudes. Elles voulurent se plaindre : « En extérieur ? » mais acceptèrent d'un hochement de tête. À peine assis, Monsieur Anneau leur demanda : « Comment m'avez-vous retrouvé ?
- Aux Archives nationales, répondit Mademoiselle.
- Je croyais que la génération Y passait sa vie sur Internet.
- Quatre-vingt quinze pour cent de notre vie seulement, remarqua Marine.
- Si ça vous gêne on peut recommencer notre travail sur une autre équipe, commenta Mademoiselle. C'est juste que…
- Non. Non, reprit Monsieur Anneau. J'ai nettoyé mes traces et ça n'a pas suffi. Vous êtes douées. Posez-moi vos questions.
- D'accord, continua Mademoiselle. Donc notre exposé porte sur l'arrière-plan de la politique, ceux qu'on ne voit pas. Vous étiez en charge des discours d'un ministre.
- Effectivement.
- Qu'est-ce que cela signifie ?
- Pour faire simple, disons qu'à chaque fois que mon ministre s'exprimait publiquement il répétait les mots dont nous étions convenus ensemble, avec son directeur de cabinet et son responsable presse.
- Combien de temps avez-vous fait ça ?
- Près de quinze ans, pour des personnes différentes.
- Qu'est-ce qui vous plaisait le plus dans votre métier ? poursuivit Mademoiselle, encouragée par l'honnêteté de Monsieur Anneau.
- Beaucoup de choses. J'avais l'impression d'être utile à la société, de faire avancer les dossiers.
- Pourtant vous avez arrêté du jour au lendemain, se lança Marine.
- Oui.
- Et… est-ce qu'on peut vous demander pourquoi ? demanda Mademoiselle.
- Qu'est-ce que vous savez ?

- Seulement "motifs personnels".
- C'est ça.
- Vous pourriez nous en dire plus ? »

Monsieur Anneau prit une profonde respiration. Il était torturé entre deux extrêmes, il ne savait pas ce qu'il pouvait révéler à ces jeunes femmes.

« C'est compliqué, finit-il par lâcher. Il y avait beaucoup de raisons en jeu. La première est qu'au bout de quinze ans je voulais écrire une nouvelle page. Cette urgence continuelle finissait par m'épuiser, et je sentais que quelque chose manquait à ma vie. J'ai mis longtemps à trouver ce que c'était.

- Alors ? le relança Mademoiselle tandis qu'il se taisait.
- Alors j'ai fini par trouver. Ce qui me manquait c'était le contact avec la jeunesse, la transmission de mes premières amours. Je l'ai trouvé avec l'enseignement. Vous savez, depuis que je suis ici je suis heureux. J'aimais l'effervescence des cabinets, mais aujourd'hui je suis heureux. Je crois que j'avais aussi besoin de me poser.
- Et la deuxième raison ?
- Celle-là est plus propre à la politique. C'est un monde à la fois formidable et monstrueux. Je ne me l'avouais pas à l'époque, mais il y a une chose que j'ai toujours eue en horreur : la servitude. Pour tous mes employeurs, je devais suivre la ligne du parti. Je savais qu'ils n'aimaient pas telle ou telle personne, mais ils l'applaudissaient pendant leurs discours. Je savais qu'ils avaient beaucoup de respect, en tant qu'être humain, pour un responsable de l'opposition mais ils étaient obligés de cracher dessus en public – et moi aussi, écrivant leurs discours. C'était insupportable. Un perpétuel reniement de soi-même, au nom d'un prétendu "intérêt supérieur". Ils s'y pliaient mais ça me déchirait, à chaque fois ça me déchirait.
- Je crois que je comprends. »

Monsieur Anneau sourit à Mademoiselle puis but une gorgée de son décaféiné. Il était persuadé que personne ne pouvait le comprendre à part justement des adolescents, qui n'avaient pour expérience que leurs idéaux. « Il y avait d'autres raisons ? » reprit Mademoiselle. Il la regarda comme il ne l'avait jamais regardée, tâchant de deviner l'individu derrière l'élève.

Il y avait une autre raison, mais pouvait-il la lui expliquer ? C'était gros. Pourrait-elle assumer ce poids que lui-même avait du mal à porter ? Il eut un instant d'hésitation, pensa dire « Ça ne vous suffit pas ? » dans le sourire faux qu'il avait développé auprès de ses recruteurs, mais Mademoiselle eut une inspiration subite qui allait lui redonner confiance.

« Si vous voulez, vos réponses resteront anonymes. On a moins besoin d'un nom que d'un témoignage.

- Vous êtes une jeune femme intelligente, reprit-il. Vous avez compris que si j'avais quitté ce milieu c'est parce que je n'en pouvais plus de la langue de bois. Vous avez gagné : vous avez remonté ma trace. Je ne veux plus me cacher. Oui, il y avait une autre raison. Cependant si j'ai choisi de me retirer, d'autres sont encore en place.

- On fera avec ce que vous nous donnerez.

- Cette autre chose, ça a été un déclencheur. Je n'aurais pas dû être au courant. Mais voilà : c'est venu jusqu'à moi. Je ne peux pas tout vous dire, et je vous prie de ne pas me poser de questions à ce sujet, mais il y a eu un élément déclencheur.

- On vous écoute.

- C'était quelque chose... d'énorme. Je ne pensais pas que la République pouvait faire ça. J'ai essayé de provoquer des réactions, notamment en envoyant l'information à un ami travaillant dans l'opposition, mais rien. Un secret d'État. Mon premier gros secret d'État. Jusqu'alors on ne me disait que ce que je devais savoir. Je ne pouvais pas supporter que ça ne sorte pas. Les journalistes se taisaient pour conserver leurs accréditations, l'opposition se taisait parce qu'elle avait ses propres casseroles. Ou, pour être plus exact : ses casseroles pleines d'immondices. Puisque je ne pouvais rien faire, j'ai décidé de partir. C'est le seul moyen de m'en sortir. »

Mademoiselle retint un « pourquoi » qui lui brûlait les lèvres : elle voulait connaître ce secret, mais Monsieur Anneau avait précisé qu'il ne donnerait pas de détails. Il refusait ce secret mais il ne l'aurait pas répété, par respect pour ceux qui devaient encore composer avec. De toute façon, elles en avaient assez pour coiffer au poteau tous les autres exposés.

C'est ainsi que se termina l'année. Le vendredi suivant, les vacances commençaient. Il était temps : ce mois de décembre avait été chargé. Ophélie avait disparu du cercle de Mademoiselle : elle savait qu'elles ne se fréquenteraient plus. Quant à son enthousiasme par rapport à leur exposé, il retomba : on ne se passionne pas pour un travail, sauf si on s'appelle Isabelle. On le fait, c'est tout. Elle savait qu'elle aurait une bonne note, elle pouvait passer à autre chose.

Mais à quoi ? Après trois jours de vacances, Juliette partit chez de la famille pour les fêtes. Marine acceptait presque toujours de sortir, mais l'idée ne venait jamais d'elle. Mademoiselle s'ennuya encore plus qu'en octobre. Elle était morose, sombre. L'ennui l'entourait de toutes parts. Cloîtrée dans sa chambre elle passait des heures sur son portable et son ordinateur, n'ayant rien à vivre que la vie des autres.

Mademoiselle soupirait, épuisée de son inactivité. Son état d'esprit malheureux pouvait se voir sur son visage. Bien sûr il y eut quelques répits, le soir de Noël en famille et le nouvel an alcoolisé avec des amis mais tous les autres jours furent affreux. Sa mère essaya souvent de lui parler, la plupart du temps en vain. Un après-midi elle tenta une autre approche, frappant quelques coups légers à sa porte.

« Je peux entrer ?

- Ouais.

- Ça n'a pas l'air d'aller mieux, ma chérie.

- Si, ça va, répondit-elle sans lâcher son téléphone.

- Parle-moi, s'il te plaît. Qu'est-ce qui te chagrine ? »

Sa mère s'assit à côté de Mademoiselle sur son lit. Essuyant un nouveau silence, elle reprit :

« C'est à cause d'Ophélie ?

- Quoi, Ophélie ? lança-t-elle en même temps que la foudre dans ses yeux.

- Votre brouille. Tu m'as dit ce qui s'est passé, je sais que tu lui en veux. Ce n'est pas facile mais crois-moi, ça va aller, que vous souhaitiez vous réconcilier ou non.

- Se réconcilier ? C'est mort !

- Ça va passer, mon cœur. C'est normal que pour l'instant tu sois encore sur les nerfs...

- Mais quelle pute, cette meuf ! »

Mademoiselle oubliait souvent à qui elle parlait, et laissait aller son vocabulaire devant sa mère presque comme devant ses amis. Elle pensait que c'était cela qui leur permettait d'être proches.

« Toute façon, continua-t-elle soudain bavarde, ça a jamais été qu'une pote. Toujours elle cherchait la merde, elle voulait nous embrouiller. Franchement j'ai aucun regret.
- Vous vous aimiez bien, quand même ?
- Pas vraiment. On avait des points communs et des intérêts communs, mais je dirais pas qu'on s'aimait bien. On se supportait, quoi. »

La mère de Mademoiselle était étonnée : elle pensait qu'à son âge on avait des amis, éventuellement quelques adversaires et puis les autres. Au lieu de cela elle découvrait que sa fille savait faire la différence entre les amis, les connaissances, les relations d'intérêt etc. Sa petite avait déjà de l'expérience et ne se laissait pas impressionner. Elle était armée pour la vie. Le temps de cette conversation, les deux femmes en avaient oublié la raison : l'ennui apparent de Mademoiselle.

Quelques minutes après le départ de sa mère, elle y replongea. Elle n'y pouvait rien, c'était plus fort qu'elle. Après tous les événements du mois de décembre, elle retournait avec d'autant plus de violence à sa torpeur. Elle se sentait vide, plate, creuse, inintéressante. Elle tournait en rond alors que le monde avançait, tout le monde agissait sauf elle. De toute façon qu'aurait-elle fait, seule ? Elle n'avait envie de rien. Alors elle reprenait son téléphone, aimait les photos et les récits de ses amis et faisait passer les heures.

Elle n'eut que deux vagues moments de bonheur, pendant ces vacances. Le premier était à l'occasion du nouvel an, passé avec un groupe du lycée et sous perfusion d'alcool. Le deuxième était un jour de neige. Elle se posta à sa fenêtre, désabusée, regardant les flocons voler dans l'air puis se déposer sur le sol. Ils fondaient rapidement, elle ne put pas en attraper. Dans l'immeuble d'en face elle vit une petite fille elle aussi à sa fenêtre. Elle devait avoir cinq ou six ans. Bouche ouverte, les yeux brillants et écarquillés, elle observait avec admiration les tourbillons blancs. Cette vision fit quelque chose à Mademoiselle, dans son ventre.

Mademoiselle prit une photo de ces flocons, qu'elle publia sur Facebook accompagnée de deux mots : « il neige ! » La petite fille était toujours là. L'instant de bonheur était déjà passé pour Mademoiselle. Elle chuchota « Ma pauvre, tu ne sais pas ce qui t'attend » puis se jeta sur son lit. Incapable toujours de pleurer, elle chercha de belles photos de neige à republier. Des maisons de Washington au Kremlin de Moscou, tout semblait beau enneigé. Tout sauf ce qu'elle avait sous les yeux quelques minutes auparavant, qui n'était que misérable.

Chapitre 10
Les obstinés

Au mois de janvier, les choses avaient empiré dans l'esprit de Mademoiselle. En fait de bonne résolution, elle s'était contentée de vouloir mourir. Cela, pensait-elle, résoudrait tout. Bien sûr, elle garda pour elle cette idée mais Juliette se doutait que sa meilleure amie ne se portait pas au mieux. Dès son retour, le dernier week-end des vacances, elle organisa une soirée chez elle. Mademoiselle et Marine y étaient invitées, ainsi que son copain Eric.

Bien sûr Mademoiselle et Eric s'étaient revus à plusieurs reprises, depuis la première fois en octobre, par l'intermédiaire de Juliette. Ils avaient l'un comme l'autre essayé de faire des efforts, mais vraiment ils ne s'entendaient pas. Leurs caractères étaient trop différents, voire opposés. Mademoiselle avait été jusqu'à demander à Juliette de le quitter, en vain.

Alors quand ils se voyaient, ils évitaient de trop se parler. Malheureusement il y a des situations dans lesquelles on n'a pas le choix. Juliette avait préparé de petites choses à manger. Marine l'aidait dans la cuisine. Ils se retrouvaient seuls, en face à face, dans le salon. Mademoiselle pourtant avait insisté : « T'as besoin d'aide, Ju ? Non, t'es sûre ? » Ne supportant pas le silence gênant qui s'installait entre eux, Eric la taquina :
« Alors, Mademoiselle... Toujours accro et accrochée à ton téléphone ?
- Lâche-moi.
- Ça va, je rigole. Comment vas-tu ?
- Bien, se contenta-t-elle de répondre sur un ton tranchant.
- Okay... Bon, je sais que ça ne me regarde pas forcément mais je voudrais te parler sérieusement.
- Si ça te regarde pas, t'en mêle pas.
- Je peux au moins aller au bout de mon idée ?
- Qui ça intéresse, putain ? souffla-t-elle à bout de forces. Vas-y, balance, fais-toi plaisir. »

Mademoiselle s'enfonça dans son fauteuil. Qu'est-ce que Juliette faisait avec lui ? Qu'est-ce qu'elle essayait de prouver ? Elle

faisait plein de sacrifices sur sa façon de vivre, tout ça pour un mec. Mademoiselle voulait rester indépendante, c'est aussi une raison pour laquelle elle couchait sans se caser. Elle prenait les avantages et évitait les inconvénients.
« Tu vas dire que je fais une fixette, mais c'est encore à propos de ton portable. Je crois que j'ai compris. Tu tires l'amour que les gens éprouvent pour toi en fonction du nombre de j'aime. Tu publies tous les moments où tu t'amuses. Et ce que tu vois des autres, c'est aussi ce qu'ils choisissent de montrer. Je ne te dis pas que tout est faux ; je te dis que ce n'est qu'un côté de la réalité, son côté brillant. Tu ne peux pas voir en même temps les deux côtés d'une pièce, mais une pièce c'est à la fois son côté pile et son côté face.
- Où tu veux en venir, putain ?
- Que sur Internet tu ne vois que le côté face. Pour vivre, dépenser ta pièce, il faut aussi accepter le côté pile. Tu crois que la vie n'est que soirées, fêtes, amis et beaux paysages ? Il y a de ça, mais pas seulement. Il y a aussi du travail, des fréquentations obligatoires ou désagréables. Je ne te dis pas de retourner vivre dans une grotte, je te dis d'ouvrir les yeux.
- T'inquiète : ils sont grand ouverts et en ce moment je vois un gros con. »

  Eric hésita : il avait du mal à se laisser insulter. Mais il avait mieux à lui dire, alors il continua.
« Elle est faite de quoi, la vie ? Observe-la objectivement. Les paillettes, le bonheur, tu les vois où ? Sur ton téléphone. Mais toi, toi : qu'est-ce que tu as dans ta vie ? Tu vas en cours, tu sors de temps en temps. Tu avances sans savoir où aller. La seule chose qui t'intéresse est de publier ce que tu fais et de commenter les publications des autres. Pendant ce temps-là, tu ne vis pas.
- Tu saoules, Eric.
- Excuse-moi mais c'est ce que je pense. Il ne s'agit pas de jeter ton téléphone, moi aussi je vais sur les réseaux sociaux. Mais j'y passe, j'y fais un tour de temps en temps ou quand j'ai rien à faire. C'est un divertissement, tu vois. Toi tu as fait de ce divertissement le centre de ta vie. »

  Sans ajouter un mot, Mademoiselle finit sa bière en une

gorgée. Elle ramassa son sac, lança un regard plein de mépris en direction d'Eric puis sortit en claquant la porte. Juliette survint en courant et demanda à son petit ami ce qui s'était passé. Il ne savait pas : ils discutaient, et d'un coup elle était partie. Elle tenta de téléphoner à Mademoiselle mais tomba sur son répondeur. Il pleuvait. « Fait chier, putain, marmonna Mademoiselle. Quelle journée de merde. »

Elle hésita à prendre un taxi. Mais elle n'était pas loin, elle n'en avait que pour un quart d'heure de marche jusqu'à chez elle. Et elle aimait Paris la nuit, peut-être encore plus sous la pluie : les immeubles, les perspectives se présentent différemment sous les lampadaires de sous le soleil. Les gouttes ruisselantes offrent de nouveaux reflets. La ville est vide, traversée quelquefois par une voiture ou un autre éméché. L'air frais sur son visage faisait du bien à Mademoiselle. En plus de la vue, l'ouïe aussi est mise à contribution la nuit : tous les sons sont amplifiés.

Une bouche d'égout avalant bruyamment le produit de l'averse attira son attention. Silencieusement, pas après pas, elle s'en approcha. Cela lui faisait penser à une chose que Monsieur Anneau avait dite en cours. Elle ne se rappelait plus très bien : elle n'avait écouté que d'une oreille. Qu'est-ce que c'était, déjà ?

Ça portait sur la perception trompeuse des sens. Qu'un verre soit rempli ou ne compte qu'une seule goutte, c'est toujours de l'eau qu'il y a dedans. Si je prends une unité d'eau, par exemple le verre rempli, et que je la divise en deux, je me retrouve avec deux unités d'eau. Mademoiselle sentait que ça lui revenait.

Elle était maintenant toute proche de la grille d'égout, ses cheveux dégoulinaient. Si je prends une de ces deux unités et que je la divise à son tour, je me retrouve avec deux autres unités d'eau. Cela, à l'infini : ce que je prenais pour une goutte d'eau peut se diviser en fait en deux gouttes d'eau, chacune divisible en deux autres. Mademoiselle était presque penchée sur la bouche d'égout, qui semblait faire un vacarme assourdissant. Ce que j'entends, dit-elle à voix haute, c'est à la fois le flot de l'eau et chacune des gouttelettes minuscules qui le composent.

Alors qu'une nouvelle pensée s'apprêtait de surgir de son

esprit, un taxi passa près d'elle et l'aspergea de l'ondée qui s'écoulait dans le caniveau. Elle se redressa soudain. « Qu'est-ce que je fous ? » Cet incident précipita sa nouvelle pensée : elle se voyait penchée sur une bouche d'égout, oreille tendue, à philosopher sous la pluie en pleine nuit. « C'est complètement con », conclut-elle, parlant tout à la fois de la philosophie, de Monsieur Anneau et d'elle-même. Elle se remit en route.

À propos de complètement con, il y avait aussi Eric. Celui-là était sans doute le pire. Elle lui en voulait pour ce qu'il venait de lui dire. Elle sentait qu'il n'avait pas tort, qu'un fond de vérité se trouvait dans ses propos. Elle repensa à sa résolution pour la nouvelle année. Elle pourrait accompagner sa mort d'un mot d'adieu : « Eric m'a incitée à ouvrir les yeux. J'ai vu la vie telle qu'elle est, et je préfère les fermer définitivement. »

Ce serait pas mal, remarqua-t-elle comme si elle parlait d'une chose normale et qui ne la concernait pas. Mademoiselle était, quoiqu'elle ne se l'avouât pas elle-même, assez chamboulée par ce qu'il lui avait envoyé. Elle n'eut pas beaucoup le temps d'y penser : rentrée chez elle elle s'endormit et se leva dimanche en début d'après-midi. La journée, ou plutôt ce qu'il en restait, passa en SMS et sur Internet. Le lendemain, elle reprenait le chemin du lycée.

Pendant le cours de philosophie elle repensait à son aventure de bouche d'égout. Elle eut envie de dire à Monsieur Anneau que si ses enseignements consistaient à se faire arroser par un taxi à quatre heures du matin, elle n'était pas sûre de revenir. Son esprit était aussi occupé par le prochain cours de science politique : elles allaient présenter leur exposé avec Juliette et Marine. Elles l'avaient intitulé « Un ancien homme de l'ombre parle en son nom ».

En première partie elles développèrent le travail d'un auteur de discours, ses responsabilités et sa place dans l'organigramme d'un ministère. À la fois minime et essentielle. À ces données factuelles elles ajoutèrent une part du témoignage de Monsieur Anneau : l'obligation continuelle de suivre la ligne.

La deuxième partie de leur exposé était consacrée aux raisons personnelles qui avaient poussé cet homme à quitter si brusquement la politique : son envie d'autre chose après quinze années, son épuisement après cette urgence perpétuelle, son désir d'en revenir à ses premières amours.

En troisième partie elles évoquèrent le secret d'État, l'élément déclencheur. Les trois lycéennes étaient particulièrement fières de leur conclusion : lorsqu'un homme politique s'exprime, il se fait l'écho de centaines ou de milliers de voix d'hommes et femmes de l'ombre. Mais outre les hommes de l'ombre il y a aussi les sujets de l'ombre, ceux que les citoyens ne doivent pas connaître. La politique est autant de la représentation que des machineries activées en coulisses.

Tout cela ayant été développé et les jeunes femmes se laissaient chacune leur tour la parole. Lorsque chaque élève présente une partie, on peut craindre qu'ils aient travaillé dans leur coin et mis l'ensemble bout à bout. Lorsqu'il y a des transitions et que la parole est échangée d'une sous-partie à une autre, en plus d'ajouter au dynamisme, l'exposé semble davantage collectif.

Un instant de silence suivit cette présentation, rompu par des applaudissements. Même Isabelle était épatée. Seule Ophélie garda ses bras croisés : elle aurait dû rester dans leur groupe. Monsieur Disert les félicita et demanda à la classe s'ils avaient des questions. Elles furent nombreuses et les demoiselles purent répondre à presque toutes :

« Qui est-ce que vous avez interviewé et pour quel ministre travaillait-il ?

- Il a travaillé pour plusieurs, vous donner seulement son dernier employeur n'aurait pas beaucoup de sens, répondit Mademoiselle. Quant à son nom, il nous a autorisées à le communiquer mais il s'est donné tant de mal pour tourner la page qu'on a décidé de pas le révéler.

- Est-ce qu'il vous a dit quel était ce secret ?

- Non, parce qu'il est toujours d'actualité, reprit Juliette. Il a essayé de le rendre public et n'y est pas arrivé, alors il le garde. Il a sa conscience pour lui, ayant démissionné.

- Qu'est-ce qu'il fait comme travail maintenant ?

- Quelque chose de très différent et dans lequel il est heureux », compléta Marine.

Après la séance de questions particulièrement riche, une nouvelle salve d'applaudissements salua le retour à leurs places. Monsieur Disert leur accorda dix-sept sur vingt. Le début du mois de janvier était placé sous le signe des notes. Sachant que c'était à peu près à cette période qu'avaient lieu les examens à la fac, Mademoiselle encouragea Sylvain.

Elle apprit ainsi que non contents d'avoir peu d'heures de cours et de faire sa rentrée plus tard qu'au lycée, en Master même les partiels sont rares : Sylvain validait la plupart de ses matières en rédigeant des dossiers. « Ça demande plus de travail, disait-il, mais c'est beaucoup plus intéressant. C'est comme un tout petit mémoire, c'est passionnant. » Elle voulait bien le croire, même si elle ne le comprenait pas. Sylvain n'avait pas besoin d'encouragements, faisant ce qu'il aimait.

Quelques jours plus tard, les résultats définitifs et totaux du bac blanc étaient donnés. Dans le hall entre la cour et l'entrée, ils avaient été affichés sur un grand panneau. Les STMG caracolaient en tête. Les scientifiques avaient un bon résultat. Les économiques et social pouvaient se défendre et les littéraires étaient médiocres, mais les chiffres n'étaient pas exploitables pour ces deux derniers : beaucoup de noms étaient absents du tableau.

Ophélie, notamment, n'y figurait pas. Elle se demandait pourquoi mais n'osa pas se renseigner, ne tenant pas à rappeler à tout le monde qu'elle avait triché. Elle finit par comprendre, surprenant une conversation entre une élève de Terminale Scientifique et Paul :
« Pourquoi y'a pas mon nom ? demanda-t-elle au surveillant.
- Tu as passé toutes les épreuves ?
- Nan, y'en a une à laquelle j'ai pas pu venir.
- Voilà pourquoi, alors.
- Je comprends pas.
- On n'a publié les résultats que de ceux ayant passé toutes les disciplines.
- J'aurais bien voulu savoir combien j'aurais eu quand même.
- À toi de faire le calcul d'après ta moyenne dans ce que tu n'as pas passé. On a fait comme pour le bac : si tu ne te présentes pas à une matière, c'est éliminatoire. On ne pouvait pas afficher des résultats qui

ne prennent pas tout en compte, ça n'aurait pas été représentatif. » Voilà pourquoi les chiffres n'étaient pas exploitables en L et en ES : trop d'élèves avaient passé un bac blanc à la carte. Voilà aussi pourquoi Ophélie n'apparaissait pas : la triche est éliminatoire. Mais oublions Ophélie. La majorité des Terminale ES s'étant présentée aux épreuves avait réussi. Beaucoup de mentions passable. Très bien pour Isabelle, évidemment. Bien pour Aurélien et Juliette. Marine remontait avec une mention assez bien, partagée avec Mademoiselle. Bref, de bonnes nouvelles à rapporter à la maison pour ceux qui s'étaient mobilisés.

Encore faut-il avoir envie de partager ces nouvelles, bonnes ou mauvaises. C'est seulement parce qu'elle les lui demanda que la mère de Mademoiselle connut ses résultats. Mademoiselle ne lui racontait pas ses journées, pas ses joies ni ses peines : en rentrant chez elle, elle s'enfermait dans sa chambre. Ce n'était pas contre sa mère, qu'elle aimait bien : c'est seulement qu'elle ne voulait parler à personne, qu'on la laisse tranquille.

Sa mère, se souvenant de la petite fille, était désespérée : elle espérait qu'elle vienne la voir, lui raconte ses chagrins et la calme dans ses bras. Quelques années auparavant il suffisait de cela, d'un baiser sur le front ou d'une histoire racontée le soir pour que sa petite retrouve toute sa gaieté. À dix-sept ans elle semblait accablée de soucis, suffisamment mature pour désirer l'indépendance mais pas assez pour savoir se battre contre eux et les surmonter. Pourtant elle en aurait bien d'autres, des difficultés, à affronter dans sa vie. Sa mère décida de passer à l'action : elle frappa à la porte de sa chambre.
« Coucou ma chérie.
- Salut, maman.
- Je peux entrer ?
- J'ai pas mis de panneau sens interdit ou de tête de mort, ça veut dire que tu peux entrer quand tu veux. »

Sa mère sourit et s'installa sur la chaise du bureau de Mademoiselle, face à elle assise dans son lit. Elle regarda sa fille qu'elle aimait tant et qu'elle craignait connaître de moins en moins.
« J'ai l'impression de ne plus te voir, mon cœur, attaqua-t-elle franchement.

- Comment ça ?
- Je ne te vois plus. On cohabite, chacune de notre côté.
- Tu exagères : on dîne ensemble tous les jours.
- C'est ce que je dis : on cohabite.
- C'est les cours, la préparation du bac, reprit Mademoiselle. Je passe ma journée au bahut, quand je rentre je suis crevée.
- Et le week-end, tu travailles et tu sors avec tes amies.
- Tu voudrais que j'arrête de voir les filles, c'est ça ?
- Non… non, pas du tout !
- J'ai besoin de sortir, de me reposer, de me détendre. De penser à autre chose qu'aux cours et au bac, je veux pas que ce soit le centre de ma vie.
- Je ne te le reproche pas. C'est normal de vouloir passer du temps avec tes copines, à ton âge. Mais tu n'en passes plus avec moi.
- Je suis désolée, ma. »

Sa mère savait que ses excuses étaient sincères. Ce qu'elle savait aussi, c'est qu'elles ne suffiraient pas à améliorer leurs relations.

« Tu ne me parles plus.
- Tu plaisantes ? Qu'est-ce qu'on est en train de faire ?
- Ma chérie, tu sais très bien ce que je veux dire. D'abord si on est en train de parler, c'est parce que je suis venue te voir.
- On aurait pu le faire ce soir, à table.
- On aurait pu, mais tu ne m'aurais pas parlé non plus. Tu me réponds : tu ne me parles pas. Ça, je ne peux pas te le reprocher : si je te demande quoi que ce soit je sais que tu me répondras, et que tu me diras la vérité. Je suis consciente de ma chance.
- Alors qu'est-ce que tu me reproches ?
- Rien, je ne te reproche rien ! Je suis seulement déçue, et triste. Ton beau résultat au bac blanc, tu peux en être fière mais même ça ce n'est pas toi qui me l'as dit, j'ai dû te demander. »

Mademoiselle n'y pensait pas, elle était seulement passée à autre chose. Elle avait obtenu un résultat qui lui donnait confiance pour le mois de juin, la page pouvait être tournée.

« C'était juste un contrôle géant, en fait, répondit-elle.
- Si tu veux. Mais il y a vraiment quelque chose dans le fait que tu ne

me parles plus. Qu'est-ce qui se passe dans ta tête en ce moment ? C'est ça que tu ne me dis pas.
- Moi-même je sais pas ce qui se passe dans ma tête. J'ai besoin de temps, je crois. Mais ça va.
- Non, ça ne va pas. Écoute… Je suis désolée de te dire ça comme ça, je pensais que tu serais plus réactive et réceptive. Mais non : tu continues de seulement me répondre.
- Qu'est-ce que tu veux que je te dise ?
- Ce qui ne va pas. Je sais que tu ne te sens pas bien : je le vois, je le lis sur ton visage. Je suis ta mère : je peux sentir ce genre de choses même si tu ne me dis rien. Ce qui me tue c'est que tu ne te plains jamais. Je me sens impuissante, je ne sais pas comment t'aider.
- J'ai pas besoin d'aide, ma.
- Plains-toi ! Il faut que tu me dises ce qui pèse sur ton petit cœur pour que je puisse sinon t'aider, du moins faire quelque chose. »

Mademoiselle, si douée pour se composer un visage, elle qui commençait de sourire juste en approchant du lycée pour que personne ne remarque rien, se laissa aller pour la première fois depuis des années. Elle laissa les sentiments qui l'envahissaient et pour lesquels elle n'avait pas de mots prendre place dans ses yeux, autour de sa bouche et sur son front.

Elle était pâle. Sa mère vit un abîme de désespoir. Il y aurait eu de la beauté dans ce visage plein de souffrance, si ça n'avait pas été celui de sa fille. Elle se leva et regarda l'être qu'elle chérissait le plus au monde. Avant de sortir, elle dit : « Je ne vais pas te laisser comme ça, mon amour. Je ne vais pas te laisser. » La porte se referma tout doucement, on n'entendit que le « clic » du pêne. Mademoiselle fixa la poignée en métal. Sur sa joue, une larme unique s'écoula.

Chapitre 11
Des tréfonds au sommet

Quelques jours plus tard, sa mère accompagna Mademoiselle voir un psychanalyste. Dans un premier temps le praticien allait échanger avec la mère, en présence de l'adolescente. Dans un deuxième temps la mère sortirait pour une conversation plus libérée.

Mademoiselle entendit sa mère expliquer que sa fille utilisait ce surnom depuis trois ans, que les choses se passaient bien au lycée et qu'elle avait des amis mais qu'elle la trouvait très renfermée sur elle-même ces derniers mois. Cela empirant progressivement. Elle espérait qu'il n'y eut rien de grave mais préférait anticiper, d'autant plus qu'avec le bac il valait mieux être dans les meilleures dispositions d'esprit possible. Elle ne se plaignait de rien, mais il était évident que quelque chose la tracassait.

Mademoiselle écoutait sans rien dire et le psychanalyste prenait des notes. La jeune femme se demanda dans quel guêpier elle était tombée. Elle ne savait pas ce qu'elle avait : comment un inconnu pouvait-il l'aider ? Elle aurait préféré qu'on la laisse tranquillement dans sa chambre, à s'occuper comme elle le souhaitait.

Sa mère avait insisté. Ça n'engage à rien. Si Mademoiselle trouvait cela vraiment inutile, elles ne le verraient qu'une fois. Deux ou trois permettraient quand même de faire le point. Si elle le souhaitait seulement elle se ferait suivre, ce n'était pas décidé d'avance. Mademoiselle y allait sans enthousiasme ni optimisme, mais elle voulait montrer sa bonne volonté à sa mère.

Le psychanalyste, Monsieur Sino, était un homme approchant la soixantaine. Les cheveux grisonnant il portait des lunettes au bout du nez, les retirant régulièrement. Sobre, il s'était contenté d'une chemise blanche. Une veste sombre était accrochée au dossier de son fauteuil. Il avait la voix grave, celle de quelqu'un qui a trop fumé, et le ton docte.

Cela n'augurait rien de particulièrement bon pour Mademoiselle : ses professeurs préférés étaient ceux sachant se remettre en question, dire « je ne sais pas » et le reste du temps s'exprimer clairement, sans prétention, sur des sujets compliqués.

Mademoiselle tâcha de ne pas le juger trop vite : après tout, il était là pour elle.

« Mademoiselle, dit-il lorsque Madame Parlié eût fini, avez-vous quelque chose à ajouter ? Un commentaire, une suggestion, une précision ?...

- Non. Je crois pas, non. »

Monsieur Sino regardait tantôt Mademoiselle tantôt sa mère au-dessus de ses lunettes, sourcils relevés et lèvres pincées en avant. « Bien, reprit-il. Madame, si vous voulez nous attendre à l'extérieur. Je reviendrai vous chercher lorsque nous aurons fini. » Sa mère se leva ; Mademoiselle se retrouva en tête-à-tête avec le psychanalyste dans cette salle qui ressemblait trop à un bureau des pleurs et des aveux. Elle n'eut aucune envie de parler.

Du fait du secret professionnel, il est impossible de rapporter ce qui fut dit pendant cet entretien ; on se contentera donc de descriptions silencieuses. Du reste on sait déjà tout ce que Mademoiselle avait à l'esprit ; seul un léger doute planera sur l'éventail des pensées qu'elle voulut bien communiquer. Elle se contenta d'apporter des réponses monosyllabiques aux premières questions de Monsieur Sino. « Tu veux me juger ? se disait-elle. Moi aussi je vais te jauger. »

Elle observa sa façon de travailler. Lorsqu'il posait des questions il mettait et enlevait ses lunettes. Lorsqu'elle répondait, il portait la branche droite à sa bouche. De temps en temps il notait quelques mots sur son cahier. À quoi pensait-il ? Que ce n'était pas avec des cas comme ça qu'il pourrait publier des livres sur ses patients névrosés ?

Après les réponses monosyllabiques, Mademoiselle se décida à être un peu plus loquace. Monsieur Sino pouvait à loisir sucer la branche de ses lunettes. Elle se sentit presque en confiance : il lui posait des questions en apparence anodines sur sa vie, son quotidien, ses plaisirs. Jamais il ne l'attaqua de front en disant « qu'est-ce qui ne va pas chez vous ? ».

Elle se demandait quand même ce qu'il pourrait tirer à partir de cela. Après quinze à vingt minutes, l'interrogatoire semblait fini : Monsieur Sino demanda à Mademoiselle si elle voulait ajouter

quelque chose. « Rien ne me passe par la tête ». Monsieur Sino chaussa ses lunettes.
« Vous pouvez appeler votre mère. Attendez-nous dehors, ce ne sera pas long.
- D'accord », reprit-elle par réflexe.
Elle avait l'habitude, notamment avec les entretiens individuels de Monsieur Disert, de prévenir son « camarade suivant ». Mais elle n'était pas dupe : Monsieur Sino avait dit qu'il irait chercher sa mère à la fin de leur entretien ; au lieu de cela il l'envoya et ne bougea pas de son fauteuil. Mademoiselle et sa mère échangèrent un sourire en échangeant leurs places.
« Elle vous a parlé ? demanda-t-elle dès qu'elle fut à l'intérieur. Avec moi c'est catastrophique : on ne parle plus de rien. Nos conversations sont creuses.
- Oui, votre fille m'a parlé.
- Formidable ! s'exclama-t-elle. Ah ! je suis soulagée. Elle en a après moi, pour ne rien me dire ?
- Non, je ne pense pas. Votre fille semble beaucoup vous aimer. Vous savez à l'adolescence, on s'éloigne un peu de ses parents. On se trouve de nouveaux confidents, et on intériorise beaucoup. Ne vous en faites pas pour cela.
- J'ai une autre question, si vous me le permettez. J'avoue n'avoir jamais osé en discuter franchement avec elle. C'est à propos de se faire appeler "Mademoiselle". Je continue à utiliser son prénom, mais je crois que je suis à peu près la seule dans son entourage. Vous ne trouvez pas cela un peu narcissique ?
- Je comprends votre crainte, mais encore une fois je ne vois là aucun autre signe alarmant que son âge. Votre fille est assez à l'aise dans son identité. À cet âge on se hait et on s'auto-congratule d'un instant à l'autre. Il n'y a pas lieu de s'inquiéter d'un éventuel narcissisme en l'état actuel.
- Qu'est-ce qu'elle a, alors ? À vous entendre tout va bien, ce qu'elle a c'est dix-sept ans. Mais je connais ma fille : elle n'est pas heureuse, quelque chose la préoccupe. Qu'est-ce qui fait souffrir ma fille ?
- J'allais y venir. D'abord je tiens à vous rappeler que ce que je vous donne, c'est mon avis. Je le fonde sur ce qu'elle m'a dit mais un

collègue en arrivera peut-être à des conclusions différentes, et moi-même en échangeant plus longuement avec elle. Je suis tributaire de ses propos et de ses silences, que j'interprète.
- J'ai bien compris. Vous m'inquiétez, mais j'ai bien compris.
- Votre fille est une jeune femme sans vocation. »
   Cela tomba comme un coup de massue. Il avait eu beau la prévenir, ces quelques mots assommèrent la mère de Mademoiselle. Elle tenta de relativiser :
« Comme vous le disiez, c'est assez commun à son âge. Elle est si jeune encore, il y a quelques années elle apprenait à former les lettres et à compter, aujourd'hui on lui demande de savoir ce qu'elle veut faire de sa vie.
- J'ai dit, reprit Monsieur Sino, sans vocation. Pas "sans idée d'orientation professionnelle". Cette dernière peut faire partie d'une vocation, mais une vocation c'est beaucoup plus. C'est ce qui vous fait vous lever le matin. Si vous avez la chance de travailler dans le secteur qui était votre vocation, votre autre vocation aujourd'hui est d'assurer le bonheur de votre fille. Vous voyez que ça n'a rien à voir.
- D'accord, admit-elle. Expliquez-moi un peu plus, s'il vous plaît.
- Elle tourne en rond. Elle ne peut se concentrer sur rien parce qu'elle n'a pas encore trouvé ce qui l'intéresserait. Elle ne peut pas avancer, ni vis-à-vis d'elle-même ni vis-à-vis des autres. Ses camarades de classe, ses professeurs, vous-même ou moi, qui ne suis qu'un inconnu pour elle. »
   Sa mère avait besoin d'entendre cela, qui la déchirait pourtant.
« Si elle vous dit qu'elle ne sait pas ce qu'elle veut faire de sa vie, ni demain ni dans dix ans, il faut la croire : elle ne *sait* vraiment pas. Sans vocation, elle est obligée de vivre au jour le jour. En espérant trouver le déclic.
- Je peux l'aider, pour ça ? espéra-t-elle.
- D'abord personne ne peut l'y forcer. Ensuite je ne suis même pas sûr que vous puissiez l'aider. Pour l'instant elle est refermée, comme une huître. C'est quand elle s'ouvrira qu'on pourra voir sa perle. Votre fille n'a pas d'ambition intellectuelle, pas de curiosité esthétique. Elle étudie sans amour, elle se contente de faire ce qu'il faut pour qu'on

n'ait rien à lui reprocher. Cela lui permet d'avoir la moyenne, sans être bonne ni mauvaise nulle part. Elle avance, sans savoir ni où elle est ni où elle va. Est-ce qu'il y a des choses qui l'intéressent ? C'est cela qu'il s'agirait de développer.
- Je ne sais pas. Comme je vous l'ai dit, elle ne me parle plus beaucoup. Je ne la reconnais pas. »
　　　Si elle avait été impudique, elle en aurait pleuré. Sa fille, sa chère petite fille sans vocation, sans ambition ni curiosité. Tout cela formait un cercle vicieux. Sans vocation elle ne se donnait pas les moyens de découvrir un sujet, sans curiosité elle ne pouvait pas en trouver, sans ambition elle ne nourrissait ni vocation ni curiosité. Pour la première fois, Madame Parlié prit conscience de la souffrance qui devait avoir fait son nid dans la tête et le cœur de sa fille.

« Il y a une dernière chose que je puis vous dire après ce premier entretien avec elle, reprit le psychanalyste en agitant toujours ses lunettes.
- Je vous écoute. De toute façon, ça ne peut pas être pire.
- Cela découle du reste. Tout est lié, naturellement. Vous disiez que votre fille ne vous parlait plus. Bien sûr il y a l'adolescence, le repli sur soi et les nouveaux confidents, mais je crois que c'est plus profond dans son cas. Impossible de tirer de conclusions avec si peu d'éléments, mais je pense avoir discerné une incapacité à se livrer. Même quand elle parle, que ce soit avec vous, ses amis, ses professeurs ou à moi, elle ne se livre pas. Elle ne se livre à personne.
- D'où pensez-vous que cela vienne ?
- Il faudrait que je la suive pour être sûr, mais il y a de fortes chances que ce soit tout simplement qu'elle n'ait rien à livrer. Rien qu'une vacuité, qu'elle-même ne parvient pas à exprimer. Je crois qu'elle vous dit tout, c'est-à-dire qu'elle ne cache rien. Le reste n'est que du vide, c'est pour cela qu'elle ne vous en parle pas.
- Elle me dit ce qu'elle peut, alors ?
- C'est à peu près ça. »
　　　La consultation était finie : Monsieur Sino avait un autre patient à recevoir. Mademoiselle s'étonna de ne pas être rappelée : elle avait pu parler avant que cela commence mais était exclue des conclusions du psychanalyste, comme une enfant.

Elles étaient venues en bus. Sa mère lui proposa de rentrer à pied : il ne faisait pas très froid pour une fin janvier. Madame Parlié avait besoin de marcher, de respirer. Elle espérait qu'à l'extérieur ce qu'elle venait d'entendre lui paraîtrait plus clair et moins cruel.

Elle avait reçu une gifle. Sans vocation, sans ambition, sans curiosité. Mademoiselle ne disait rien. D'un côté elle voulait savoir ce que le psychanalyste avait dit d'elle, d'un autre côté elle s'en moquait. Comme si ça ne la concernait pas.

Ou comme si, plutôt, il ne pouvait pas savoir. Ses doutes anciens sur la valeur de la psychanalyse trouvaient un nouveau terreau, elle remettait profondément en cause les notions freudiennes d'inconscient, de refoulé. Elle ne voyait, adoptant la formule d'un auteur dont elle n'avait pas retenu le nom, dans son œuvre qu'un « symbolisme puéril ». Madame regarda Mademoiselle, tentant de lui sourire.

« Est-ce que tu sens que ça t'a aidée, que ça t'a fait du bien ?
- Bof, non. Ça m'a pas fait de mal, mais je vois pas comment ça pourrait m'aider.
- Ça peut demander du temps, tu sais.
- Je suis pas folle, je suis juste pas heureuse !
- Calme-toi mon amour. Personne n'a dit que tu étais folle.
- Tu m'emmènes chez un psy et il m'éloigne pour te dire ce qu'il pense de moi après à peine un quart d'heure. Vous ne l'avez peut-être pas dit, mais vous agissez comme si j'étais folle.
- On essaie d'agir pour ton bien. »
   Il semblait difficile qu'elles se mettent d'accord.
« Tu voudras y retourner ? reprit sa mère.
- Franchement je préférerais pas. Si tu penses que c'est important j'irai, mais franchement je préférerais pas.
- C'est à toi de décider. Je ne prends pas de deuxième rendez-vous. Si tu changes d'avis, tu pourras soit lui téléphoner soit essayer avec un autre.
- Merci, Ma. »
   Sa mère, à vrai dire, ne tenait pas à ce qu'elle fréquente celui qui la prenait pour une névrosée. Elle hésitait à consulter un deuxième

praticien : s'il émettait le même diagnostic, ça la tuerait. Ce qui la tuait, pour le moment, c'était de voir sa fille dans cet état. Elle avait connu quelques passions dans sa vie, mais elle avait surtout des centres d'intérêt. Que sa fille n'ait pas de vocation en Terminale était gênant, mais elle était encore jeune et avait le temps pour se trouver. Elle-même avait eu un déclic assez tard. Plus tôt que sa fille, mais assez tard. Qu'elle n'ait pas d'ambition lui semblait en découler : quand on ne sait pas où aller, on ne cherche pas à aller plus loin. Ce qu'elle ne comprenait pas, c'était son manque de curiosité. Elle hésita à lui faire lire des auteurs mettant en scène des personnages se contentant de faire *ce qu'il faut* : peut-être se révolterait-elle contre cette inanité et prendrait conscience de la sienne, mais elle ne la voyait pas un livre à la main. Elle avait bien compris que cette curiosité ne pouvait pas être artificiellement provoquée de l'extérieur, mais il fallait qu'elle fasse quelque chose.

Elles marchaient silencieusement le long du boulevard Beaumarchais, s'approchant progressivement du Marais. Elles s'arrêtaient de temps en temps devant une boutique où leur œil avait été attiré. Soudain elle fut frappée d'une idée devant l'une d'elles.
« Ça te dirait qu'on parte quelque part pour les vacances ?
- Pourquoi pas, ouais. Où ?
- Où tu veux.
- Qu'est-ce que tu veux dire ?
- Je veux dire : où tu veux. Tu choisis un endroit dans le monde et on y va. En France, en Europe, aux antipodes… où tu veux.
- Putain, lourd ! s'exclama Mademoiselle avec un enthousiasme oublié depuis longtemps. Ça me dit grave !
- Super, alors ! On entre ? »

Dans l'agence de voyage il y avait de larges posters : des safaris en Afrique, des temples en Asie, le Macchu Pichu en Amérique… Toutes ces couleurs, toute cette diversité étaient une invitation au voyage.
« Bonjour mesdames, puis-je vous renseigner ? demanda une conseillère.

- Nous voudrions partir pour les vacances de février avec ma fille, mais nous ne savons pas encore où.
- Vous préférez un séjour tout inclus ou un peu plus libre ? Vous êtes plutôt expéditions ou vous préférez prendre le temps de découvrir un endroit ? Sauf à souhaiter simplement vous reposer au soleil ?
- Les vacances sont pas très longues, répondit Mademoiselle, je suis pas sûre qu'un séjour itinérant soit le *top*. Qu'est-ce que t'en penses, Ma ?
- Je te l'ai dit : c'est toi qui choisis !»

La vendeuse les attira vers le présentoir de leurs dépliants. Tout un ensemble de brochures et de magazines vantait des destinations aux quatre points cardinaux. Mademoiselle en attrapa plusieurs, remercia et sortit accompagnée de sa mère. Son sac était rempli de promesses.

Elles rentrèrent d'un bon pas chez elles, guidées par les « T'es la meilleure, t'assures, t'es géniale » de Mademoiselle. À peine rentrées, elle étala sa prise sur la table du salon. Assises côte à côte elles feuilletaient les noms des villes, leurs photographies et les récits qui les accompagnaient.

C'est comme si le voyage avait déjà commencé. L'argumentaire était bien rodé : même un casanier aurait voulu enfiler ses chaussures. Madame Parlié leur prépara du thé pour parcourir cette littérature. Elle voulait oublier, et faire oublier à sa fille leur passage chez le psychanalyste.

« Où je veux ? répéta Mademoiselle une énième fois, incrédule.
- Parfaitement ! Que tu laisses tomber ton doigt au hasard sur une carte ou que tu aies un coup de cœur dans une de ces pages, où tu veux.
- Mais ça va te coûter une fortune ! En plus on s'y prend à la dernière minute !
- Voilà le marché : tu choisis l'endroit et je m'occupe de l'argent, d'accord ?
- T'aurais pas été une bonne négociatrice mais ça me va ! » s'exclama Mademoiselle en riant.

Sa mère la regardait. Elle retrouvait quelque chose de la petite fille qu'elle n'avait jamais totalement cessé de voir en elle. Cette jeune femme de dix-sept ans le nez dans les magazines de voyage ressemblait à celle de six ou sept ans, cochant les yeux émerveillés les cadeaux à demander au Père Noël dans le catalogue d'un grand magasin. Le psychanalyste s'était trompé : bien sûr que Mademoiselle était curieuse, mais il fallait trouver de quoi.

La journée toucha à son terme, Mademoiselle hésitant entre toutes ces villes et sa mère la regardant. La jeune femme partit se coucher avec plusieurs de ses brochures. Le lendemain matin elle commençait à huit heures, sa mère était encore couchée. Avant de partir elle laissa un des catalogues en évidence sur la table.

Les quelques heures de cours lui semblèrent interminables, et en même temps elle aurait été incapable de dire ce dont ils avaient parlé. Le soir en rentrant elle alla embrasser sa mère qui préparait le dîner. Alors qu'elle s'apprêtait à aller dans sa chambre, sa mère demanda de lui donner quelque chose qu'elle avait oublié dans le salon.

C'était une ruse. Sur la table, deux billets d'avion à leurs noms avaient remplacé le magazine. En larges lettres noires, leur destination. Mademoiselle sauta au cou de sa mère.

Les journées qui séparaient l'achat des billets de leur utilisation n'ont été remplies que de quotidien : les cours, des sorties et quelques contrôles et devoirs, comme toujours avant les vacances. Mademoiselle, pour témoigner sa reconnaissance envers sa mère, essayait de ne pas trop s'isoler. Elle continuait de travailler dans sa chambre, elle y avait trop d'habitudes mais s'efforçait ensuite de passer dans le salon.

Les deux femmes échangeaient quelques mots, parfois Mademoiselle lui faisait écouter de la musique mais elle lui plaisait rarement. Alors elle agitait ses doigts entre j'aime, retweets et ajouts aux favoris tandis que sa mère lisait un magazine ou un livre. Mademoiselle arrivait à oublier son malheur en anticipant sur l'aventure formidable qu'elle allait pouvoir vivre d'ici une quinzaine de jours.

Chapitre 12
New York

Le voyage à New York est le chapitre le plus heureux dans la vie de la lycéenne Mademoiselle. Ses idées morbides étaient loin derrière elle. Quatre mois avant son baccalauréat, sa mère lui offrait une bouffée d'air frais.

Découvrir New York… Elle avait préparé une compilation de chansons sur la grosse pomme : *New York, New York* de Sinatra, *New York* d'Alicia Keys, *New York* de U2, *Back to Manhattan* de Norah Jones… Elle mettait la table en sifflotant *Un jour j'irai à New York avec toi*. Sa mère voyait avec dilection sa fille épanouie. Car voilà ce que c'est qu'une mère : un être capable du bonheur au seul motif de voir son enfant heureux. Et de souffrir, s'il voit son chagrin.

Elles allaient passer dix jours à New York. Mademoiselle n'aurait qu'une seule obligation : en profiter. Sa mère avait fait la liste des principaux lieux à visiter, mais c'était à elle de choisir le programme. Depuis combien de temps ne se mettait-elle plus à chanter, comme ça, sans autre raison que son plaisir, dans leur appartement ? Elles prirent le RER pour rejoindre l'aeroport.

Mademoiselle trépignait. Sa mère avait beau lui dire qu'elles n'en avaient jamais été aussi proches, ce sont souvent les derniers moments qui paraissent les plus longs. Il fallait encore enregistrer leurs bagages, suivre tout le protocole de contrôle et de sécurité. Ensuite, dans la zone détaxée, c'est l'école de la patience. Les compagnies aériennes demandent à leurs passagers d'arriver très en avance. Mademoiselle et sa mère connurent l'endroit dans ses moindres secrets. Elles n'achetèrent rien mais visitèrent toutes les boutiques.

Elles parcoururent les couloirs dans un sens puis dans l'autre. Certains recoins offraient des fauteuils plus confortables que d'autres. Dans un espace on peut se détendre, pendant que les enfants profitent d'une petite aire de jeu. Il y a des télévisions et des consoles. Mademoiselle trouva même une borne pour charger son téléphone.

Elle n'arrêtait pas de prendre des photos, soit d'elle seule soit d'elle avec sa mère, depuis le RER. Un archiviste voulant dresser sa biographie n'aurait qu'à consulter cette succession de clichés, tout s'y trouvait.

« Ma valise dans le train pour l'aéroport », « billets en main pour le grand voyage », « ma mère et moi devant l'aéroport photographiées par un vieux portugais seul tout », « trop long… -_- », « prête pour réviser le bac d'anglais ! », « on zone en attendant le décollage », « plein d'avions pour plein d'endroits », « passengers 4 NY boarding now !!! » et bien d'autres, le tout étant bien sûr horodaté et géolocalisé.

Les mentions j'aime se succédaient ainsi que les commentaires : « trop jalouse >< », « profite bien mon ange ! <3 », « éclate-toi ! ». Elle regretta presque d'avoir supprimé Ophélie – geste rarissime chez Mademoiselle – qui ne voyait donc pas sa gloire. Quelques uns de ses amis avaient bien sûr déjà été à New York mais personne de son groupe, ni même de sa classe. C'était une pionnière, elle ouvrait la voie.

Elles montèrent dans l'avion.

Il était énorme : neuf places par rangée.

« Tu veux le côté hublot mon amour ? lui demanda sa mère.

- Comme tu veux ! Je te le laisse si tu le préfères.

- Qu'est-ce qui te ferait plaisir, à toi ?

- Le hublot, confessa-t-elle d'un air faussement timide.

- Alors installe-toi, nigaude ! »

Mademoiselle était consciente de tout ce que sa mère faisait pour elle et ne trouvait pas les mots pour la remercier.

Elles avaient beau être dans l'avion, elles n'avaient pas encore décollé. Il fallait encore attendre que tout le monde soit là et faire ce qui ressemblait à un tour de l'aéroport tant l'avion roula. À ses côtés, sa mère avait fermé les yeux. Ce fut l'occasion d'une dernière publication avant le décollage : « la dar se prépare au décalage horaire en pionçant alors qu'on est toujours à Paris ».

L'avion s'immobilisa enfin, ce qui la fit se réveiller. Les freins serrés, les réacteurs se firent de plus en plus bruyants. Ça y est : elles allaient s'envoler. « New York, putain », se dit Mademoiselle accrochée à ses accoudoirs, ravalant une larme qui n'aurait de toute façon pas coulé. Le pilote relâcha les freins.

L'avion prenait de la vitesse sur le tarmac, secouant ses passagers. La roue avant, bientôt suivie par les roues arrière, se détacha du sol. Mademoiselle avait toujours adoré les décollages, signes d'un ailleurs. Sa mère, plus superstitieuse, préférait les atterrissages : on est bien arrivé.

Elles n'en étaient pas encore là. Avant de prendre plein ouest, l'avion parut faire un dernier adieu à Paris : d'un coup d'ailes qui le fit se pencher, Mademoiselle put apercevoir la capitale. C'était l'après-midi. Elle devinait les gens en train de travailler ou occuper leur journée alors qu'elle partait pour les États-Unis. Elle avait peu de temps : elle prit une photo pendant les quelques secondes de cette vue fugitive. C'était la plus heureuse des jeunes femmes.

Le trajet dura une éternité. Pendant des heures et des heures elles restèrent enfermées. Au début Mademoiselle pouvait voir la campagne par le hublot, mais bientôt l'avion avait dépassé les nuages et survolait l'océan. Sur l'écran en face d'elle, entre deux films, Mademoiselle observait leur avancée. Le point qui représentait l'avion semblait ne pas bouger.

Plusieurs fois, lorsqu'elle se réveillait, sa mère incita Mademoiselle à se lever : « C'est pas bon de rester assises comme ça. On doit faire circuler notre sang. On va aux toilettes ou juste marcher, mais on se lève. Suis-moi. » Plus amusée que convaincue, Mademoiselle emboîtait le pas à sa mère. Elle finit par réussir à s'endormir à son tour quelques heures avant l'atterrissage.

Et puis ce fut New York.

Les lumières de la cabine s'étaient rallumées, le commandant de bord annonçait la météo. Plutôt agréable pour la saison. Mademoiselle attrapa le bras de sa mère : « Ma, on est à New York ! » Madame Parlié se moquait d'être à New York, Paris ou Tombouctou : la seule chose qu'elle voyait était le sourire de sa fille. Sourire auquel elle répondait, pensant qu'elle avait trouvé le moyen de rendre Mademoiselle heureuse. Après quelques minutes de nouveaux tours en rond, l'avion entama sa descente vers la piste. Les premières lueurs du jour faisaient leur apparition.

« J'espère que t'as assez dormi pour dix jours, parce qu'on n'est pas là

pour se reposer ! dit Mademoiselle.
- Tu parles, répondit sa mère provocatrice : c'est toi qui vas me supplier pour qu'on rentre à l'hôtel.
- Alors ça ! C'est ce qu'on va voir ! »

De toute évidence, elles comptaient toutes les deux profiter de ce séjour : Mademoiselle pour trouver ce qui lui manquait, sa mère pour lire dans ses yeux la satisfaction enfin assouvie. Elles allaient toutes les deux en sortir épuisées et satisfaites. Sur l'écran, l'altitude baissait de plus en plus vite.

« Attachez vos ceintures – *please fasten your seat belt* », entendit-on résonner. Les membres de l'équipage s'assirent à leur tour. Elle avait beau prétendre le contraire, Mademoiselle était un peu stressée.

« C'est complètement con, leur questionnaire. Qui va dire oui, je suis terroriste ?

- C'est vrai que ça peut paraître un peu idiot, répondit sa mère, mais c'est parce que nous ne fonctionnons pas de la même manière. Ici, donner sa parole est très important. Le parjure, ou plus simplement le mensonge, sont très mal vus.
- Sérieux ?
- Sérieux. Si tu fais quelque chose d'illégal, tu as intérêt à plaider coupable. On pardonne à quelqu'un qui reconnaît ses fautes, pas à celui qui essaie de passer pour innocent alors qu'il est conscient de ce qu'il a fait. Il est presque plus grave d'avoir affirmé *je ne suis pas un terroriste* que de l'être.
- Chaud…
- Ce sont deux modes de fonctionnement différents, continua sa mère. Tu ne peux pas plaider coupable et négocier ta peine en France : on prend en compte tes actes et on te juge d'après ça.
- J'ai intérêt à faire gaffe à ce que je dis, alors…
- Surtout sous serment : dans certains pays d'Asie du Sud-Est si tu dis en public « je n'aime pas le roi », on peut t'arrêter. Mais tu ne risques rien ici si tu dis « je n'aime pas le président », ou « la démocratie n'est pas égalitaire ».
- J'crois quand même que la démocratie et la république valent mieux que la monarchie, c'est pas pour rien qu'on a coupé la tête à Louis

XVI. Partout où il y a des rois on s'incline devant eux. Sans déconner, et j'aime bien l'Angleterre, mais ils sont oufs des chapeaux de la reine. De ses chapeaux, steuplé… Mais qui s'en fout ? On n'a peut-être pas toujours des présidents au *top* mais on les a choisis, ils ne gardent pas leur rôle pendant des décennies de malade et on rampe pas devant eux. »

Leur conversation fut interrompue par l'atterrissage. À l'inverse de ce qui avait eu lieu quelques heures auparavant, les roues arrière puis la roue avant touchèrent le sol. Mademoiselle avait toujours peur qu'elles explosent : elles passaient en un instant de l'arrêt à plusieurs centaines de kilomètres par heure. Dès que l'avion perdait de la vitesse, sa mère était la première à applaudir. Tant pis si on n'était pas au spectacle, tant pis si le pilote ne l'entendait pas depuis sa cabine : elle applaudissait, soulagée que tout se soit bien passé.

Après un tour de l'aéroport outre-Atlantique l'avion rejoignit son stationnement et s'arrêta. Mademoiselle, n'ayant jamais marché sur un tarmac, espérait un baptême du feu. Mais elles ne touchèrent pas encore le sol new-yorkais : une passerelle aérienne les attendait. Il fallait traverser les contrôles étasuniens. Enfin elles furent de l'autre côté. Elles montrèrent la réservation de leur hôtel à un chauffeur de taxi, qui les conduisit à Manhattan.

« Maman merci pour tout ce que tu fais pour moi, dit Mademoiselle en voyant le compteur augmenter dangereusement, mais j'ai l'impression de te dépouiller de ton argent.

- Dis plutôt de ton héritage, répondit-elle après avoir hésité un instant. Tu sais, j'ai eu l'occasion de pas mal voyager dans ma vie. Je sais que c'est une chance. Parmi les nombreuses choses que j'ai apprises, il y a le fait qu'on dépense souvent plus que nécessaire. Il y a aussi le fait qu'il faille en profiter.

- C'est-à-dire ?

- Tu n'es pas obligée de gagner beaucoup d'argent pour être heureuse. Ceux qui te diront le contraire sont des menteurs. Mais l'argent ne sert à rien s'il dort sur un compte en banque : utilise-le, profites-en. Ne le gaspille pas, mais profites-en. Sinon il ne sert à rien. L'argent ne fait pas forcément le bonheur, mais dépense-le pour te faire plaisir. »

Le taxi ralentit : elles étaient arrivées. Mademoiselle fut confrontée à ce que sa mère venait de lui dire, comme un fait exprès : c'était un bel hôtel, sans être luxueux. Suffisant pour être à l'aise mais s'abstenant de regarder de haut les employés. Certains allaient y faire leur carrière, d'autres y payer une partie de leurs études qui coûtaient une fortune. Elles s'accordèrent quelques heures de repos avant de se réveiller en milieu de matinée.

Ce fut un tourbillon. Dix jours de bonheur pour Mademoiselle. Elle s'enivrait de tout ce qu'elle voyait, de tout ce qu'elle vivait. Elles découvrirent le véritable sens de brunch, *breakfast* plus *lunch*, en en commandant un. Elles se sentirent pleines pour la journée. L'après-midi, aussi épuisées l'une que l'autre, elles se contentèrent d'une promenade rapide autour de leur hôtel.

Elles se couchèrent tôt, mais cet aperçu avait suffi à Mademoiselle : elle savait qu'elle allait aimer cette ville. Cette architecture, cette agitation, cette ambiance étaient selon son goût. Elles arpentèrent Manhattan, Brooklyn, le Queens, le Bronx et Staten Island, tous ces noms qui font rêver.

Pour leur première vraie journée, elles restèrent dans Manhattan pour voir le One World Trade center sur proposition de sa mère. Puisque Mademoiselle avait un pouvoir absolu de décision, son premier arrêté fut de partager cette autorité : chacune leur tour, la mère et la fille allaient décider du programme. Sa mère eut beau protester, elle était prise à son propre jeu.

Elles arrivèrent aux pieds de cette tour immense. C'était étourdissant de tenter de regarder en l'air, elles en perdaient leur équilibre. Des tours, des tours partout. Le terme de « gratte-ciel » prenait un véritable sens ici. Tout était construit vers le haut et on se sentait petit, si petit, les pieds sur la terre ferme. Tout était immense, démesuré, comme construit pour des géants. Les hôtels particuliers du Marais datant du dix-septième ou du dix-huitième siècles, malgré leur éclat, semblaient incapables de rivaliser face à ces *buildings*.

À côté de la tour se dressait le mémorial pour le onze septembre.

« Ça a dû leur faire un choc, dit Mademoiselle.

- Plus que cela, répondit sa mère. C'était... épouvantable. Tout l'Occident était horrifié.
- Comment on les appelait déjà, les tours dans lesquelles se sont écrasés les avions ?
- Le World Trade Center, ou les tours jumelles.
- Pourquoi jumelles ?
- Parce qu'elles étaient presque identiques. C'était un symbole, tu sais. On les avait tous vues dans des films, des bandes-dessinées, à la télévision... Tu n'as aucun souvenir ?
- Ma, j'avais un an...
- C'est vrai, excuse-moi. Pour moi c'était hier.
- Et pour moi c'est de l'histoire. On a vu des images en cours, photos ou vidéos, comme on a vu des images de la bombe atomique ou des grottes de Lascaux. Tu te rappelles du jour où tu l'as appris ?
- Impossible d'oublier. Demande à n'importe qui : on se souvient d'où on était et de ce qu'on faisait le onze septembre deux mille un. C'était la première fois. Un bouleversement. Depuis on a malheureusement connu d'autres attaques terroristes, et d'elles aussi on se souvient. Ces images qui te sont familières, avec lesquelles tu as dû apprendre à grandir, nous les avons vues en direct. Nous n'avions aucun recul. Dans les semaines qui ont suivi, on regardait impuissants les préparatifs de la guerre.
- Alors ? relança Mademoiselle. Qu'est-ce que tu faisais ?
- C'était insupportable, les images passaient en boucle. Je n'avais repris le travail que depuis quelques mois, après ta naissance. Pendant des jours on n'a vu que ça : un avion entrer dans une tour, puis un deuxième avion, et les tours s'effondrer en apportant la mort et des cendres ; la nuit en plein jour. »
   Sa mère s'interrompit quelques secondes puis reprit, très émue :
« Un collègue est venu me chercher. Il était pâle, son menton tremblait. Il m'a dit *viens, arrête tout, il faut que tu voies ça...*
- Maman...
- Tout le bureau s'est retrouvé dans la même salle, devant un écran. On ne disait rien. On regardait, stupéfaits. Plusieurs ont pleuré. C'était l'horreur absolue. Et puis, on savait que ça recommencerait. On savait

que ce n'était qu'un début, que le vingt-et-unième siècle ne serait pas plus beau que le vingtième.
- Maman…
- On savait qu'on allait devoir vivre avec, et moi que ma toute petite fille allait grandir dans ce monde. C'est de l'histoire, mais ce n'est pas du passé. Depuis il y a eu plein d'autres attaques, partout dans le monde, mais on ne doit pas s'habituer. Si on s'habitue c'est la fin, ça veut dire qu'on l'accepte. On doit protester, se faire entendre.
- Maman ! »
 Mademoiselle lui coupa la parole en la serrant dans ses bras. Sa mère pleurait, elle pleurait un monde qu'elle avait connu et elle pleurait sur celui qu'elle laisserait à sa fille. Elle pleurait en revoyant les tours s'effondrer, pas en tant qu'images historiques mais qu'elle avait vécues.
 Mademoiselle consola sa mère. « On n'accepte pas, Ma, on n'accepte pas... Mais nous on est nés là-dedans, on n'accepte pas mais on sait que c'est notre quotidien. » Sa mère ayant réussi à se maîtriser de nouveau, elles allèrent prendre un café pour se remettre de leur émotion.
« Si c'est pour que ça te mette dans des états pareils, je vais pas te laisser choisir à nouveau nos destinations !
- Excuse-moi, j'ai craqué. Me retrouver là, ça m'a toute chamboulée.
- T'inquiète, reprit Mademoiselle dans un sourire. Ça va mieux ?
- Ça va, oui, ça va… »
 Elle avait beau jouer les fortes, Mademoiselle aussi était secouée. Le monde tel qu'elle le connaissait n'avait pas toujours été comme ça, les faits historiques avaient appartenu à l'actualité. Malgré les années, malgré le fait qu'elle n'ait connu personne au World Trade Center la douleur était toujours là pour sa mère, qui avait tremblé à ce souvenir, et pour beaucoup d'autres.

 L'après-midi fut plus calme, quoique plus chargé : elles visitèrent le Chrysler Building et l'Empire State Building.
 La vue, dominant la ville, était incroyable. Des gratte-ciel les entouraient, dessinant des contours inconnus en Europe. Le plan de la ville étonna lui aussi Mademoiselle : malgré les travaux d'Haussmann,

Paris compte de nombreuses ruelles et petites rues ; ici tout est tracé à la règle, les rues semblent sans fin et elles sont perpendiculaires. Elles forment des blocs, des carrés ou des rectangles.

Un soir elles allèrent à Broadway et se laissèrent imprégner par l'agitation du lieu avant d'aller voir un spectacle. N'importe lequel, mais il fallait en voir un. Mademoiselle en était déjà à des milliers de photos. Fait original, elle ne les publiait pas tout de suite : elle attendait le soir, pour en envoyer quelques unes. Elle ferait le tri à Paris, ne pouvant pas toutes les mettre en ligne.

Un autre soir, elles se rendirent sur Times Square : après l'avoir vu de jour, elles voulaient se laisser éblouir par les immenses écrans publicitaires. Mademoiselle murmura, émerveillée :
« Et c'est Paris qu'on appelle la ville lumière ? Pourquoi, d'ailleurs ?
- À cause des lampadaires.
- Ça me troue le cul. Paris ville-lumière pour ses lampadaires alors que New York brille de toutes les couleurs.
- Paris est plus calme, plus romantique, observa sa mère sans relever le mot de Mademoiselle.
- Nique le romantisme et les lampadaires, on n'est plus au dix-neuvième siècle. Vivent les pubs géantes qui clignotent ! »

Leur séjour aurait pu s'appeler « New York par les clichés », mais il faut bien commencer par là quand on découvre une ville et Mademoiselle aimait ces clichés. Elles approchèrent de Wall Street à bord d'un taxi – jaune, évidemment. Elles montèrent dans un bateau pour Liberty Island et voir la statue de la Liberté. Quelle belle image ce devait être, pour ceux qui arrivaient enfin après un long voyage en mer !

« Tu continues tout droit et t'arrives en Bretagne », dit Mademoiselle en pointant l'horizon et partant dans un éclat de rire. Elles lurent l'inscription gravée sur le socle de ce symbole franco-américain : « Garde, Vieux Monde, tes fastes d'un autre âge ! proclame-t-elle. Donne-moi tes pauvres, tes exténués, tes masses assemblées aspirant à vivre libres, le rebut de tes rivages surpeuplés, envoie-les moi, les déshérités, que la tempête me les apporte, je dresse ma lumière au-dessus de la porte d'or ! » Mademoiselle eut l'impression que ce poème avait été écrit pour elle, que l'invitation la visait. Vieux monde d'un autre âge... l'exténuée... jusqu'à la porte d'or...

Une autre fois où c'était à sa mère de choisir, elles prirent la direction du Metropolitan Museum of Art puis du MoMA. Mademoiselle n'étant jamais entrée dans un musée sans y être contrainte, il fallait bien cela. Sa mère ne s'attendait pas à une révélation : Mademoiselle n'avait jamais montré de sensibilité particulière pour l'art, il y avait peu de chances qu'un retournement s'opère soudain mais elle se plaisait à croire qu'à force d'en fréquenter, à petites doses, sa fille y prendrait goût.

Mademoiselle regarda quelques œuvres, en trouva même de jolies mais sans emportement, et même sans sensibilité artistique. Elle était plus intéressée par l'espace et les gens qui y circulaient. Lorsque sa mère tourna le dos elle eut le temps d'un rapide Snapchat : « victime d'un guet-apens, je me suis retrouvée dans un musée ! Je préfère Times Square ». La photo lui plaisait, elle se trouvait jolie dessus.

Comme pour s'excuser de cette injection de culture par intraveineuse, sa mère lui proposa ensuite de retourner à Central Park. Elle savait qu'elle y reconquerrait le cœur de sa fille, qui aimait beaucoup cet immense jardin. Si grand qu'elles s'efforçaient d'entrer toujours par un endroit différent pour tenter de le découvrir en entier.

Bien sûr c'était impossible, et pour vraiment connaître une place il faut y venir à des heures et des jours variés, à toutes les saisons. Les enfants peuvent y passer leurs week-ends ou leurs vacances, les employés de bureau y déjeuner, les adolescents s'y retrouver après les cours, les amoureux s'installer dans l'herbe, les sportifs faire leur jogging... Un lieu est vivant quand il est perpétuellement occupé par des personnes aussi diverses. Vraiment, Mademoiselle s'y plaisait beaucoup.

Mais c'est ailleurs, à Brooklyn, qu'elle a eu un coup de foudre. Mademoiselle y a découvert les petits immeubles qu'on appelle *brownstone*. Ceux-là ne cherchaient pas à atteindre les sphères les plus hautes. Pour y arriver il fallait monter quelques marches, et soit en dénivelé soit au niveau du sol on trouvait souvent des fleurs. « Je veux habiter ici, répétait-elle de façade en façade. C'est vraiment trop mignon ! » Ayant bien entendu cela, sa mère lui proposa plusieurs fois d'y retourner.

Elles se prélassaient, laissant traîner leurs pas, ou s'arrêtaient quelque part pour manger un morceau ou boire un verre. Mademoiselle n'aurait même pas su expliquer pourquoi elle aimait cette architecture, elle la trouvait seulement ravissante.

Elle s'imaginait vivre dans un de ces appartements, passant de fête en fête, emportée par une valse d'insouciance et de bonheur. Elle se voyait riche, libre et entourée d'amis qu'elle retrouvait d'une soirée à l'autre. Elle se rêvait en reine des fêtards, recherchée et honorée, se délassant de ces orgies dans son petit cocon. Que les produits de son imagination soient réalistes ou non ne lui importait pas le moins du monde : elle était heureuse, dans son utopie. Un *brownstone* à Brooklyn était son château en Espagne.

La dizaine de jours passa comme un rêve : tout est enchanté, tout va très vite et on ne se souvient plus de tout à son réveil. Elles étaient perpétuellement occupées ; elles aimaient ça et Mademoiselle était heureuse. Le psychanalyste et ses conclusions prétentieuses, sûres d'elles, étaient loin, très loin. S'il suffisait de voyager, sa mère l'emmènerait faire le tour du monde.

Mais elle allait à son tour un peu vite en croyant cela. Plus que l'ailleurs, ce que Mademoiselle avait aimé c'était le luxe, les paillettes, l'insouciance ; le mythe de New York qui était temporairement devenu sa réalité. Tout semblait possible. À la fin du séjour elle se sentait comme chez elle, hélant un taxi et sachant se déplacer sans plan.

Ça avait été une fête continue pendant dix jours. Il fallut rentrer : Paris les attendait. Elles quittèrent leur hôtel en avance : en bas, le chauffeur avait été prévenu. Dans le taxi jaune elles firent un dernier tour, pour fixer ces images dans leur mémoire. Elles lui demandèrent de passer pêle-mêle par Times Square, Central Park, l'Empire State Building, Wall Street et bien sûr Brooklyn avant de rejoindre l'aéroport.

Elle en informa Facebook par un statut – en voyage, de New York à Paris –, une photo – sa mère et elle devant un théâtre de Brooklyn le soir – et un commentaire – « Good bye, NY. Hope to see

U again soon. » L'esprit encore éclairé par ce qu'elle venait de vivre, elle ne réalisait pas encore ce que signifiait *rentrer*.

Chapitre 13
La punition

Mademoiselle dut pourtant se réhabituer très vite. Pas encore remise de la fatigue du vol – le battement d'aile de l'avion avait cette fois fait un clin d'œil à la statue de la Liberté – et du décalage horaire, elle trouva toutes ses affaires de cours sur son bureau. Son agenda débordait de devoirs à rendre et de contrôles à réviser.

Elle n'avait rien emmené à New York ; sa mère lui avait dit : « Il faut un temps pour tout. Un temps pour travailler, c'est obligatoire. Mais aussi un temps pour se reposer et profiter des vacances. » Elle en avait profité, il fallait maintenant se consacrer à la tâche la moins agréable. Elle n'avait que le week-end devant elle. Elle y passa des heures mais dimanche dans la nuit, elle avait fini.

Lundi matin adieu les grandes avenues tracées au cordeau : elle retrouvait les ruelles du Marais et la large rue de son lycée. La porte en bois avait été repeinte. Elle s'ouvrit, laissant apparaître Paul et Sylvain, avant que Juliette et Marine n'arrivent ; Mademoiselle les attendit. Elle s'impatienta mais elles arrivèrent finalement, chacune de son côté, juste avant qu'elle ne se referme.

« Grouillez-vous les meufs, on va être en retard !
- C'est bon, on est là. C'était limite ! s'exclama Juliette.
- Elle me stresse de ouf cette porte, ajouta Marine en entrant.
- Putain Mademoiselle, faut trop que tu nous racontes tes vacances !
- Grave ! La vie de moi c'était trop bien.
- Allez les filles on se dépêche, lança la voix forte de Paul. Vous allez être en retard en cours ! »

Elles accélérèrent et montèrent les escaliers jusqu'à leur salle. Le récit allait devoir attendre. Le premier moment qui s'offrit à elles dans la journée fut l'heure du déjeuner. Attablées à la cantine, Mademoiselle se laissa aller. Elle leur parla, avec des étoiles dans les yeux, de l'étincellement de New York. « Tout y brille, tout y scintille », disait-elle en soupirant. C'était tellement magique. Manhattan, Brooklyn, Central Park… Tout lui revenait en mémoire avec un plaisir apparent.

« Ça faisait longtemps qu'on t'avait pas vue aussi heureuse ! se réjouit

Juliette.
- Et encore : même pas je peux tout vous dire. C'était juste... trop bien.
- T'es partie à New York pendant les vacances ? s'étonna Isabelle qui passait près d'elles avec son plateau.
- Dégage, lui lança Mademoiselle, froide, sans un regard.
- C'est marrant parce que...
- Dégage, je t'ai dit ! Je suis sûre t'es allée dans la Creuse ou une connerie comme ça.
- Très drôle. Mais tu te trompes : je suis...
- On s'en fout ! s'emporta Mademoiselle. Casse-toi, putain. Va retrouver tes bouquins et lâche-nous. »
Elle s'éloigna.
« Quel pot de colle... commenta Marine.
- Quelle relou, ajouta Juliette.
- La meuf, conclut Marine, elle est tellement duper elle essaye de gratter l'amitié. Laisse tomber... »

Mademoiselle reprit le récit de ses belles aventures. Autour d'elles les élèves s'asseyaient et se levaient ; leurs plateaux finis, les jeunes femmes écoutèrent Mademoiselle jusqu'au dernier moment avant de retourner en cours.

Elles avaient l'impression de voir ce que Mademoiselle avait vu ; mais cela était moins dû à ses qualités de conteuse qu'au fait qu'elles étaient toutes les trois spectatrices des mêmes films et des mêmes séries. La seule différence était que Mademoiselle avait eu ces endroits devant les yeux – et l'appareil photo de son téléphone.

À partir de cette semaine-là, lorsque chacun se fut réhabitué au rythme des cours, des signes apparurent sur les murs et les tables du lycée. D'abord quelques uns, presque discrets. Dans des recoins de l'établissement, peu visibles, des lettres tracées au feutre noir se multiplièrent.

Les premiers jours, personne n'y fit attention. Le tagueur, peut-être encouragé par l'absence de réaction, apposa sa marque toujours plus grosse et dans toujours plus d'endroits.

Au bout de deux à trois semaines, c'était une invasion : les quatre lettres entrelacées de *Lito* étaient partout. Dans les toilettes, sur les portes des salles de classe, dans les couloirs dont la peinture était récente...

Après en avoir discuté avec leurs collègues, les surveillants Paul et Sylvain décidèrent qu'il fallait agir. Ils ne pouvaient pas permettre qu'on s'attaque comme ça à leur lycée, qu'on le dégrade en toute impunité.

Ils en parlèrent à leur CPE, Madame Delaplace, qui leur donna carte blanche pour identifier le coupable. Ils crurent pouvoir trouver un allié en Monsieur Nair, le chef des agents. Il chapeautait tout à la fois l'entretien ménager, la restauration et les travaux. Le rencontrant dans un couloir, Paul prit la parole :

« Tu as remarqué les tags dans le lycée ?

- Sans déconner ? s'indigna Monsieur Nair. Ça fait des semaines qu'ils me salopent tout, les agents en ont ras le bol.

- Justement, reprit Sylvain aussitôt interrompu.

- Ça fait chier : on en nettoie un, et trois autres apparaissent. »

Était-ce à force de fréquenter des lycéens que Monsieur Nair parlait comme ça ?

« Y'en a partout. Du premier au quatrième étage, dans le bâtiment pair et le bâtiment impair. Ce serait bien que les surveillants fassent leur boulot.

- C'est-à-dire ? demanda Sylvain un peu agacé.

- Passez dans les couloirs ! C'est votre taf, non ? Au lieu de papoter comme des gonzesses en permanence, passez dans les couloirs. Faut trouver ce petit con.

- On passe dans les couloirs... Mais le lycée est trop grand et on n'est pas assez nombreux. On peut pas être dans tous les couloirs à la fois et toute la journée.

- Je m'en fous, vous vous démerdez mais vous me trouvez et vous m'apportez ce type. Je vais lui faire passer le goût de taguer le lycée, tu vas voir. »

Paul et Sylvain n'en doutaient pas : si Monsieur Nair lui mettait la main dessus avant eux, il passerait un sale quart d'heure. Mais ils ne pouvaient pas compter sur lui. Ils devinrent plus attentifs, sans grand résultat. Un jour, « Lito » fut tagué à l'effaceur sur un ordinateur de la permanence. C'en était trop : ils allaient passer à la vitesse supérieure.

D'abord ils se demandèrent ce que signifiait « Lito ». Ils pensèrent à une signature, recensant tous les élèves dont le prénom commençait par « li » mais aucun d'eux n'avait un nom débutant, ni même finissant par « to ». De toute façon ç'aurait été trop facile – pour eux, donc trop risqué pour le responsable. Ils firent des recherches sur Internet : rien de probant, aucun tagueur reconnu ne signait ainsi.

« Peut-être que c'est quelqu'un qui bouquine le matin, proposa Sylvain par plaisanterie.
- Comment ça ?
- Lito. Lit tôt. »

À part d'un sourire, cela ne les avança pas beaucoup. Sans grand optimisme, ils consultèrent un dictionnaire. Ça pouvait être l'abréviation de lithographie, sans le h, mais cela avait peu de sens : le coupable reproduisait son œuvre avec un feutre et sur tous les supports. Il y avait aussi l'étymologie de litho, renvoyant à la pierre, ou le liteau qui est une baguette de bois mais ils durent bien reconnaître qu'ils faisaient fausse route.

Ils multiplièrent les tours dans les couloirs. Les deux imaginaient ce qu'ils feraient en l'attrapant sur le fait. Ça aurait été mémorable. Pendant ce temps les tags pullulaient, et le binôme n'avait aucune piste. Leur enquête devait être discrète, pour ne pas que leur cible se méfie.

Ils ont regardé avec beaucoup d'attention les sacs et les trousses personnalisés : Lito aurait pu y laisser un indice. À chaque fois qu'ils passaient dans un couloir, ils voyaient une nouvelle inscription. L'une d'entre elles était énorme, sur un grand mur blanc. Ils n'en pouvaient plus. Sylvain eut l'idée de recenser ces tags pour suivre leur évolution.

Paul alla plus loin : à ce recensement il ajouta une indication la plus précise possible du moment du crime. Si par exemple il était passé à huit heures dans un couloir propre et qu'à dix heures il était signé, Paul savait que le coupable avait cours dans les environs : soit dans les salles voisines, soit dans les étages supérieurs. Cela donnait une indication, mais ce n'était pas suffisant : il restait toujours plus de mille trois cent suspects.

« Ça doit être un Seconde, déclara Paul alors que leur enquête piétinait.
- Pourquoi ?
- Réfléchis. Les Premières et les Terminales on les connaît, et ils connaissent le lycée. Pourquoi ils feraient ça du jour au lendemain ? Alors qu'un Seconde peut essayer de faire son malin, de tester les limites. Donc à mon avis c'est soit un Seconde, soit un nouvel élève de cette année. »

Sylvain n'était pas convaincu, mais au moins il y avait quelque chose. Ils consultèrent ensemble les listes et les trombinoscopes : certains pouvaient être innocentés, d'autres à surveiller. Très impliqué, Paul avançait en parallèle sur le front des nouveaux tags. Il put passer de tout le lycée à trois classes – deux de Seconde et une de Première – en tâchant de deviner le parcours dans le lycée d'un enseignement à l'autre. Paul et Sylvain ouvraient l'œil, mais ils ne pouvaient suivre ces trois classes à la trace sans se faire repérer. Ce dont ils auraient eu besoin, c'était d'une taupe : un élève infiltré, qui leur donne des renseignements.

Mademoiselle ignorait tout, comme les autres élèves, de cette traque. De toute façon elle avait ses propres préoccupations. Dès la semaine suivant la rentrée, New York lui parut loin. Elle croyait qu'il s'agissait soit d'une autre vie soit d'un rêve. Elle replongea plus profondément encore dans son désespoir. Cet aperçu de l'enchantement l'avait transportée, l'avait élevée si haut que la chute en fut insupportable. Elle en voulut, même, à sa mère : voilà, pensait-elle, on a vu le bonheur et on retourne tranquillement à son train-train.

Mademoiselle était née à la bonne époque, mais elle commençait à croire qu'elle n'avait pas vu le jour du bon côté de l'Atlantique. Bien sûr Paris avait ses qualités, mais après New York elle ne lui paraissait que comme une petite ville de province. « Autant vivre à Rouen, si c'est pour ne pas vivre à New York », pensa-t-elle un jour. Elle avait dit « Rouen » comme elle aurait pu dire autre chose, au hasard, de même qu'elle avait placé Isabelle dans la Creuse. Elle n'avait rien contre Rouen ou la Creuse, mais ses sentiments la dirigeaient vers la grosse pomme.

Elle avait pu y goûter alors qu'elle aurait voulu la dévorer jusqu'au trognon. Comme elle s'ennuyait, à Paris ! « Je m'emmerde, tout m'emmerde », répétait-elle en tournant dans sa chambre. C'était à s'en fracasser le crâne. Elle se mit à suivre les comptes de magazines ou d'habitants de New York, pour se donner une fade impression d'être toujours prise dans cet élan. C'était trop maigre, mais du moins se sentait-elle encore un peu en vie grâce à cela.

Comment avait-elle pu tant aimer ? C'est à elle-même qu'elle en voulait le plus. Ah ! elle avait voulu être heureuse ? Elle avait goûté le bonheur, son ivresse, ses transports ; voilà ce qui lui en restait désormais. Elle se renfermait, ne parlait presque plus. Au lycée elle parvenait à conserver son sourire feint mais Juliette sentait qu'il y avait quelque chose, et quand elle rentrait elle était trop épuisée pour continuer de jouer la comédie. Alors soit elle se taisait, soit elle se montrait agressive envers sa mère lorsqu'elle était obligée de parler.

Elle allait retrouver, sur Facebook et Instagram, le décor des gratte-ciel formant le contour d'un coucher de soleil. Elle y serait si bien… Mais ici elle ne trouvait rien à faire, rien : sans Internet sa vie n'aurait été qu'un grand vide, même si sans Internet elle ne s'en serait peut-être pas rendue compte. Existe-t-on vraiment, lorsque ce lien est si fragile ? Mademoiselle n'en avait pas l'impression. On lui avait offert une bouchée de caviar et elle se retrouvait face à un plat d'épinards. Elle se sentait absolument inconsistante.

Pour sa mère aussi, c'était insupportable. Elle avait cru trouver ce qui ferait plaisir à sa fille, elle avait eu trois semaines de bonheur, et désormais elle la voyait encore moins qu'avant. Elle était désemparée, n'avait aucune idée de ce qui pouvait se passer dans sa tête.

Elle finit par trouver un bouc-émissaire : son portable. Elle ne passait pas une heure sans le toucher. À New York, elle n'arrêtait pas de se prendre en photo. Sa fille passait plus de temps devant son écran qu'au lycée. Pour ne rien dire d'avec elle, puisqu'à part pour le dîner

Mademoiselle ne voyait pas sa mère.
C'était lui, le responsable. Lui qui faisait croire à Mademoiselle que le virtuel faisait partie de la réalité. Lui qui engendrait la jalousie de la réussite d'un autre et la peur de ne plus être « aimée », comme si un clic pouvait témoigner d'un sentiment.

Sans le savoir, puisqu'elle ne le connaissait pas, elle avait quelques idées en commun avec Eric. Mais elle avait un pouvoir en plus : celui de la Mère. Elle savait que ce ne serait pas facile mais elle prit sa résolution et le soir même en parla avec Mademoiselle.
« Je ne peux plus te voir comme ça. Demain matin avant de partir au lycée tu laisseras ton téléphone à la maison.
- Quoi ? faillit s'étouffer Mademoiselle, abasourdie.
- À partir de demain, je te confisque ton portable.
- C'est une blague ?
- Est-ce que j'ai l'air de plaisanter ? s'exclama-t-elle, sachant qu'elle devait rester ferme. Réponds-moi, Louise ! Est-ce que j'ai l'air de plaisanter ?
- Non, admit la jeune femme en la fixant d'un regard noir.
- Alors c'est bien compris ? À partir de demain on arrête les bêtises : tu te concentres en cours et tu te calmes avec ce portable.
- Attends, attends… temporisa Mademoiselle qui voulait bien admettre ses torts mais détestait l'injustice. T'es en train de me dire que tu crois je suis dessus en cours et c'est pour ça j'ai pas des meilleures notes ?
- Je ne sais pas ce que tu fais en cours, répondit sa mère en tentant de rattraper le coup, mais je sais que ton téléphone est nocif pour toi.
- C'est des conneries. Et si je refuse ? Si je veux pas te le donner ?
- Ne commence pas, s'il te plaît ! »

Mademoiselle savait que les choses pouvaient déraper n'importe quand. Il fallait être prudente : elle ne voulait pas agresser sa mère mais elle ne comptait pas non plus se laisser faire. C'était son téléphone, elle tenait à le conserver.
« D'abord, je trouve ça nul de me le confisquer. On dirait que tu parles du jouet d'une gamine.
- Si tu te montrais un peu plus mature et responsable, je n'aurais pas à en arriver là.
- Ouais, bref. C'est pas à dix-sept ans qu'on lance les interdictions de

sortir.
- Sortir ? Mais au contraire, sors ! Vas-y, je t'en prie ! s'exclama-t-elle en désignant la porte. Va te promener, visiter des expositions, va bouquiner au jardin : je ne te demande que ça ! Lâche ton téléphone et sors !
- Bref, j'ai dit ! »
Sa mère était vraiment d'une autre époque. Mademoiselle devait tout de suite recadrer le débat, elle perdait du terrain.
« Ensuite j'en ai besoin pour retrouver les filles. Et puis, tiens : si j'avais un problème. Hein ? Comment je ferais pour te prévenir ?
- C'est mesquin, mais tu marques un point. Voilà ce qu'on va faire : tu le gardes pendant la journée, mais interdiction d'y toucher dès que tu mets un pied à la maison.
- Non… Quoi ? Non ! »
Une vision d'horreur frappa soudain Mademoiselle : c'était vrai qu'elle ne l'utilisait pas – ou *presque* pas – en cours, qu'elle en profitait pendant les heures de permanence ou de repas mais elle ne pouvait pas imaginer sa chambre, son domaine, son enclave sans son téléphone. On attentait à sa liberté.
« C'est même mieux en fait, reprit la femme. Peut-être que comme ça tu accepteras de passer quelques moments avec ta pauvre vieille mère.
- Non, non non non, s'il te plaît, je t'en prie, me confisque pas mon portable, supplia-t-elle, prête à se mettre à genoux.
- Je pourrais acheter un brouilleur d'ondes.
- Qu'est-ce que tu veux ? Qu'est-ce que je peux faire pour que tu changes d'avis ?
- Rien : j'ai pris ma décision. Tu peux l'accepter ou mal le prendre, mais dorénavant tu ne toucheras plus à ton portable à la maison. »
Ça allait mal…
« Tu le déposeras sur la table à l'entrée en arrivant, et tu ne le récupéreras que pour sortir. Tu pourras vérifier une fois par soir après le dîner, sous ma surveillance, que tu n'as pas reçu d'appel ou de message urgent.
- Tu peux pas me faire ça…
- Ah bon ? Qu'est-ce que je suis en train de faire ?
- S'il te plaît, mais s'il te plaît !

- Tu dois me détester, je sais, mais c'est pour ton bien.
- Je te déteste pas : je t'aime ! tenta Mademoiselle pour l'amadouer.
- Alors dans ce cas tu sais que c'est pour ton bien, même si tu ne le comprends pas encore. »
Le silence se fit pendant plusieurs secondes. Le temps pour Mademoiselle de préparer son venin, qu'elle cracha : « T'as raison, je te déteste. Tu comprends rien, tu fais chier. C'est de la merde cette baraque, et tu m'enlèves le seul truc que j'aime. Vivement que je puisse me casser. Tiens, prends-le mon portable qui te fait tant envie. »
Elle le lui lança presque puis disparut dans sa chambre. Sa mère avait réussi à rester ferme, droite et même à glisser une blague avec le brouilleur d'ondes. Elle s'était montrée inflexible. À peine s'était-elle retrouvée seule qu'elle eut envie de hurler de douleur.
De douleur à cause des mots de sa fille, de douleur d'avoir dû lui confisquer son téléphone, de douleur qu'elle ne soit pas heureuse. De douleur de devoir lui cacher cette douleur, pour que sa fille puisse avoir des repères. Quelle mauvaise fée s'était attardée au-dessus du berceau de sa princesse ?

La confiscation dura une semaine. Les trois premiers jours furent horribles. Mademoiselle se réveillait dans la nuit : en ne faisant pas de bruit, elle pourrait peut-être le consulter. Si sa mère la voyait, la sanction serait sévère. Elle croyait devenir folle quand, pendant le dîner, elle l'entendait sonner. Par réflexe, elle aurait voulu bondir dessus.

Elle partait pour le lycée dès qu'elle était prête, quitte à arriver en avance, et ne rentrait qu'en traînant les pieds. Elle allait même acheter le pain quand il en manquait, puisqu'elle pouvait prendre son téléphone avec elle. Elle était terrifiée à l'idée de manquer des publications importantes.

Mademoiselle ne dit à personne d'autre que Juliette et Marine qu'elle vivait sous restriction : il valait mieux que ses amis en ligne pensent qu'elle prenne de la distance plutôt que de savoir cette infamie. « Ma mère est la fille spirituelle de Hitler et Staline, dit-elle un jour ; Mao et Kim Jong-Un sont ses parrains. »

N'ayant pas de téléphone, elle passait paradoxalement plus de temps encore dans sa chambre qu'avant : avec lui elle pouvait continuer d'interagir dans le salon, mais ses mouvements étaient plus contraints avec son ordinateur. Elle avait accès à peu près aux mêmes contenus, mais ce qui lui était insupportable était son manque de liberté.

« J'ai l'impression de vivre au dix-neuvième siècle », confiat-elle à ses amies, quoique les ordinateurs et Internet ne soient apparus que bien plus tard. Elle ne savait pas que la punition n'allait durer que sept jours, mais chacun d'entre eux lui parut interminable et sans intérêt.

Au septième jour, il se passa quelque chose d'inhabituel. En plein cours de philosophie, Sylvain frappa à la porte. Il demanda s'il pouvait « emprunter » Mademoiselle : la CPE voulait la voir. Elle aurait sans doute besoin de son carnet mais elle pouvait laisser ses affaires : ça ne durerait pas longtemps.

Dans le couloir, Mademoiselle lui demanda pourquoi elle était convoquée. « Je sais pas, elle m'a pas dit. Mais rien de grave, t'inquiète. Sinon elle me l'aurait dit, d'ailleurs. » Elle n'avait de toute façon rien à se reprocher. « Dis, Mademoiselle... Tu connais le chemin. Je peux te faire confiance et te laisser y aller toute seule ? »

Sylvain ne tenait pas à accompagner jusqu'au bureau de la CPE les élèves ne présentant pas de problème. « Je peux te faire confiance » était plus une affirmation qu'une interrogation. Si cette confiance avait été brisée – et il l'aurait su très vite –, Mademoiselle aurait perdu tout son soutien.

Voilà comment ça fonctionnait, dans ce lycée : on apprenait à se connaître et une fois que la confiance était installée, elle était aussi chère aux élèves qu'aux surveillants. Sylvain savait que Mademoiselle n'allait pas en profiter pour traîner dans les couloirs – ou les taguer, car leur enquête n'était toujours pas résolue – et déranger les autres cours. Il la laissa aller et retrouva Paul en salle des professeurs pour prendre un café.

Chapitre 14
Les adieux d'Ophélie

Mademoiselle allait donc son train, se demandant pourquoi Madame Delaplace l'avait convoquée. D'abord elle n'était quasiment jamais convoquée. Ensuite elle n'avait rien fait de spécial dernièrement. S'approchant, elle considéra sa situation. « Je suis une lycéenne convoquée par sa CPE. Tout dans ma vie est banal, même ce qui sort de mes habitudes. » Elle poussa un profond soupir puis frappa à la porte ouverte.

« Bonjour, tu peux entrer. Installe-toi.
- Bonjour Madame Delaplace, dit-elle en s'asseyant. Vous vouliez me voir ?
- Oui. Sylvain ! s'exclama-t-elle en le voyant passer café en main, tu peux fermer la porte s'il te plaît ? Merci. Oui, je voulais te voir, reprit-elle lorsqu'elles furent tranquilles. Comment vas-tu ?
- Euh… ça va, répondit-elle étonnée.
- Tu es sûre ?
- Oui. Pourquoi vous me demandez ça ?
- Je sais que la Terminale est difficile, mais tu t'es regardée dans un miroir récemment ? Tu as de ces cernes, on dirait que tu n'as pas dormi depuis trois jours. Plusieurs de tes professeurs m'ont dit que tu paraissais très fatiguée, en ce moment. Tu restes attentive, mais très fatiguée.
- Je sais pas. Je promets de faire attention. Et de mettre du fond de teint.
- Il ne s'agit pas de le cacher, il s'agit de ta santé. Comment ça se passe à la maison avec maman, en ce moment ? »
Elle était très forte : elle avait réussi à deviner. Mademoiselle hésita à se livrer.
« Disons qu'on a connu mieux.
- Il y a eu un souci ?
- Un peu. Pas vraiment. Je sais pas trop.
- Tu veux m'en parler ?
- Elle trouve que je passe trop de temps sur mon portable, que c'est à peine si on vit encore ensemble.

- Et toi, qu'est-ce que tu en penses ?
- Je l'aime mais c'est important pour moi, tout ce qui se passe dessus. En plus elle peut pas se plaindre : c'est pas comme si je lui avais apporté des notes catastrophiques.
- Qu'est-ce qui s'est passé, précisément ? Vous vous êtes disputées ?
- Oui, et ensuite elle m'a confisqué mon téléphone. Enfin c'est l'inverse : elle m'a dit qu'elle voulait le confisquer, ensuite on s'est embrouillées, et après j'ai dû lui donner. Je le garde dans la journée mais j'ai pas le droit d'y toucher chez moi.
- C'est arrivé quand ?
- Il y a une semaine. Jeudi dernier.
- Et tes cernes, elles te viennent d'où ?
- Je dors mal : je m'étais habituée à quelques SMS avec les filles avant de nous coucher, et si je me réveillais dans la nuit je passais cinq minutes sur Twitter avant de me rendormir. Là je suis obligée d'aller sur l'ordi, alors je me couche tard. Et je pars plus tôt pour pouvoir aller sur mon téléphone avant les cours. »

Voilà : encore une fois depuis trois ans, elle disait tout à Madame Delaplace. Elle savait la mettre en confiance et l'écouter. À l'avant de son bureau, il y avait toujours un paquet de mouchoirs.
« Comment tu te sens depuis votre dispute ?
- Mal. Je l'ai pas insultée… Enfin, un peu, mais rien de très grave. Mais j'aime pas qu'on se fasse la tête.
- Tu le lui as dit ?
- On s'est pas vraiment parlé depuis une semaine. Que le minimum, genre.
- Tu crois qu'elle t'en veut ?
- Oui. Mais moi aussi je lui en veux.
- Pardonne-lui : ça ne doit pas être facile pour elle de te voir comme ça.
- Vous avez sans doute raison.
- Et en cours ? demanda Madame Delaplace sur une nouvelle lancée. Tout va bien ?
- Tout va bien, ouais. Pas de problème avec les profs ni avec les cours, j'arrive à suivre.

- Comment tu te sens pour le deuxième bac blanc ? C'est dans dix jours ! Tu vas essayer de t'améliorer encore par rapport au précédent ? Le prochain, ce sera le vrai.
- Ouais, je vais essayer. Pour le vrai je vais tout donner, vous allez être fière de moi !
- Tu as intérêt ! Allez, tu peux retourner en cours. Et je te conseille de parler à maman, dis-lui simplement ce que tu m'as dit. »

Mademoiselle remonta jusqu'à la salle 404 de son cours de philosophie, l'esprit occupé par cette conversation. Pourquoi Madame Delaplace s'intéressait-elle à son sommeil et à ses relations avec sa mère ? Elle sentait, sans parvenir à l'exprimer, qu'en prenant soin d'eux ses élèves se sentiraient mieux à la fois en tant qu'élèves, avec leurs notes et leur quotidien au lycée, et en tant qu'individus. Elle n'arrivait pas à l'exprimer ainsi, mais elle lui était reconnaissante.

Le soir même, elle parla à sa mère. Elle lui dit ce qu'elle avait sur le cœur, avec ses maladresses et les blancs de ce qu'elle ne pouvait formuler. Mademoiselle ne demanda pas à sa mère que la sanction soit levée mais elle lui rendit son téléphone, la remercia de lui avoir parlé et la serra dans ses bras. Sa mère se sentait bien, Mademoiselle se sentait mieux. Elle reprit ses consultations précises des publications, mais moins impatiente que lorsqu'elle avait dû attendre des heures.

Les investigations de Paul et Sylvain les avait occupés tout au long du mois de mars. Régulièrement, ils suivaient à distance les trois classes que Sylvain avait identifiées. Soit une centaine d'élèves ayant cours dans trois salles différentes, voire plus quand il s'agissait de demi groupes, et en changeant à chaque heure.

Pendant ce temps, les tags pullulaient. Le responsable n'avait pas osé réitérer son coup du blanc en permanence mais sur les murs, c'était une contagion. N'étant pas assez de deux, Paul et Sylvain cherchèrent des informateurs parmi les lycéens : le tagueur devait se vanter, surtout au bout d'un mois sans voir personne à ses trousses. Malheureusement pour eux, la plupart des élèves interrogés en secret affirmaient ne rien savoir.

Ils s'étaient principalement renseignés auprès des Terminales, ceux en lesquels ils pouvaient avoir le plus confiance. Sentimental,

Sylvain se sentit blessé lorsqu'il s'entendit répondre par l'un d'eux que même s'il le savait il ne dirait rien : on ne mélange pas les torchons et les serviettes, les élèves et les pions.

Donc ils piétinaient. Leur dossier était de plus en plus gros : ils allaient l'attraper au moindre écart, au moindre excès de confiance en soi, et ça allait faire mal. Les surveillants se faisaient sermonner par le chef des agents, en dépit de leurs efforts.

C'en était désespérant. Ils étaient tout à la fois aux aguets et forcés à la discrétion. Cette enquête les occupait et les amusait, mais ils auraient préféré poursuivre quelqu'un semant des pétales de rose ou même taguant à la craie, plutôt qu'un élève dénaturant au feutre l'ambiance du lycée. Un jour, Mademoiselle se présenta seule en permanence : elle avait besoin d'aide sur un travail en science politique. Sur la délation et la justice, disait-elle.

« Yo, les mecs ! lança-t-elle en s'installant en face d'eux.
- *Yo*... commença Sylvain.
- *... les mecs* ? acheva Paul.
- Oh ça va, vous allez pas faire genre vous êtes choqués.
- Est-ce qu'on te dit *wesh grosse* quand tu arrives le matin ?
- Wallah faites-le, ce serait trop des barres ! La vie de moi ce serait trop marrant !
- J'admire la richesse de ton vocabulaire, Mademoiselle », commenta Sylvain d'un ton ironique.

Elle en vint au fait.

« C'est pas grand-chose : c'est surtout pour des détails et des confirmations que j'ai besoin de vous.
- On est là pour ça : transmettre le savoir, à notre façon.
- Sisi. Voilà le bail. La délation c'est quand tu poucaves, quand t'es une balance ?
- En gros, oui, voulut bien admettre Sylvain.
- Mais on ne l'utilise pas dans les mêmes contextes, précisa Paul. Dans l'État de droit, la délation n'est pas reconnue. Mais le régime de Vichy sous l'Occupation, lui, l'a beaucoup utilisé : on dénonçait quelqu'un, avec ou sans preuves, anonymement ou non.
- Chaud. Donc un délateur c'est quelqu'un qui poucave sur un truc grave quitte à être injuste ?

- Ça t'aide un peu ?
- À donf. Et mon autre question, aucun rapport enfin je crois. »
Mademoiselle reprit sa respiration.
« Si quelqu'un a été accusé, jugé et condamné mais en fait il était innocent, l'erreur judiciaire est reconnue, ça lui donne le droit de faire ce pour quoi il a déjà été condamné ?
- Je ne comprends pas bien, avoua Paul.
- On reprend l'exemple du délateur. Si je t'accuse d'avoir dénoncé quelqu'un et que t'es condamné pour ça mais en fait tu y es pour rien, ça te donne genre un crédit. T'as payé pour ce que t'as pas fait, alors autant le faire.
- Non, ça marche pas comme ça, répondit Sylvain. Si je te dis "t'as tué quelqu'un" ça suffit pas pour te donner le permis de tuer.
- En cas d'injustice, signala Paul, on demande un nouveau procès. Mais ça ne te donne aucun "crédit" parce que tu n'es pas jugée seulement pour délation ou pour meurtre : tu es jugée pour ce crime ou ce délit dans un contexte précis, contre une personne précise, avec des circonstances atténuantes ou aggravantes.
- Putain c'est grave compliqué.
- Pas tellement : si tu es victime d'injustice, tu n'as pas le droit pour autant de commettre ce dont on t'a accusée.
- Okay, je crois je comprends. Merci les gars, vous êtes au *top* !
- Pas de quoi, Mademoiselle, répondit Paul.
- Nous ne faisons que notre travail », dit Sylvain sur un ton digne et fier alors que Mademoiselle quittait la permanence.

    Ils en retournèrent à leur enquête, qui n'avançait pas. Dans deux semaines, c'était à nouveau les vacances ! Ils avaient l'impression de se faire narguer. Ils devaient absolument lui mettre la main dessus avant les congés : cela devenait une question d'honneur. Après plus d'une semaine, malgré ses coups d'éclat, il était resté prudent. Paul et Sylvain faisaient ce qu'ils pouvaient, restant souvent après la fin de leur service.

    Il faut dire qu'ils n'avaient pas beaucoup de temps à y consacrer : en plus de leurs missions habituelles et du tagueur fou, un élève s'amusait à déclencher l'alerte incendie. Son plus haut fait d'armes : cinq fois en une semaine, soit en moyenne une fois par jour.

Les surveillants et les agents devaient courir dans les couloirs désactiver les boîtiers avant que l'alarme ne retentisse. Ils n'avaient que quelques minutes entre le moment où le bouton était pressé, fermant immédiatement toutes les portes coupe-feu (qui les ralentissaient dans leur course) et l'alarme en tant que telle.

Celui-là, ils lui ont mis rapidement la main dessus. Alors qu'ils surveillaient une classe, en particulier un élève, dans l'espoir d'y trouver leur artiste, l'élève en question était le seul à ne pas sortir ses affaires en début de cours. C'est qu'il pensait que cette fois serait la bonne, que l'alarme se déclencherait. Trois heures plus tard, tentant à nouveau sa chance, il était pris sur le fait. Le doigt dans le boîtier rouge.

Mais il n'était pour rien dans les dégradations du lycée : tout ce qu'il voulait était éviter un contrôle ou faire passer une heure de cours grâce à une petite promenade durant l'évacuation. C'était idiot, terriblement idiot, mais pas méchant. De plus, sans le savoir, cela lui permit de disculper sa classe dans la traque principale de Paul et Sylvain.

La libération arriva le dernier lundi avant les vacances. À l'intercours de onze heures, Monsieur Disert, le professeur de science politique, se présenta en salle de permanence. Piteuse, Ophélie le suivait. Les deux surveillants furent interrompus en pleine conversation sur les sorties cinéma de la semaine.
« Vous ne savez pas où est le proviseur, par hasard ? demanda Monsieur Disert. Je reviens de son bureau, il était fermé.
- Non, désolé, répondit Paul.
- Et Madame Delaplace ? Asseyez-vous, Ophélie.
- Elle vient de sortir, reprit Sylvain. Elle devrait être de retour dans cinq minutes. Je peux essayer de lui téléphoner, si c'est urgent.
- Non, ne la dérangez pas. Je ne peux pas attendre : j'ai un autre cours. Je vous confie la demoiselle ici présente.
- Ça marche, on la conduira dans le bureau de la CPE dès son retour. Un message à transmettre ou elle sait ce que c'est ?
- Vous n'allez pas être déçus », répartit Monsieur Disert.

Il posa son sac sur le bureau de la permanence, y cherchant

quelque chose. Enfin il en extirpa une feuille A4 froissée. « Ophélie est sans doute trop intelligente pour avoir à écouter mes cours, ou alors elle compte sur son portable pour l'aider à "réviser". Quoi qu'il en soit, je l'ai surprise en train de dessiner. J'ai pris sa feuille, sans regarder. Quand j'ai vu ça à la fin de l'heure, j'ai pensé que ça allait vous plaire.
- Montrez-nous. »
Monsieur Disert tendit la page froissée. Dessus, le motif du tag « Lito » était répété sous son motif actuel et quelques variations.
« Je dois retourner en cours. Ophélie, vous faites ce que vous voulez, vous pouvez prétendre que les tags ne sont pas de vous et que vous ne faisiez que les recopier. Ou alors vous pouvez essayer cette fois d'être honnête, et de nous quitter avec encore un peu de fierté. Messieurs, je compte sur vous pour garder un œil sur elle.
- Alors ça… N'en doutez pas. »
Ophélie ne disait pas un mot. Monsieur Disert sortit. Paul et Sylvain se regardèrent. Ils n'avaient qu'une envie : fermer la porte de la permanence de l'intérieur et torturer le coupable qu'on leur livrait sur un plateau d'argent. Mais d'autres élèves étaient là, s'apparentant à des témoins gênants. Ils essayèrent de comprendre.

Elle refusa d'expliquer le sens de « Lito », prétendant qu'elle avait choisi ce pseudonyme au hasard. Pourquoi une élève, qui était là depuis trois ans, s'était-elle mise soudainement à taguer le lycée ?

Elle se contenta de dire que c'était un « bahut de merde », mais les surveillants comprirent entre les lignes que depuis sa triche au précédent bac blanc, l'ambiance était tendue chez elle. Cela ne justifiait en rien ses actes.

Madame Delaplace revint. Elle téléphona au proviseur, qui lui aussi était revenu. « Vous n'avez pas besoin de moi pour accompagner Ophélie, dit-elle à ses surveillants. Vous vous êtes donné tellement de mal que c'est à vous d'y aller. » Que ce soit avec les professeurs, les élèves ou les assistants d'éducation, elle savait presque toujours anticiper ce qu'ils avaient en tête.

« Je croyais vous avoir dit que je ne voulais plus vous voir, lança le proviseur avant même qu'ils aient eu le temps de s'asseoir. Alors c'est vous notre taggueur fou ?

- Oui.
- Qu'est-ce qui vous est passé par la tête, cette fois ?
- Je sais pas.
- Vous ne savez pas… Elle ne sait pas ! Vive l'anarchie, on va tous se mettre à faire n'importe quoi sans raison. Messieurs dorénavant avant de fermer la porte du lycée vous l'annoncerez au clairon, quant à moi je vais danser dans la cour en robe et talons hauts. Bon. Vous vous rappelez de ce qu'on s'est dit en décembre ?
- Oui.
- Vous pouvez préciser s'il vous plaît, ou à force d'écrire sur les murs vous en avez perdu votre langue ?
- Exclusion.
- Sujet, verbe, complément. Faites un effort.
- Vous avez dit que je serais exclue si je me faisais encore remarquer.
- On progresse… Ça vous semble injuste que je vous exclue, après vous avoir prévenue ?
- Non.
- Oui, non, quel vocabulaire !
- Non, Monsieur, ça me semble pas injuste. »

Ophélie était comme absente. Elle ne se vantait pas et ne laissait paraître aucun regret, comme si cela ne la concernait pas vraiment.

« Elle est déjà inscrite pour le bac, remarqua Paul : on ne peut plus la faire passer en candidate libre.
- Vous avez raison. Il y a d'autres choses que l'on peut faire, heureusement. Considérez-vous exclue. En sortant de mon bureau, vous n'êtes plus élève ici. Inutile de vous déplacer cet après-midi ou demain, vous prendrez le temps de réfléchir chez vous. Vous avez un bac blanc de mercredi à vendredi. Je vous conseille d'y aller, on vous enverra vos copies corrigées par la Poste. La première semaine des vacances vous viendrez tous les jours, de neuf heures à seize heures. Vous aiderez les agents d'entretien, en commençant par votre œuvre. C'est une vraie saloperie à nettoyer, votre machin. Bien sûr, à partir de la rentrée, inutile de vous présenter à la porte. C'est pas la même limonade de préparer le bac tout seul, avec des annales. On se revoit dans deux mois et demi, pour le bac. Je vous souhaite malgré tout de

le réussir. Au revoir.
- Au revoir Monsieur. »
 Ophélie se leva. D'un geste de la tête, le chef d'établissement demanda aux deux acolytes ce qu'ils pensaient de la sanction. Ils s'en montraient contents. D'un autre signe, il les incita à suivre Ophélie ; « Qu'elle ne fasse pas ses adieux avec une autre connerie sur le chemin », semblait-il dire. Sans ajouter un mot, anse du sac dans le creux de son coude, elle sortit. Elle cracha contre un arbre puis s'éloigna.

À midi, les Terminales ES se demandaient où était passée leur camarade. À quatorze heures, tout le lycée était au courant. Paul et Sylvain étaient satisfaits.
« Et puis comme ça au moins, on est sûrs d'être tranquilles jusqu'à la fin de l'année, dit Sylvain.
- C'est vrai que c'est dissuasif. Le proviseur a été parfait. »
Ils reprirent leur ronde et leurs habitudes.

Les élèves de Terminale étaient calmes : le surlendemain, leur bac blanc commençait. Les épreuves avaient été ramassées sur trois jours, qui allaient être intensifs. Ophélie crut bon de rendre systématiquement une copie blanche. Elle avait pourtant noirci ses brouillons. Juliette, Marine, Aurélien, Sophie, Thierry, Mademoiselle et bien sûr Isabelle s'étaient montrés plus consciencieux. Tous savaient que le week-end allait être consacré à un repos bien mérité, puis les vacances à des révisions intensives. Après cela, ce serait la dernière ligne droite.

Sans inspiration particulière, Mademoiselle arriva à composer. Elle ne sentait venir ni la catastrophe ni les sommets. Ce qu'elle sentait particulièrement fort en revanche, c'était l'ennui. Elle avait conscience de ne passer le baccalauréat que parce qu'il faut l'avoir : elle ignorait absolument ce qu'elle ferait par la suite.

Pour l'instant, c'était presque confortable : elle avait dû faire un choix d'orientation pour entrer en filière économique et sociale, mais à part ça elle pouvait se contenter d'appliquer ce qu'on lui demandait. Les choses allaient changer et elle n'avait aucune envie d'acquérir de l'indépendance, au motif qu'elle n'y voyait que des complications. Sans avoir aimé avec excès le lycée, elle ne tenait pas à en sortir.

Il faisait beau, en ce début avril. Mercredi et jeudi, entre leurs épreuves du matin et celles de l'après-midi, Mademoiselle et ses amies étaient allées au café pour prendre l'air et s'accorder une révision de dernière minute. Vendredi après déjeuner, Mademoiselle leur dit pourtant « Allez au café sans moi les meufs, on se retrouve à quatorze heure pour les maths », puis elle disparut dans la cour. Juliette et Marine n'eurent même pas le temps de lui demander où elle allait.

Elle croisa Aurélien et lui dit « Viens ». Il ne savait pas non plus ce qu'elle voulait mais la suivit. Mademoiselle regarda autour d'elle : pas de surveillant ni de professeur, la voie était libre. Elle poussa une porte, une de celles censées être fermées. Des escaliers sombres descendaient, éclairés seulement par des petites ampoules indiquant la sortie de secours.

« Va pas te casser la gueule, hein.

- Tu m'emmènes où, Mademoiselle ?

- Tu verras. Suis-moi, sauf si t'as les jetons. »

C'est moins la provocation désuète que la curiosité qui le fit continuer. Il n'avait jamais fait attention à cette porte, il avait l'impression d'entrer dans une cave. En bas des escaliers, Mademoiselle trouva un interrupteur.

De vieux casiers étaient posés contre les murs, et des bancs en bois de la même époque au milieu du passage. « Tada ! » s'exclama la jeune femme en lui montrant où elle l'avait conduit : devant eux, une piscine était creusée.

Vide, mais il était incroyable d'en trouver une dans un lycée, un bâtiment dont les fondations remontaient au dix-neuvième siècle. Elle avait été utilisée mais, n'étant plus aux normes, abandonnée. « Viens », répéta Mademoiselle en faisant entrer Aurélien dans le bassin avec elle. « C'est trop ouf comme endroit ! se réjouit-il. Qu'est-ce qu'on fait là ? » Il eut à peine le temps de finir sa question qu'il en eut la réponse.

Mademoiselle déboutonna son pantalon et le fit glisser, ainsi que son caleçon, sur ses chevilles. Il se tenait debout, elle à genoux devant lui. Elle commença par le branler pour le faire bander. Elle mit son sexe dans sa bouche, ajoutant quelques gémissements pour l'exciter encore plus. Avec la langue elle jouait avec son prépuce puis avalait sa trique. Aurélien ne posait plus de question, il en profitait. Il la regardait ; il avait toujours aimé son corps et ses lèvres. Voir ses joues gonflées par sa bite le rendait fou. Elle lui fit une pipe comme il n'en avait jamais connue – pourtant, elle l'avait déjà sucé. Il déchargea. Elle avala. Après lui avoir une dernière fois léché le sexe encore tout tremblant, elle l'aida à se rhabiller. En remontant, elle lui demanda : « Ça t'a plu ? Bon courage pour les maths. » Le soir même, parties sur leur lancée, Mademoiselle, Juliette et Marine allèrent au bar fêter le début des vacances. Elles avaient compris, à quatorze heures, où était passée Mademoiselle : elle mima, tout sourire, une fellation. Elles restèrent au bar jusqu'à sa fermeture et dormirent, pour ainsi dire, le week-end entier.

Chapitre 15
La dernière ligne droite

La première semaine des vacances Ophélie se présenta, plus ponctuelle que jamais, chaque matin à neuf heures, dans l'indifférence générale de ses anciens amis. Si on ne lui avait pas dit à seize heures de déguerpir, elle restait un peu plus longtemps. Elle en suait, pourtant. Ce qu'elle avait mis quelques secondes à écrire réclamait un grattage intensif de plusieurs minutes, dans l'odeur désagréable des produits chimiques.

Elle ne bronchait pas. Les agents d'entretien lui en avaient voulu ; ils ont été étonnés de voir une jeune fille, presque précieuse, se présenter comme étant la responsable. Ils lui en avaient voulu, mais ils avaient un grand cœur : c'est eux qui engagèrent la conversation. Ophélie était là depuis trois ans – du moins *presque* trois ans –, elle avait vu leurs visages quasiment toujours les jours mais ne leur avait jamais parlé.

Elle apprit qu'ils avaient beaucoup de travail, et un travail ingrat. En plus des traces que mille cinq cent personnes fréquentant quotidiennement un établissement laissent forcément derrière eux, il y avait les mauvaises habitudes et les actes malveillants. Emballages et papiers gras dans les couloirs, chewing-gum sous les tables, stylos ne fonctionnant plus abandonnés, cartouches d'encre écrasées, et bien sûr les tags sur les chaises – ou les murs.

Les toilettes étaient régulièrement saccagées. Ophélie apprit que dans celles du quatrième étage, un élève avait été jusqu'à arracher les conduits d'arrivée d'eau. Ça avait été un carnage, un début d'inondation – et un fameux spectacle pour les élèves qui avaient vu ça. Les agents d'entretien étaient sans doute ceux qui connaissaient le mieux le lycée. Mieux, peut-être, que le proviseur lui-même.

Ophélie répondit à leurs questions, ils lui parlèrent de leurs vies. Elle ne le comprit pas tout de suite, mais ils aimaient ce lycée malgré leur travail et l'indifférence, sinon le mépris avec lesquels on les considérait. Ils y travaillaient depuis cinq, dix ou quinze ans. L'un d'eux désigna la cour à Ophélie. « Tu vois la peinture ? C'est moi qui l'ai faite. » Il en était fier. Ces ombres infatigables étaient fières de contribuer à la beauté du lycée pour ceux qui y passaient et à son confort pour ceux qui y travaillaient.

Elle allait quitter tout cela, elle allait quitter ces hommes et ces femmes qu'elle apprenait tout juste à connaître. Leur cœur était si grand que jeudi soir, ils lui dirent que sa punition était finie. « Le proviseur est en province. S'il nous demande, on lui répondra que tu es venue tous les jours. » Ils eurent une dernière parole, qui lui fendit presque le cœur : « Et ressaisis-toi, sinon tu seras obligée de faire comme nous toute ta vie. »

Ils avaient entendu tellement de fois qu'ils exerçaient un sous-métier qu'ils avaient fini par y croire, malgré leur fierté du travail accompli. Ophélie n'avait pourtant jamais rencontré de personnes aussi généreuses, franches et ouvertes. Elle rentra chez elle le jeudi soir, prenant progressivement conscience de ce qu'elle perdait.

Mademoiselle, de son côté, passait ses vacances à Paris. Trois semaines auparavant, sa mère lui avait proposé un autre départ. Elle avait vu sa fille si heureuse en février qu'elle était prête à casser sa tirelire, ou même à braquer une banque si nécessaire. Mademoiselle avait refusé, prétextant les révisions du bac. Quelque part profondément dans son esprit, elle ne voulait pas non plus dépouiller sa mère. Cette impression de racket affectif, pour involontaire qu'il soit, lui déplaisait.

Plus profondément encore, elle pensait que ce n'était pas la peine. Elle n'avait envie d'aller nulle part. Elle avait eu son heure de bonheur et elle était passée, il fallait l'accepter. Aucune destination ne l'intéressait et elle craignait que New York lui paraisse « réchauffé » en y retournant. Elle ne souhaitait pas davantage rester à Paris, mais quand on ne sait pas où aller on ne bouge pas. De toute façon, la raison « officielle » avait fait son œuvre : sa mère ne comprenait plus Mademoiselle, elle avait accepté l'argument des révisions.

C'est peu dire pourtant que Mademoiselle ne se sentait aucun goût pour le travail. Elle sortit moins que d'habitude avec ses amies, à cause de Juliette qui était assurément la plus sérieuse : elle comptait vraiment réviser et espérait que ce manque de sorties leur permettrait de se concentrer. Cela fonctionna avec Marine, qui craignait les rattrapages voire le pire. Pour Mademoiselle ce fut moins efficace, même si elle devait occuper ses journées. Elle travaillait un peu mais en retournait rapidement à son téléphone.

Les photos qu'elle aimait le plus, à cette époque-là, étaient celles de New York. Elle se demanda si elle n'y aurait pas été mieux, si elle n'avait pas eu tort de refuser la proposition de sa mère, avant de se rendre compte que ça n'aurait rien changé. Elle préférait vivre d'autres vies *via* son portable que la sienne, quelle qu'elle fut, tant celle-ci lui paraissait dénuée d'intérêt. Ce n'est que devant son écran qu'elle sortait de son quotidien et de sa banalité.

Avec du recul et en dépit de sa passion pour son agitation, la chose qu'elle avait le plus aimé de New York était de pouvoir dire, et montrer : « J'y étais ». Parfois elle regardait les photos de son séjour, persuadée qu'elle l'avait rêvé seulement.

La première semaine, elles ne sortirent que deux fois avec Juliette et Marine. Mademoiselle avait l'impression d'être en prison. Elle eut presque envie d'aller au bar seule, avant de se rendre compte de l'absurdité de cette idée.

La deuxième, trois fois. Et encore : il avait fallu recourir à la ruse. Mademoiselle leur proposa de passer l'après-midi à la bibliothèque pour travailler ensemble. Juliette fut tellement étonnée que cette proposition vînt de Mademoiselle qu'elle accepta immédiatement. Mais Mademoiselle avait une idée derrière la tête : à dix-huit heures trente, elle leur proposa de rester ensemble pour la soirée.

« On a bien bossé les meufs, maintenant faut se détendre.
- Après l'effort, le réconfort, poursuivit Marine qui en avait bien envie aussi.
- Vous avez gagné, capitula Juliette. On se retrouve à quelle heure ?
- Pourquoi pas y aller maintenant ?
- Avec nos affaires, tu plaisantes ? D'abord ça pèse une tonne, ensuite qui tu veux serrer avec les annales qui dépassent de ton sac ?
- T'as raison, dut admettre Mademoiselle en retenant une plaisanterie salace. Vingt heures trente en bas de chez moi ? On en profitera pour se changer.
- Ça me va.

- *Deal.* »
Rendez-vous était pris, Mademoiselle n'était pas peu fière d'elle. Malheureusement Juliette et Marine avaient un programme de révision bien établi : elles ne voulurent ni se saouler ni rentrer tard. Mademoiselle n'allait pas faire la fête toute seule, mais elle but suffisamment pour oublier cette déception.

Ainsi se passèrent les vacances. Si c'est pour s'ennuyer encore plus que pendant l'année scolaire, en vint à songer Mademoiselle, vivement la rentrée.

Justement le mardi matin de la rentrée, les résultats du deuxième bac blanc étaient affichés. Comme la fois précédente, scotchés sur les grands panneaux mobiles disposés dans le hall. La veille, Paul et Sylvain avaient prévenu les Terminales : « Vous allez avoir une surprise demain », mais ils ne vendirent pas la mèche, trop heureux de pouvoir les faire tourner en bourrique.

Les élèves ne s'attendaient pas aux résultats, ils pensaient à une nouvelle blague dont les deux comparses avaient l'habitude. Les professeurs avaient été rapides pour corriger leurs copies et se communiquer leurs notes. Seulement cette fois, il n'y eut pas que l'affichage : le proviseur passa dans toutes les classes de Terminale.

L'année précédente les résultats au bac avaient été excellents, disait-il, il n'y avait pas de raison qu'eux n'y parviennent pas, cependant les résultats du bac blanc n'étaient guère encourageants, etc. Ce qu'il oubliait de préciser était qu'il comparait les résultats de ce bac blanc avec ceux de la véritable épreuve de l'année passée ; en comparant les deux bacs blancs, notés avec raideur, les résultats étaient à peu près les mêmes – et donc très positifs.

Il leur mettait un dernier coup de pression. « Ne relâchez pas vos efforts. Dans sept semaines, vous allez faire le grand saut. Je suis sûr qu'aucun d'entre vous n'a envie de revenir l'année prochaine. Concentrez-vous, vous allez y arriver. C'est la dernière ligne droite. »

Étant parvenue au lycée presque en retard, Mademoiselle n'avait pas eu le temps de consulter ses notes. Elle appréhendait un peu. Dès la fin de l'heure, elle se rua sur le panneau à l'entrée. Sylvain s'approcha d'elle.

« Alors Mademoiselle, contente du résultat ?
- J'ai toujours ma mention assez bien.
- J'ai vu ça, bravo !
- Mais j'ai perdu un point sur ma moyenne, putain…
- T'as pas à t'en faire pour ça.
- Pourquoi ? C'est sous-noté ?
- Disons plutôt que c'est corrigé plus sévèrement que le bac.
- Les bâtards.
- C'est pour vous motiver ! Pour vous dire que ce serait bien que vous montiez d'un ou deux points. Et pour que vous soyez d'autant plus heureux en juillet.
- Mouais… répondit Mademoiselle qui n'était pas convaincue.
- Attention, hein ! Je te dis pas que c'est dans la poche : il va falloir bosser, et récupérer ce point que tu as perdu. Mais je suis sûr que tu l'auras.
- Je suis pas aussi optimiste, mais merci.
- T'as pas cours ? demanda Sylvain en regardant sa montre.
- Si, maths.
- Dépêche-toi, alors : ça sonne dans une minute.
- Ouais, j'y vais…
- Avec plus d'énergie, là ! On dirait une petite vieille. Allez hop, hop, hop ! »

    En montant les escaliers pour son cours au deuxième étage, pensant aux blagues de Sylvain, Mademoiselle oublia presque la légère baisse de sa moyenne. Ce n'était pas grand-chose, mais elle était contente de se savoir soutenue et entourée même si en juin, elle serait seule face à son sujet. Après l'ennui terrible des vacances, cela lui faisait du bien.

    Dans les rangs des élèves de Terminale, la pression commençait à monter. Les bons élèves étaient terrifiés à l'idée de rater leur mention ou d'avoir un accident. Les élèves moyens redoutaient un échec à peu de choses près, un échec idiot à cause de quelques chiffres suivant la virgule. Les mauvais élèves voyaient déjà leur vie gâchée : travailler suffirait-il seulement, en s'y mettant aussi tard ?

    Autant dire qu'à un mois et demi du bac, les cerveaux étaient mis à rude épreuve. Leurs propriétaires ne leur laissaient aucun répit.

Les cours et devoirs supplémentaires se multipliaient, tous dans la classe de Mademoiselle se ruaient dessus. Elle suivait le mouvement, ne tirant aucun plaisir particulier de ce surcroît de travail. Elle le fournissait, par facilité : c'était ça ou s'y mettre toute seule. Autant être corrigée et rester à égalité avec la préparation des autres de sa classe.

Cet enthousiasme autour d'elle retomba très vite, au bout d'une semaine à dix jours. Le soleil de mai faisait son apparition, incitant davantage à en profiter qu'à s'enfermer dans une salle de cours. Deux groupes apparurent au sein de la Terminale ES (et des autres) : l'un d'entre eux continuait de venir au lycée, l'autre non.

Au fil des jours, le premier groupe rapetissait pour son plus grand plaisir : moins on est nombreux, mieux on travaille. Les déserteurs assuraient aller à la bibliothèque ou réviser chez eux. C'était vrai pour certains, pas tous.

Mademoiselle et Juliette faillirent se disputer sous les yeux de Marine, qui donnait raison aux deux : la première les incitait à ne plus venir, la deuxième insistait pour aller en cours. Une solution intermédiaire fut trouvée : Mademoiselle inventa, comme des milliers d'élèves chaque année, le lycée à la carte. Les cours de huit heures à neuf heures comme ceux de dix-sept à dix-huit heures étaient oubliés. Pour les autres parfois elle se présentait, parfois non.

Tous les professeurs avaient fini leur programme. Mademoiselle participait à leurs révisions si elle pensait que celle-ci ou celle-là pouvait lui être utile – elle ne pensa jamais qu'aucune n'est inutile. Les fiches de vocabulaire de Monsieur Disert en science politique ou les rappels méthodologiques sur la dissertation de Monsieur Anneau en philosophie ne l'intéressaient pas, mais le « bref résumé des notions et des philosophes » l'avait attirée : en deux heures, allant à l'essentiel, Monsieur Anneau leur donna un aperçu d'ensemble de l'histoire de la philosophie.

Les journées de Mademoiselle étaient beaucoup moins fatigantes. Elle se levait tard, n'allait en cours que deux ou trois fois par jour. Le reste du temps elle attendait Juliette au café : souvent seule, régulièrement avec Marine, parfois d'autres élèves. N'ayant rien à faire elle pianotait sur son téléphone, profitant du beau temps. Bien sûr elle aurait pu continuer à réviser, mais cela devait bien vouloir dire quelque chose : « le programme est terminé ». Quelques fiches par jour pouvaient suffire.

Elle apprit par Juliette qu'ils n'étaient plus que cinq ou six par cours, certains apparaissant ou disparaissant d'une heure à l'autre. Enfin au début du mois de juin, Juliette elle-même n'y allait plus. Les professeurs ne pouvaient rien préparer, ne sachant pas combien ils seraient, et souvent ils mettaient un film ou lançaient un sujet de conversation. La dernière semaine de cours était inutile. La suivante était banalisée pour préparer les salles : les élèves allaient composer dans leur propre lycée. Et puis ce serait le bac.

LA CLEF QUI OUVRE TOUTES LES PORTES

Chapitre 16
Le bac

Pendant la semaine banalisée Mademoiselle, Juliette et Marine se virent régulièrement mais ne sortirent que pour une soirée : « Il faut qu'on soit en pleine forme, on fera la fête après », répétait Juliette. L'excitation était à son comble. Mademoiselle pensait qu'elle ne la subirait pas, mais tout de même : le bac, c'était quelque chose. Depuis le temps qu'on leur en parlait, le voilà finalement. Tellement mystifié qu'il faisait peur. D'autant plus qu'au lycée on n'est pas habitué au contrôle terminal : jusqu'à maintenant, à part peut-être pour le brevet, on n'a connu que le contrôle continu qui permet d'équilibrer ses résultats d'un devoir à l'autre.

Cette fois, il fallait tout donner. Mobiliser les bonnes connaissances au bon moment, gérer son temps, savoir se consacrer entièrement à une discipline puis à une autre le lendemain. Mais ce qui faisait le plus peur dans le bac, ce bac que tous les lycéens sont censés obtenir, c'était encore de le rater. Mademoiselle ne savait toujours pas ce qu'elle voulait faire l'année suivante, mais en aucun cas une deuxième Terminale.

Sa mère s'occupa d'elle, s'assura que Mademoiselle ne se couche pas trop tard, vérifia avec elle ses affaires, se réveilla avant elle et l'embrassa avant de partir. Malgré l'appréhension de Mademoiselle, sa mère était encore plus angoissée.

Ils avaient été convoqués une demi-heure avant le début de chaque épreuve. Devant le lycée certains riaient, d'autres essayaient de se calmer ; chacun évacuait comme il pouvait.

Enfin, les portes s'ouvrirent. Paul et Sylvain s'attachaient à donner un dernier conseil, un dernier encouragement. C'est à peine si les élèves les entendaient, tant ils étaient tendus, mais au moins ils étaient là. Juste avant que le proviseur ne donne son coup de sifflet pour lancer la première épreuve, Paul et Sylvain sont passés dans plusieurs salles : « Soyez inspirés », ont-ils lancé.

Pourquoi le premier jour est-il toujours consacré à la philosophie ? Les littéraires répondent que c'est parce que c'est la plus difficile ; peut-être pour eux, qui ont été assommés de huit heures

hebdomadaires, mais pas pour tous.
Dans la salle de réunion toujours occupée par les économiques et social, chacun avait déposé son sac dans un coin. Le professeur en charge de veiller au bon déroulement de l'épreuve accorda une attention particulière à ce que tous les téléphones soient bien éteints et rangés.
Ophélie s'était installée, dans l'indifférence générale de ses anciens camarades de classe. Aucun n'avait gardé de vrai contact, suivi, avec elle. Sur les tables, chacun ne disposait que de ses stylos.
Le coup de sifflet résonna dans la cour et dans les couloirs. On distribua leurs sujets aux élèves. Cette fois, elle y était. Plus de retour en arrière possible.

BACCALAUREAT GENERAL

PHILOSOPHIE Série ES

Durée de l'épreuve : 4 heures   Coefficient : 4

Le sujet comporte trois pages, numérotées de 1 à 3
L'usage des calculatrices est interdit.

Le candidat traitera, au choix, l'un des trois sujets suivants :

Les sujets de dissertation ne l'inspiraient pas, elle continua vers le texte en croisant les doigts.

3ème sujet : *Expliquez le texte suivant :*
Parmi les choses du monde certaines dépendent de nous et d'autres non. Celles qui dépendent de nous ce sont nos jugements, nos tendances, nos désirs, nos aversions, en un mot tout ce qui est

opération de notre âme. Celles qui ne dépendent pas de nous sont la fortune, les témoignages de considération, les charges publiques, en un mot tout ce qui n'est pas opération de notre âme. Ce qui dépend de nous est plus libre, sans empêchement, sans contrariété ; ce qui ne dépend pas de nous est inconsistant, esclave, sujet à empêchement, étranger. Souviens-toi donc que si tu regardes comme libre ce qui est esclave, et comme étant à toi ce qui est à autrui, tu seras contrarié, dans le deuil, troublé, tu t'en prendras aux dieux et aux hommes. Mais si tu ne regardes comme étant à toi que ce qui est à toi, et comme à autrui ce qui est à autrui, personne ne te contraindra jamais, personne ne t'empêchera, tu ne t'en prendras à personne, tu n'accuseras personne, tu ne feras rien contre ton gré, personne ne te nuira. Tu n'auras pas d'ennemi, car tu ne souffriras rien de nuisible.

EPICTETE, *Manuel*

Mademoiselle fit le choix du commentaire de texte. Se souvenant du balayage historique de Monsieur Anneau, elle pouvait replacer Épictète dans son contexte : c'était un philosophe des premiers siècles. Il lui restait encore à définir le stoïcisme, ce qui lui semblait plus difficile. Voici son introduction :
Épictète était un philosophe stoïcien. Le stoïcisme se caractérise par son acceptation de tout ce qui nous arrive. Le stoïcien anticipe le bien et le mal qui peuvent lui arriver afin de ne pas être pris au dépourvu et risquer d'en souffrir. Comme nous le voyons dans cet extrait du Manuel, l'auteur distingue d'une part notre esprit, assimilé à la liberté et d'autre part ce qui nous est extérieur, associé à l'esclavage.

Partant de la problématique « Puis-je être libre seul ? », nous étudierons dans un premier temps la maîtrise de nos passions et dans un deuxième temps de rôle de l'Autre.

Mademoiselle était organisée : sur un premier brouillon elle avait écrit toutes ses premières idées ; sur un deuxième, séparé en deux par un trait horizontal, en haut ce qu'elle voulait inclure en première partie de sa composition et en bas en deuxième partie. Une fois son plan à peu près établi, elle passa directement à la rédaction. Voici ce que sa copie contenait :
Épictète distingue deux catégories recoupant tout ce qui nous entrave : ce qui dépend de nous et ce qui n'en dépend pas. Selon lui il faut abandonner ce qui ne dépend pas de nous et nous focaliser sur le reste. Rappelons qu'à l'époque, et notamment pour Platon, les passions désignent tous les mouvements de l'âme (pour lui, d'ailleurs, elles nous étaient nuisibles : il voyait le bonheur dans l'absence de passions alors qu'Épictète y trouve notre liberté, pour autant qu'elles soient contrôlées). En effet, si je parviens à les maîtriser je m'évite le chagrin, ou même un plaisir trop grand pour lequel j'éprouverais plus tard de la nostalgie. À ce titre, la maîtrise de mes passions peut m'être utile et je suis seule à pouvoir les travailler.
De plus en agissant selon ma volonté, je suis libre. Bien sûr, cela signifie que je doive avoir la possibilité d'agir sur ma volonté : je peux vouloir une charge publique, par exemple la présidence de la République, mais pour cela je dois accepter le processus démocratique actuel, avoir atteint un certain âge, ne pas avoir de casier judiciaire, recueillir cinq cent signatures d'élus locaux, si possible obtenir l'investiture d'un parti politique et ensuite espérer que la moitié des électeurs se prononce en ma faveur. Ma volonté est donc sévèrement réduite. Épictète nous dit que pour éviter cela, il me suffit de ne pas vouloir obtenir de charge publique.
Enfin, Épictète termine son texte par l'idée selon laquelle la maîtrise de mes passions me rendra libre d'ennemis. Mais ne pas avoir d'ennemi signifie aussi ne pas avoir d'ami ; le bonheur proposé par les stoïciens me conduit à la solitude. N'est-il pas possible d'en trouver un qui ne soit pas troublé par les autres ? En somme, l'auteur nous dit que pour devenir libre il faut se contenter de sa volonté et ne

rien souhaiter pour être sûr de l'obtenir, ce qui s'apparente à une tautologie.

Pas peu fière d'elle, Mademoiselle avait même trouvé une transition (elle avait toujours eu du mal avec ça) : *Ce que je pense (mes jugements, tendances, désirs et aversions) vient-il vraiment de moi ? C'est ce que nous allons nous demander. Par suite, même si c'était le cas, qu'est-ce qui en moi m'incite à me changer ? Finalement Épictète nous incite à suivre et contrôler nos volontés, ce qui équivaut une fois de plus à se soumettre à des préceptes – en l'occurrence les siens.*

Et c'était reparti pour la suite :
On ne peut s'empêcher, lisant les théories solitaristes d'Épictète, de nous interroger sur le rôle de l'Autre : quelle est sa place s'il n'est ni ennemi ni ami ni celui qu'on accuse ? Tout d'abord, comme évoqué en transition, on peut remettre en doute le fait que nos jugements, tendances ou désirs nous soient tout à fait propres. On sait en effet le rôle de l'éducation dans le développement de nos passions : je vais vouloir ou aimer ceci en grande partie en fonction de l'éducation que j'ai reçue (sans tomber dans la caricature, selon laquelle je ne serais soit qu'une reproduction soit en opposition avec ce qu'on m'a inculqué). Ce n'est qu'à la marge, et au fil d'un long développement (qui m'amènera à rencontrer d'autres personnes, et donc à développer mes goûts en conséquence) que je vais acquérir ce que j'appelle mes idées propres. Tout cela nous conduit à un autre débat : celui du libre arbitre.

D'autre part, Épictète affirme que la fortune et la considération ne dépendent pas de moi. Certes je ne peux pas contraindre ma chance ou ce que les gens pensent de moi, cependant est-ce une raison pour laisser tout cela de côté ? Je peux me donner les moyens de progresser dans ce qui ne dépend pas entièrement de moi. Pour avoir de la chance, le minimum est de la tenter – et le maximum de la forcer. Nous pensons tous quelque chose les uns des autres, même de celui le plus isolé ; dois-je les laisser parler ou puis-je m'exprimer non pas pour les forcer à m'aimer mais pour tenter d'infléchir leur vision en ma faveur ?

Enfin, un dernier élément doit être pris en compte en ce qu'il englobe tous les autres : la société ne se fait pas sans l'autre. *C'est à chacun d'être en son for intérieur d'accord ou non avec Épictète, mais revenons-en à notre problématique : puis-je être libre seul ? Je dois trouver ma liberté, ma façon d'être heureuse mais je ne peux occulter le fait que je vive en société et que l'Autre doive être pris en compte.*

Dans sa conclusion, Mademoiselle dit ce qu'elle pensait. Elle ne voulait pas souffrir mais n'envisageait pas pour cela de mettre fin à ses volontés. Pour elle, le bonheur était dans l'échange. Elle l'ignorait, mais elle était ici proche de la pensée d'Épictète : selon lui un philosophe ne devait pas seulement donner des préceptes mais les suivre lui-même. Dans ce dernier paragraphe, Mademoiselle mettait en avant les fruits de son expérience.

Vivre en-dehors de toute relation sociale, physique ou numérique, lui semblait impensable. Elle trouvait odieuse l'idée de se renfermer sur soi, elle qui ne respirait que lorsqu'elle aimait et se sentait aimée. Épictète conduisait à un retrait du monde permettant de ne plus souffrir, parce qu'il permettait de ne plus rien sentir. Vivre dans le monde signifiait-il donc, sinon être malheureux, du moins souffrir et se désespérer ?

Point final. Mademoiselle était à bout de souffle. Cette première épreuve l'avait épuisée. Plus encore, elle l'avait chamboulée : elle sentait qu'Épictète avait raison, elle sentait combien elle était différente et elle sentait combien elle risquait de souffrir. Elle voulait plonger dans le monde pour y être heureuse, le philosophe lui dictait de s'isoler. Elle tenta de relativiser en pensant qu'il avait écrit il y a quinze siècle : les choses ont changé, depuis.

Quand on s'isole on pense à soi, et l'introspection est souvent douloureuse. Le divertissement de Pascal (elle était soulagée d'avoir assisté au cours d'histoire de la philosophie de Monsieur Anneau !) nous permet au contraire d'éviter de penser à nos maux. Son rare dernier moment de bonheur avait été vécu à New York, et les rares moments où elle se sentait moins mal à Paris étaient ceux devant son téléphone, en contact avec le monde entier. Alors non, Épictète n'était pas pour elle.

Après une rapide relecture, elle remit sa copie. En la prenant, son professeur de philosophie lui demanda comment ça s'était passé.

Mademoiselle répondit d'un léger signe de tête qui voulait à la fois dire « Ça va » et « Je ne sais pas, on verra ».

Il restait une vingtaine de minutes, d'autres élèves étaient déjà sortis. Ceux qui continuaient de plancher la regardaient l'air ahuri, semblant unis par une même pensée : « Elle a fini, il me reste encore tout cela à écrire, je n'y arriverai jamais, il faut que je me dépêche » et leurs yeux retombaient sur leur feuille, et leurs stylos s'agitaient de plus belle.

Mademoiselle récupéra son sac et sortit de la salle. La cour était déserte, silencieuse. Après un passage aux toilettes, elle prit la direction de la porte d'entrée.

Dehors, elle respirait. Le soleil caressait la rue, devant le lycée. Il faisait bon, pas trop chaud : passer le bac pendant la canicule, avaient assuré des professeurs ayant tout vécu, est un véritable enfer. Après quelques minutes, fidèles au poste, Paul et Sylvain arrivèrent à leur tour pour discuter avec les élèves. Mademoiselle se dirigea vers eux et leur dit ce qu'elle avait écrit. Quand elle eut fini, en bon futur COP, Paul la conseilla et lui donna l'orientation à suivre :
« C'est pas mal ! Tu as quoi comme épreuve demain ?
- Histoire-géo.
- C'est là-dessus que tu dois te focaliser, maintenant. Comment tu le sens ?
- Je croise les doigts pour le sujet d'Histoire, mais ça devrait aller.
- Bonne journée Mademoiselle, reprit Sylvain, et te couche pas trop tard ce soir. »

Mademoiselle s'éloigna. Elle leur avait dit le petit chamboulement intérieur, personnel, qu'elle avait ressenti pendant son commentaire, et pas seulement le contenu de sa copie. Lorsque Mademoiselle ne pouvait plus les entendre, Sylvain a chuchoté à Paul :
« Ça va être léger, quand même...
- Bah ouais, mais j'allais pas lui dire. »

D'après ce qu'elle avait rapporté de son inspiration, les deux hommes n'étaient pas très optimistes. Ce ne serait pas forcément la catastrophe et elle obtiendrait son baccalauréat au moins grâce au système des compensations, mais elle ne devait pas s'attendre à gagner des points en philosophie. Bientôt après Juliette et Marine, puis toute la classe, rejoignirent Mademoiselle devant le lycée.

Les passants devaient jouer des coudes : les élèves ont de manière générale du mal à les voir, et cette semaine ils avaient vraiment la tête à autre chose. Au fur et à mesure la masse devenait de moins en moins compacte, laissant s'échapper des groupes de futurs bacheliers en direction des différents cafés du quartier.

À la répartition des bars, c'était une vraie loterie. Lorsque Mademoiselle et ses amies étaient en Seconde, les Terminales occupaient *Chez Léon*. Pour s'en démarquer, elles prirent possession du *Préféré* et ne l'avaient jamais quitté depuis. D'autres avaient jeté leur dévolu sur *La Fée verte* ou un autre des très nombreux du quartier. De toute façon il y avait tellement d'élèves qu'ils pouvaient se répartir entre toutes ces adresses sans qu'un seul soit vide.

Une fois attablées chez *Le Préféré*, elles échangèrent leurs impressions sur ce qu'elles venaient de vivre et se posèrent mutuellement des questions pour réviser l'épreuve du lendemain. Elles avalèrent, qui un sandwich qui une salade, dans le jardin voisin de la mairie du troisième arrondissement. Assises dans l'herbe, dignes et curieuses au milieu des enfants courant dans tous les sens.

Mademoiselle aurait bien aimé passer l'après-midi avec elles, si Juliette n'avait pas préféré réviser seule. Elles restèrent encore pendant une heure ensemble avec Marine, mais Mademoiselle ne savait pas comment lui parler de ce sentiment étrange qu'elle avait éprouvé devant Épictète. Elles se séparèrent à leur tour.

Au deuxième jour, il fallait plancher sur le temps et dans l'espace. Mademoiselle eut de la chance : le sujet d'histoire correspondait à un thème qu'elle avait bien révisé : « Mémoires de la Seconde Guerre mondiale : le cas de la bombe atomique. » Son introduction était particulièrement soignée :
Avec la Première Guerre mondiale, l'humanité fut confrontée à un type nouveau de conflits : généralisés, industriels et causant de très nombreuses pertes humaines. Vingt ans après la « der des ders », de nouvelles hostilités allaient éclater. Encore plus généralisées, encore

plus industrielles et encore plus violentes. Une nouvelle donnée allait faire son apparition : alors que, à quelques exceptions près, il semblait acquis depuis le Moyen-Âge qu'on ne touchait plus aux populations civiles, qu'on ne brûlait plus leurs villages, nous sommes entrés dans une période de guerre totale. Ce ne sont plus seulement les pays qui se font la guerre, armée contre armée : on extermine certaines catégories de la population (Juifs, homosexuels, tziganes...) et selon le principe de la guerre totale les civils sont également ciblés.

Pendant plus de vingt ans, les récits des survivants des camps de concentration n'ont pas été entendus : c'était trop affreux pour être vrai. Depuis, les témoignages et les documents historiques se sont multipliés. Il est devenu possible de connaître et transmettre la mémoire de la Shoah, crime nazi sans précédent. Il serait faux, pourtant, de croire qu'ils furent les seuls à s'attaquer massivement à des civils ou à développer de nouveaux moyens de meurtre industriel. En face du Zyklon B, de l'autre côté de l'Atlantique, les États-Unis cherchaient la formule de l'atome. Mais en plus de ses éléments trop affreux pour être vrais, l'histoire est écrite par les vainqueurs : les bombes qui ont visé les populations civiles d'Hiroshima et de Nagasaki n'ont pas engendré le même sentiment de culpabilité du survivant, du côté occidental.

Quelle mémoire garde-t-on de l'usage de la bombe atomique pendant la Seconde Guerre mondiale ? Voilà la problématique que nous étudierons. Dans une première partie, nous nous consacrerons aux réactions qui ont suivi ces deux explosions. Dans une deuxième partie, nous nous attacherons aux documents plus récents les concernant. Enfin, en conclusion, nous dresserons un aperçu de la bombe atomique aujourd'hui.

Mademoiselle était lancée. Comme la veille, son brouillon était divisé en deux. Dans sa première partie elle allait traiter des réactions enthousiastes et des rares commentaires condamnant cette bombe ou son usage. Ensuite elle parlerait d'une part de la multiplication des connaissances techniques de la bombe et d'autre part de l'absence de documents par rapport à d'autres faits historiques (elle avait bien noté le pluriel dans le titre du sujet !). Enfin elle évoquerait pêle-mêle le traité de non-prolifération et le principe de dissuasion, les pays possédant la bombe et ceux cherchant à la développer, en insistant évidemment sur le cas de la Corée du Nord.

Elle grattait, elle grattait. Les idées lui venaient d'elles-mêmes, il fallait presque les canaliser. Elle voyait le temps passer, ayant peur de ne pas pouvoir tout dire. Pour la première fois dans un cadre scolaire, elle craignait que sa pensée soit incomprise si elle était incomplète. Puisqu'elle était inspirée, il fallait en profiter.

Les professeurs, comme par sadisme, prononçaient d'une voix forte un compte à rebours : « Il vous reste une demi-heure », « vous avez encore vingt minutes », « un quart d'heure », « dix minutes : c'est le moment ou jamais de vous relire ! », « cinq minutes », « quatre minutes », « trois minutes », « attention plus que deux minutes ! », « une minute ». Puis : « Posez vos stylos ». Mademoiselle avait presque fini. Encore trois mots, deux ; le dernier, et point. Elle s'effondra dans un profond soupir sur le dossier de sa chaise.

C'était fini. Juliette lui passa la main dans les cheveux et lui demanda du regard : « Ça va ? ». Un sourire lui répondit que oui. Ramassant ce qui lui restait de forces, Mademoiselle se leva pour donner sa copie. Elles ne restèrent pas longtemps devant le lycée avec Juliette et Marine : Mademoiselle répétait « J'ai faim, putain ». Elle dévora son *américain*, un sandwich composé de steaks, de salade et de tomates dans une baguette.

Elle y était arrivée. Ce fut une autre première fois : sentir la satisfaction du travail accompli, achevé, correspondant à ce qu'on avait dans la tête. Elle savait qu'il convenait déjà de penser au lendemain, mais n'avait-elle pas droit de savourer un peu sa gloire ? Son enthousiasme retomba progressivement. Juliette et Marine partirent ensemble ; Mademoiselle ne les suivit que le temps d'arriver au premier café de la rue de Bretagne.

Le troisième jour était presque un repos, une halte. La journée allait être longue, mais peu fatigante. Le matin Mademoiselle, ses camarades de classe et tous les élèves de Terminale économique et social de France allaient penser en anglais. Ce fut un jeu d'enfant pour Mademoiselle : elle avait treize de moyenne sans faire aucun effort.

En se concentrant un peu, et surtout grâce à son séjour à New York devenu le référent de son existence, elle savait pouvoir viser beaucoup plus haut.

Il suffisait de répondre à des questions : c'était aussi ennuyeux que facile. La difficulté de gérer son temps résidait moins dans la complexité des questions que dans leur nombre. Un quart d'heure avant la fin, Mademoiselle ayant triomphé de cette étape quitta la salle. Juliette était fatigante, à toujours rester jusqu'à la dernière minute...

Elles déjeunèrent toutes les trois avec Marine, dans un restaurant asiatique. Décidément, c'était la journée de l'international. Elles eurent tout juste le temps d'avaler un café avant d'en retourner au lycée. Sans prendre la peine d'arriver pour autant une demi-heure en avance : elles étaient à côté, et cela ne servait à rien.

Le matin même, Aurélien était entré dans la salle avec dix minutes de retard : il prenait sa douche, ne s'était pas pressé. On l'avait accompagné jusqu'au secrétariat du bac, depuis lequel le proviseur adjoint avait accepté de l'envoyer composer. Ce qui ne l'avait pas empêché de sortir le premier.

L'après-midi, il avait fallu écrire en espagnol. Là non plus il n'y avait rien d'extraordinaire. C'était une matière à petit coefficient, à peine aperçue dans leur emploi du temps de l'année. Ils n'avaient pas été très sérieux, le vivant plus comme une matière obligatoire que comme un plaisir. Presque tous avaient commencé au collège en pensant aux beaux ou aux belles Espagnoles, s'imaginant une langue chantante qui leur permettrait de passer des vacances au soleil.

Au fil des années leur naïveté était retombée : c'était une matière comme les autres. Ce jour-là c'était une matière qui leur permettrait de gratter quelques points, ça ne fait jamais de mal, mais elle n'allait à elle seule ni leur faire réussir ni leur faire échouer au bac. Ce fut un après-midi morne. Les esprits étaient déjà focalisés sur le lendemain, qui serait moins facile mais plus de leur goût.

Car leur quatrième et avant-dernier jour d'épreuves était dédié à leur spécialité : les sciences économiques et sociales, mention science politique dans leur cas. Le premier sujet, la dissertation, était assez complexe. Ils devaient plancher sur les processus d'intégration de la CECA au Brexit.

Cela impliquait une connaissance sérieuse des dates et des textes européens, la capacité d'expliquer par le droit européen comment certains pays étaient entrés et d'autres non, comme la Turquie, ainsi que le demi-précédent créé par un pays à moitié européen.

En rédigeant Mademoiselle restait consciente de ne pas écrire une copie parfaite, elle espérait que ce soit suffisant. Jusqu'à maintenant elle s'en était toujours sortie en rendant des travaux *suffisants* : pourquoi ne serait-ce pas le cas cette fois encore ? Elle se força seulement à se creuser un peu plus les méninges que d'habitude.

Mais il n'était pas question de tarder : après cette dissertation, il fallait encore se consacrer à l'épreuve composée. Il s'agissait de mobiliser quelques notions et d'analyser des documents, méthode qui lui avait toujours souri. Aucune difficulté particulière pour elle là-dessus. C'est comme si les éléments étaient disposés devant ses yeux et qu'il lui suffisait de les organiser et rédiger des phrases autour. Un jeu d'enfant.

Enfin pour le sujet relevant proprement de la science politique, on leur demanda de mettre en parallèle les groupes d'intérêt dans les institutions françaises et dans celles européennes, « d'après ce que vous avez étudié en cours et vos connaissances personnelles ». Puisqu'on le lui proposait, elle mentionna les *lobbies* aux États-Unis dans son introduction et sa conclusion en vue de signaler un troisième type de fonctionnement des groupes d'intérêt.

Là encore, ses réflexions ne permettaient d'attendre rien d'extraordinaire mais suffisamment pour obtenir une note un peu au-dessus de la moyenne. Elle n'en demandait pas plus. Malgré ses vingt minutes d'avance, Mademoiselle ne put se relire sérieusement.

Elle n'en pouvait plus, elle était épuisée par ce qu'elle venait d'écrire comme par la succession des jours. On ne leur avait pas menti en comparant le baccalauréat à un marathon ; mais en plus de cela, c'était un marathon comportant des épreuves de sprint. Vivement la fin.

La ligne d'arrivée était en vue. Devant elle, un saut d'obstacles : les mathématiques. La veille au soir, Mademoiselle s'était couchée de très bonne heure. Elle se retrouva devant toutes ces formules à résoudre. Elle les avait apprises – la veille, avant de sombrer dans un sommeil bien mérité – mais quel ennui...
La fatigue aidant, elle se demanda : « À quoi bon ? » Mais il le fallait bien, et elle avait passé le plus difficile. Elle y était presque ; on ne commence pas un nouveau chapitre sans avoir fini le précédent, alors elle s'accrochait même si elle ne voyait dans les pages à venir de sa vie que des feuillets blancs, n'inspirant rien.
Quelle folie que de s'enfermer pendant une semaine pour passer un diplôme. Tout ça pour quoi ? Laisser derrière soi le collège et le lycée, sept années d'enfermement, et se donner la possibilité de continuer ses études – c'est-à-dire continuer de s'enfermer, pendant des années encore. Quand en voit-on le bout ? Quand peut-on profiter de la vie, voir ses amis, déjeuner, prendre un verre, danser et parcourir les rues de New York ? Quand ?
Après avoir fini ses calculs, en tous cas. Mademoiselle avait perdu du temps en levant le nez, perdue dans ses pensées. Elle avait aussi envie de coucher : depuis la pipe d'Aurélien, un feu brûlait entre ses cuisses.
Les chiffres ! « Les chiffres, se motivait-elle : il faut que je me concentre là-dessus, pour l'instant. » Les opérations compliquées font peur à celui qui ne les comprend pas. Pourtant dans un autre contexte (s'il ne fallait pas les résoudre, si on pouvait les considérer pour eux-mêmes en tant que réalité finie), ils pourraient presque avoir quelque chose d'artistique.
« Soit $R(x)=7,49^3$ ». Point. Soupir. Effondrement sur le dossier. Yeux brillants (larmes de joie ou de souffrance ?). Satisfaction (d'avoir réussi ou d'avoir fini ?). Fébrilité : urgence de sortir, s'enfuir, oublier la salle de réunion et sa sueur. Mademoiselle rendit sa copie au professeur installé sur l'estrade et dut se retenir de courir.

Chapitre 17
De fête en fête

Le bac était terminé ! Un grand apaisement entoura Mademoiselle, l'accompagna dans la cour puis devant le lycée. Elle avait fait tout ce qu'on attendait d'elle. Désormais elle était libre. Lorsque Marine puis Juliette l'ont rejointe elles ont hurlé et sauté dans les bras l'une de l'autre.

Pas besoin d'aller au théâtre lorsque l'on habite devant un lycée : il suffit d'ouvrir sa fenêtre. Le spectacle est permanent, entre improvisation et acteurs jouant ostensiblement un rôle. Il y a quelque chose de théâtral dans leurs cris et leurs embrassades, même si leur plaisir est réel. À l'heure précise de la fin de l'épreuve, le téléphone de Mademoiselle sonna. C'était sa mère.
« Alors ma chérie, comment ça s'est passé ?
- C'est fini ! Terminé !
- Tu es contente ?
- Putain, tellement ! J'en pouvais plus.
- J'imagine que je ne t'attends pas pour déjeuner, tu restes avec les filles ?
- Faut bien qu'on fête ça !
- Prends soin de toi ma puce. À plus tard. »

Et un nouvel éclat de voix. Quasiment tous les élèves de Terminale se retrouvèrent devant l'établissement. C'était un concert de joie et de rires. Même ceux qui n'étaient pas satisfaits de leur production sur la dernière épreuve sautaient partout. Ils se considéraient presque comme des survivants.

Après avoir déjeuné, Mademoiselle, Juliette et Marine firent le tour des boutiques du quartier. Mademoiselle acheta une paire de chaussures et une petite veste, Juliette une robe et Marine un pantalon de créateur. Le Marais était idéal pour leurs emplettes.

« On se fait une manucure, les meufs ? » proposa l'une d'elles. Offre immédiatement acceptée à l'unanimité. Elles en profitèrent pour se faire maquiller : elles savaient manier le pinceau mais avec une professionnelle qui s'occupe d'elles, elles étaient sûres de se démarquer. En fin de journée elles prirent la direction de leurs domiciles respectifs. Il ne s'agissait que d'un passage éclair : elles allaient déposer leurs affaires, se changer et se retrouver tout de suite après. La soirée du bac est une institution. Certains la passaient sur le champ de Mars, devant la Tour Eiffel. Nos trois héroïnes avaient pensé suivre cette tradition, mais il y aurait trop de monde. Elles pouvaient aller, comme elles l'avaient déjà fait, dans le square du Temple devant la mairie en sautant par-dessus la barrière, mais à l'inverse de la Tour Eiffel il y aurait cette fois trop peu de monde.

Elles trouvèrent l'équilibre en optant pour les quais de Seine, en contrebas de Notre-Dame. « En plus il y aura des mecs, pas seulement des lycéens », avait jugé utile de préciser Mademoiselle. « Si on peut pécho, je vote pour ! » ajouta Marine. Quant à Juliette, toujours avec Eric et toujours fidèle, elle contribua à la conversation par ces mots : « C'est surtout qu'il y a des bars à côté, si on a froid ou si on veut danser. » Bref, pour des raisons différentes, elles étaient toutes satisfaites de ce choix.

Après avoir acheté de quoi boire et manger, les trois jeunes femmes bien habillées portant leurs sacs plastiques à bout de bras s'installèrent. Il fallait les voir, dans leur jubilation. La jubilation d'avoir le bac derrière elles et la jubilation de pouvoir enfin profiter d'une soirée ensemble. Cela faisait une éternité.

Elles allaient rattraper l'ivresse des soirées non vécues, en profiter avec excès. Plus rien ne les retenait. Nées dans une époque qui ne connaissait plus les rites de passage, elles allaient célébrer un des derniers qui leur restaient.

Il y avait, posés désormais sur les sacs plastiques à même le sol, des paquets de chips, des gâteaux, des cornichons, du pain, du vin rouge, de la bière, de la vodka et du jus d'orange. Plusieurs bouteilles de chaque, en dépit du fait qu'elles n'étaient que trois. Des amis de leur classe allaient peut-être passer, ranimant les conversations et ravitaillant les troupes en boissons. Combien de fois leur avait-on parlé de ce jour ? C'en était presque un mythe ; mais voilà : leur tour était venu.

« Les meufs, je vous préviens, avertit Mademoiselle. Ce soir, je me fous une race !

- Moi aussi ! lança Marine en levant son gobelet.
- Je vous suis ! Et à force de vous suivre, continua Juliette en avalant une gorgée, je vais vous dépasser. »
Elles trinquèrent pour la énième fois, commençant déjà d'être saoules. Mademoiselle voulait oublier, tout oublier. Lorsque l'alcool pénétrait dans son sang et dans son esprit elle se sentait plus légère, ses douleurs s'envolaient de verre en verre. Cette amnésie passagère, liée à la décontraction qui la prenait, lui faisait tellement de bien que Mademoiselle Beuverie aurait voulu vivre sous une légère perfusion continue d'alcool. Pas pour être bourrée : juste pour être bien.

Elles ne se demandèrent pas l'une à l'autre ce qu'elles pensaient du résultat qu'elles pourraient obtenir. Seules deux idées les occupaient : « le bac est fini » et « c'est les vacances ». Pas encore tout à fait, puisque tant qu'elles n'avaient pas leurs notes rien n'était sûr, mais elles n'y pensaient pas. Elles avaient trop de choses à fêter pour que ces détails viennent les déranger.

Et comme le disait Épictète, « parmi les choses de ce monde, certaines dépendent de nous et d'autres non. » Il avait dépendu d'elles de se présenter à l'examen et de faire de leur mieux, mais leurs résultats ne dépendaient plus d'elles. Ce qui dépendait toujours d'elles était de s'enivrer jusqu'à ce qu'elles ne dépendent, volontairement, plus d'elles-mêmes. Elles étaient en bonne voie pour y parvenir.

Leurs amis ne sont finalement pas venus. Ils les ont invités à les rejoindre, sur les quais de Seine aussi mais du côté de l'Institut du Monde Arabe. Personne n'avait envie de bouger, dans un groupe comme dans l'autre. Plus tard dans la soirée, Mademoiselle en eut tout de même le goût : « On va danser, les meufs ? J'ai envie de danser. » Lorsqu'elle commença de se lever, elle avait si peu d'équilibre qu'elle faillit plonger dans la Seine. « On va peut-être rester assises encore un peu, finalement », se ravisa-t-elle au grand soulagement de Marine et Juliette.

« T'es bourrée ? demanda sa meilleure amie.
- Moi ? Naoon… Tu rigoles ? Je tiens HYPER bien l'alcool. Toi-même tu sais.
- Ah ouais ? On aurait pas dit, quand t'as voulu te lever ! se moqua

Marine.
- Ça ? Pfff... C'est pas à cause de l'alcool.
- C'est à cause de quoi, alors, Mademoiselle ?
- Des fourmis ! On est restées sur le cul tellement longtemps que j'ai eu des fourmis dans les jambes. À propos de cul, je baiserais bien.
- On va faire comme pour danser, hein, la calma Juliette : on va attendre un peu.
- Okay ma copine. »

Elle pouvait accuser les fourmis dans les jambes autant qu'elle le voulait, elles n'étaient pas responsables de sa difficulté manifeste à parler – bégaiements et hésitations partagées par Juliette et Marine, faut-il le préciser.

« T'as les yeux tout rouges, dit Mademoiselle en regardant Juliette aussi fixement que le lui permettait son alcoolémie. Inzé... In-je-ctés de sang.
- Fous-toi pas de ma gueule : t'es encore pire ! »

Puis ce fut le drame. En guise de conclusion à son exclamation, Juliette fut prise d'un hoquet qui la fit sursauter. Mademoiselle et Marine partirent dans un éclat de rire incontrôlable, rejointes par Juliette entre deux éructations. Cela dura bien cinq minutes.

Pour aider son amie, Mademoiselle lui asséna un énorme rot en pleine figure. Un rot grave, prolongé, repoussant. Apparemment malodorant aussi : « Putain Mademoiselle, tu pues grave de la gueule. » Mais, ayant atteint son objectif, Mademoiselle flamboyait du sourire du héros dominant le champ de bataille.

Après cet épisode elles ont bu avec moins d'empressement : dans ses derniers mètres, la montagne de l'ivresse doit être gravie à pas mesurés. L'essentiel était là, le reste n'était que du bonus. Leurs esprits étaient vides : aucune d'elles n'aurait été capable ne serait-ce que de rappeler le sujet de leur épreuve passée quelques heures plus tôt. C'était ce qu'elles voulaient : n'avoir l'esprit plein que de l'immédiateté – et d'alcool. Le moins que l'on puisse dire est qu'elles avaient réussi.

Vers trois heures trente du matin, Mademoiselle piqua du nez. Se redressant soudain, comme si elle pensait que sa proposition

précédente remontait à dix minutes et non pas plus de quatre heures, elle demanda : « On va danser ? »
Les trois jeunes femmes étaient inertes, complètement molles, soumises aux mouvements vagues de l'alcool qui nous fait tanguer comme sur un bateau. Juliette regarda l'heure sur son portable et conclut qu'il était plutôt temps de rentrer. Qu'elle eût dit ceci ou autre chose, Mademoiselle et Marine auraient répondu de la même manière « Vas-y, meuf. On te suit. »
Pour réveiller tout ce monde, à commencer par elle-même, Juliette accumula toutes ses forces pour lancer un énergique : « Allez ! on se bouge ! » Elle réussit même à se redresser. Impressionnées par cette démonstration d'énergie, de courage et de volonté, Mademoiselle et Marine voulurent faire la même chose. Après plusieurs tentatives, retombant souvent sur leurs fesses, elles furent bientôt à hauteur de Juliette.
Mais Marine trébucha sur une de leurs bouteilles et commença de glisser en direction de la Seine. Elle allait tomber, incapable de rétablir son équilibre ! Mademoiselle l'attrapa au dernier moment par le poignet. « Bah alors meuf, tu voulais nager un peu ? Moi je saute que dans une baignoire de foutre, je suis trop en chien. »
Juliette lâcha un soupir de soulagement. La catastrophe avait été évitée de peu, et ni Marine ni Mademoiselle ne semblait s'en rendre compte. Elle était mal, mais si c'était la plus lucide elle devait prendre la situation en mains. « Bon réflexe, Mademoiselle ! On ramasse tout ça pour que personne d'autre se casse la gueule et on décale. »
Devant la poubelle, Mademoiselle eut des remords à l'idée de jeter une bouteille encore à moitié pleine. Juliette ne la regardant pas, elle la cacha dans son dos pour la boire en route. Elles riaient, avec Marine. Juliette se retourna.
« Qu'est-ce qu'il y a ?
- Rien, rien ! On te suit ma belle, ouvre-nous la route. »
Dès que Juliette a repris son chemin, Mademoiselle a bu une gorgée. Pour qu'il y ait des cadavres de bouteilles, croyait fermement Mademoiselle, il faut déjà qu'on les assassine. On ne laisse pas un blessé sur le champ de bataille : on l'achève. La morale et les

certitudes en prennent un sacré coup, diluées dans l'esprit du vin. Prenant son rôle à cœur, Juliette dirigea ses amies. D'abord il fallait remonter pour en arriver au niveau de la rue, ensuite faire le tour de la cathédrale.

À cette heure la circulation était moins importante, mais plus rapide : il fallait faire attention. Elles traversèrent le pont pour rejoindre la rive droite. Ensuite c'était le Marais, avec ses petites rues dont le silence n'était troublé que par les adolescences. L'une après l'autre, elles arrivèrent chez elles. Des remous agitèrent Mademoiselle ; elle hésita mais se décida à vomir dehors plutôt que chez elle, pour ne pas inquiéter sa mère.

Elle enleva ses chaussures et s'effondra sur son lit, encore toute habillée. Sa mère, pour discrète qu'elle soit et laissant sa liberté à Mademoiselle, n'était ni sourde ni aveugle : elle l'entendit rentrer. Depuis le temps que Mademoiselle sortait, elle avait pris l'habitude de réussir à s'endormir en l'attendant.

Mais c'était une mère : même dans ses rêves, elle restait sur le qui-vive. Elle ouvrait les yeux toutes les heures et à peine Mademoiselle avait-elle glissé la clef dans la serrure que sa mère l'entendit, quoique sa chambre soit éloignée de l'entrée.

De toute façon, éméchée comme elle l'était, Mademoiselle ne se rendait même plus compte qu'elle cognait des meubles sur son passage en croyant être silencieuse. Sa mère se réveilla plus tôt qu'elle le lendemain (car il avait fallu attendre treize heures, que sa mère vienne la secouer pour le déjeuner et son premier réflexe fut d'aller jeter un œil sur Mademoiselle dans son lit). Mademoiselle avait beau avoir passé son bac et approcher de la majorité, tant qu'elle serait sous son toit elle veillerait sur sa fille. Mademoiselle émergea difficilement, tâchant de rassembler un à un ses souvenirs. Sa mère la servit.
« Comment s'est passée ta soirée ?
- Je suis rentrée à quelle heure ? demanda la jeune femme, ébouriffée.
- Vers quatre heures trente.
- Je crois j'ai sauvé la vie de Marine, faudra penser à demander une médaille.
- Qu'est-ce qui s'est passé ? »

Malgré son mal de crâne, une pensée traversa Mademoiselle.

Sa mère savait qu'elles avaient bu, elle sentait encore l'alcool, mais il n'était pas nécessaire de lui dire combien et le risque qui en avait découlé.
« Nan, rien. Une connerie, t'inquiète. J'exagère peut-être un peu quand je dis que je lui ai sauvé la vie. Elle a... commencé à traverser la route sans regarder. Je l'ai retenue, mais finalement il n'y avait personne.
- Vous vous êtes bien amusées ?
- C'était vachement sympa, ouais. Je crois on avait grave besoin de se retrouver toutes les trois et de discuter, après ce foutu bac.
- À propos de bac, maintenant que tu as passé toutes les épreuves, qu'est-ce que tu en penses ?
- Je sais pas, Ma... *Alea jacta est*, faut pas vendre la peau de l'ours avant de l'avoir tué, etc. : on verra.
- Oui mais quand même, insista sa mère, tu as bien une petite idée ?
- Ça devrait le faire. J'avoue j'ai pas cartonné partout, c'est pas vrai, mais j'ai jamais eu de gros blanc ou truc dans le genre.
- On attend avant de déboucher le champagne, alors ?
- Je t'en prie : me parle pas d'alcool, répondit Mademoiselle en prenant son front dans ses mains. Ouais, on attend début juillet. »

    Toute la journée, Mademoiselle se déplaça comme une morte-vivante. Il aurait fallu la brancher sur secteur pour lui redonner de l'énergie. À partir de dix-neuf heures, elle émergea. Juste après dîner elles se retrouvèrent à nouveau avec Juliette et Marine, se promettant d'être moins excessives. Elles avaient apprécié leur soirée, mais une deuxième d'affilée au même régime aurait été exagéré. Comme des jeunes filles elles se sont quittées à minuit, à peine ivres. Il s'agissait d'éponger et nettoyer un peu leur sang.
    Elles avaient deux semaines devant elles. Deux semaines de pure liberté, comme elles n'en avaient pas connu depuis longtemps : pendant les vacances précédentes elles avaient toujours des devoirs à préparer ; même l'été avant leur Terminale on leur avait demandé d'anticiper la rentrée en lisant quelques livres (conseil que Mademoiselle avait choisi d'ignorer).
    Cette fois, rien : la seule chose à faire était d'attendre les

résultats. Mademoiselle avait fini par se persuader qu'elle avait réussi, impatiente de partager cette bouteille de champagne avec sa mère.

Seuls ceux qui anticipent un échec préparent les rattrapages ; elles, elles n'en auraient pas besoin.

Alors leur seule obligation était d'occuper au mieux les deux semaines qui leur étaient allouées. Le programme fut tout trouvé : sorties les soirs de semaine, en même temps que ceux qui quittent le bureau, quelques promenades en groupe, de longues nuits et tout le reste du temps passé sur leurs portables, soit à échanger entre elles soit à parcourir le contenu d'autres amis.

Faut-il dire leur plaisir de suivre un tel emploi du temps ? Elles étaient dans leur élément, libres. Mais le temps passe vite, quand il est si agréable.

Chapitre 18
Les adieux au lycée

Le début du mois de juillet était là. « Vous avez de la chance, leur avait dit Monsieur Disert il y a déjà une éternité : depuis plusieurs années les résultats étaient affichés dans un autre établissement, vous deviez vous déplacer. Pour cette session c'est à nouveau nous qui recevons les résultats, ils seront dans la cour. »

Ce matin-là, des dizaines de milliers d'élèves et leur famille étaient sur les nerfs. Mademoiselle fut prise d'un doute énorme : elle était sûre d'avoir réussi, mais cette certitude ne venait que de son imagination.

Et si elle s'était trompée ? Si elle passait aux rattrapages, bien sûr qu'elle irait. La mort dans l'âme, mais elle irait. Si en revanche elle était simplement recalée ? Rester une année de plus, avec les gamins de Première qu'elle n'avait jamais appréciés ?

Qu'allait-elle faire ? Quitter le lycée sans le bac ? Ce n'était pas envisageable. Elle avait toujours fait ce qu'il fallait – rien de plus, mais cela tout de même – et le bac, il *fallait* l'avoir. Si elle ratait son bac elle devrait refaire sa vie ailleurs, dans un autre établissement où personne ne la connaîtrait et mettre fin à toutes les relations qui lui rappelleraient son échec. C'est la peur au ventre, tantôt courant tantôt s'arrêtant au milieu de la rue, qu'elle approcha du lycée.

À dix heures moins dix, les portes étaient encore fermées. Elle ne le savait pas mais au même instant, sur les panneaux dans la cour, Paul, Sylvain et Madame Delaplace étaient en train d'afficher les résultats.

Dix heures moins cinq. À l'intérieur, les trois entourés des professeurs arrivés en avance scrutaient ces listes. Une grande émotion les prenait pour chaque admis. Pour ceux aux rattrapages, il fallait consulter le détail des notes pour déterminer la ou les matières stratégiques à passer. Quant à ceux refusés (rares : maximum deux par classe, souvent aucun), ils désolaient l'équipe pédagogique.

À dix heures mois quatre Juliette arriva, rejointe une minute plus tard par Marine. Elles se serrèrent fort l'une contre l'autre.

À dix heures moins une, Paul et Sylvain se placèrent devant la

porte. « Vos résultats sont placardés dans la cour. Inutile de vous bousculer : ils sont là pour toute la journée. Nous ouvrons dans une minute. »
Qui avait parlé : Paul ou Sylvain ? Peut-être les deux, chacun son tour. Les lycéens avaient le sang qui leur battait tellement aux tempes que les voix se mêlaient. Les surveillants retournèrent à l'intérieur. Avant d'ouvrir la grande ils se regardèrent, tremblant eux aussi :
« Prêt ?
- Prêt. »
Ils tournèrent la poignée et attrapèrent chacun un battant de la lourde double porte de bois. C'était la cohue : on courait dans tous les sens. Mademoiselle, Juliette et Marine aussi. La CPE et les professeurs les attendaient pour les aider à trouver le panneau correspondant à leur classe et à le comprendre. Dessus les noms se succédaient, avec en bout de ligne une éventuelle mention. Sur une feuille à part, légèrement décalée, les noms de ceux passant par la case rattrapages. Les non-admis n'étaient pas écrits.
Mademoiselle se trouva, ce qui la fit hurler une première fois. Elle lut jusqu'au bout de la ligne : Assez Bien, et hurla une deuxième fois. Marine et Aurélien partageaient la même mention que Mademoiselle, Sophie n'en avait pas et Thierry passait – de peu, pour quelques points faciles à acquérir – aux rattrapages.
Ophélie aussi, qui avait plus de points de retard mais rien d'insurmontable. Juliette était la fierté du trio, arborant une mention bien qu'elle n'avait pas volée. Isabelle, bien sûr, soutirait un très bien. Les cris furent innombrables, tant la joie les secouait.
Ce qu'ils ignoraient, c'est que ce n'était pas encore fini. Les admis au premier tour devaient faire la queue devant le foyer des élèves pour se voir remettre leur « collante », ce document récapitulant leurs notes en attendant le vrai diplôme sur papier cartonné épais. Rusées, Mademoiselle et ses amies n'attendirent pas que leur enthousiasme retombe avant de rejoindre la file d'attente : ils étaient plus de deux cents en tout, elles n'avaient pas que cela à faire.
Juliette, Marine puis Mademoiselle récupérèrent chacune leur tour ce bout de papier aussi anodin que précieux. L'enseignante

d'histoire-géographie vendit un peu la mèche en félicitant Mademoiselle : « Vous vous êtes surpassée dans ma matière ! » Mademoiselle ne put faire autre chose que la remercier, ne sachant pas encore ce que cela signifiait dans les chiffres.

Enfin elle les avait en mains. Histoire-géographie : seize et demi. Sciences économiques et sociales spécialité science politique : quinze. Mathématiques : onze. Langue vivante un anglais : dix-huit. Langue vivante deux espagnol : onze et demi. Sa moyenne était de treize et demi.

Il y avait pourtant une ombre au tableau : en philosophie, elle n'avait obtenu que cinq sur vingt. Elle ne s'y attendait pas ; et, n'ayant pas fait siens les préceptes d'Épictète, elle en fut blessée malgré sa moyenne générale plus élevée que ses attentes. Mademoiselle attrapa au vol Monsieur Anneau, son professeur de philosophie qui passait par là :

« Monsieur je comprends pas, j'ai eu que cinq.

- Je sais, j'ai vu ça. Qu'est-ce qui vous est arrivé, vous n'avez pas été inspirée par notre vieux stoïcien ?

- Je croyais avoir réussi. Mieux que ça, en tous cas.

- J'espère que vous ne m'en voudrez pas : j'ai lu votre copie.

- Au contraire, c'est très bien : vous allez pouvoir me dire où j'ai foiré... où je me suis plantée, pardon. »

Monsieur Anneau regarda autour de lui : les lycéens tournaient dans tous les sens autour d'eux.

« Venez, allons dans un endroit plus tranquille. Vous n'avez peut-être pas envie que tout le monde soit au courant.

- Bof », répondit-elle en haussant les épaules.

Il la fit entrer dans une salle de cours au rez-de-chaussée. Mademoiselle proposa à Juliette et Marine d'entrer mais elles refusèrent, pour qu'ils puissent échanger librement. Monsieur Anneau était visiblement mal à l'aise. Ce qui l'avait intéressé, et bientôt passionné dans son nouveau métier, c'était de transmettre son savoir. En cette minute, il allait devoir expliquer à une adolescente qui ne connaissait rien à sa matière dix mois auparavant pourquoi le correcteur avait été complaisant. Il se racla la gorge.

« L'ensemble de votre commentaire est un non-sens, parfois un hors sujet, asséna-t-il. Votre problématique ne correspond pas au texte. Il y a quelques bonnes idées ici et là, qui sont cause de la générosité de votre note, mais c'est terriblement insuffisant. Vous auriez dû vous focaliser sur la maîtrise des passions. Vous dites que vous pouvez être libre de souhaiter obtenir une charge publique.

C'est un contre-sens terrible : Épictète dit précisément qu'il faut abandonner les idées de ce genre car elles nous détournent de nous-mêmes et nous empêchent d'être libres. Ensuite vous faites un raccourci fâcheux, caricatural, en disant qu'en ne souhaitant rien on est sûr de l'obtenir. L'idée d'Épictète est là, mais il aurait fallu aller beaucoup plus loin. C'est cela qu'il aurait fallu approfondir, plutôt que vos petites réflexions. »

Il avait attaqué fort, mais la suite l'était tout autant. Mademoiselle restait silencieuse, stupéfaite. Elle était incapable de réagir, un bourdonnement désagréable emplissait son crâne. Monsieur Anneau continua :

« Vos propos sur la place de l'autre, et notamment dans l'éducation, sont intéressants. Cependant, vous semblez avoir oublié l'exercice : il s'agissait d'un commentaire de texte ! Si l'auteur ne parle pas d'une chose, vous non plus – ou en conclusion, à la rigueur. Vous vous vantez de pouvoir forcer votre chance ; nouveau contre-sens. Épictète nous incite à oublier tout cela. Que vous y trouviez ou non *votre* bonheur, c'est à vous de voir, mais ça n'a pas sa place dans un commentaire qui se veut objectif. Toujours pareil : la société ne se fait pas sans l'autre, dites-vous. Oui, bien sûr, et c'est un sujet intéressant mais ce n'est pas celui d'Épictète. Son objet est de donner à des individus le moyen d'être heureux, pas de fonder une société. »

N'en finirait-il donc jamais ? Mademoiselle était frappée si fort qu'elle ne sentait plus les coups ; elle se contenta de constater qu'ils continuaient de pleuvoir.

« Dans votre conclusion vous nous expliquez que cette formule ne vous conviendrait pas. Dans ce cas écrivez un traité philosophique sur le bonheur, attendez qu'il devienne un sujet au baccalauréat et nous en reparlerons. Pour l'instant ce qu'on vous demande, c'est de mettre en lumière les propos d'Épictète. La fin de votre composition est

calamiteuse. Vous arrivez à dire – je résume – que vivre dans la société signifierait automatiquement être malheureux, alors que nous parlons d'un ouvrage qui donne des clefs pour se libérer. »
Monsieur Anneau reprit son souffle, pour le plus grand bien de Mademoiselle.
« J'ai pointé là vos défauts. En somme, vous avez mal lu le texte. Vous vous êtes engagée dedans avec une vision décalée, peut-être un peu tête baissée. Malgré cela, bien entendu, ne croyez pas que tout soit à jeter. Il y a de bonnes idées, qui mériteraient d'être développées. Mais dans l'ensemble, je pense que vous êtes d'accord avec moi maintenant pour dire que ça n'allait pas. Ça m'a étonné de vous, d'ailleurs : vous aviez d'habitude de bien meilleures notes. Ce n'est qu'un petit accident de parcours, votre première épreuve, ce n'est pas très grave. Vous l'avez quand même, votre bachot ! Vous comme moi nous savons que cette note ne correspond pas à votre niveau, c'est le plus important. »

Enfin il s'est tu. Mademoiselle aurait pu hurler et tout renverser dans la salle, si ce discours ne l'avait pas anéantie. Elle qui pensait avoir réussi... Pas forcément avec éclat, mais comme d'habitude : autour de douze. Cet échec allait rester pour toute sa vie dans son relevé de notes – et dans son cœur, croyait-elle, trop jeune encore pour savoir qu'on oublie vite ce genre de choses.

Les mots ensuite sont confus : peut-être qu'elle remercie Monsieur Anneau, qui pour sa part lui dit peut-être de ne pas s'en faire. En tous cas ils sortent, Mademoiselle retrouve Juliette et Marine. Monsieur Anneau s'en va, retrouvant son sourire, féliciter un autre lauréat qui n'a pas échoué en philosophie. Madame Delaplace prit Mademoiselle dans ses bras : « Je suis si heureuse que vous ayez réussi ! » Mademoiselle se laissa faire, encore étourdie.

Pendant un temps elle en voudra à Monsieur Anneau. Plus tard elle comprendra qu'il n'y était pour rien, que c'était sa copie à elle, corrigée par un autre que lui, et qu'il n'avait fait que répondre à sa question. Monsieur Anneau avait proposé à ceux qui le souhaitaient de se retrouver le lendemain soir des résultats pour prendre un verre. Mademoiselle refusa d'y aller (entraînant dans son refus ses deux amies), encore rancunière.

Avant, le soir même, il y avait un rite de passage incontournable. La soirée de la fin des épreuves n'était que la répétition générale : la vraie célébration allait pouvoir se tenir. C'était un festival : sur tous les réseaux sociaux les photos de ces quelques petites lettres sur la collante du bac se multipliaient : « admis ». Le trio se fit photographier par Sylvain, sésame en mains, devant le lycée.

Juliette aurait bien voulu marquer solennellement leur succès en ne prenant que le temps de passer se changer, quitte à ce que leur soirée commence dans l'après-midi. Elle s'était tellement enfermée à réviser pour obtenir sa mention bien que sortir signifiait pour elle revivre.

« Commencez sans moi, les meufs, répondit Mademoiselle. Je vous rejoindrai ce soir.
- Quoi ? Pourquoi ? s'étonna Juliette.
- J'ai promis à ma daronne de passer un peu de temps avec elle. Elle a mis une bouteille de champ' au frais et elle a réservé un resto sur l'île Saint-Louis.
- T'es sérieuse ?
- Je sais, je suis déso... Vraiment, commencez sans moi ! Je vous jure ça me dérange pas.
- C'est pas pareil quand t'es pas là, intervint Marine.
- La vie de moi je suis dég, reprit Juliette.
- Faites pas la gueule, merde... Elle s'est grave donnée, je peux bien lui offrir ça. Maintenant on est en vacances, on se voit quand on veut ! »

Juliette allait ajouter quelque chose, mais ce n'était pas le moment : elle ravala sa phrase. Elles prirent un rendez-vous pour vingt-et-une heures trente ; cette fois, la classe s'était organisée : tous ceux qui le désiraient étaient attendus sur les quais de Seine, de nouveau du côté de l'Institut du Monde Arabe et du jardin des Plantes. C'était parfait pour Mademoiselle, qui allait dîner à deux pas. À regrets Mademoiselle, Juliette et Marine se séparèrent avant de se retrouver quelques heures plus tard. La mère de Mademoiselle l'embrassa et la félicita, la complimenta, la couvrit de louanges.

Bachelière : elle allait désormais pouvoir faire ce qu'elle

voulait. C'était une étape importante, elle était fière d'elle. Mais il ne suffit pas d'être enthousiaste pour transmettre son exaltation : la flamme était retombée pour Mademoiselle, ce n'était qu'une phase de plus sur un parcours dont elle ignorait la destination.
Elle vivait des instants, ne considérait pas le temps long. Maintenant qu'elle l'avait obtenu, son bac appartenait au passé. Il fallait en retourner au quotidien : que se passe-t-il dans la vie de mes amis et que vais-je faire aujourd'hui susceptible d'être intéressant ?
Heureusement, pour l'instant dont on parle, le programme était bien chargé. Elle prit en photo la bouteille de champagne entourée de deux coupes, accompagnées de ce commentaire : « #bac mention AB, ça se fête ! » Peu après, elle put immortaliser sa belle assiette de foie gras : « 1er dîner de #bachelière ! ».
Sa mère l'avait amenée dans une petite auberge ne payant pas de mine de l'extérieur mais dont le menu était un délice. Le patron faisait la cuisine, accompagné pour le service par sa fille. La salle n'était pas grande : elle ne comptait qu'une quinzaine de tables. Ils étaient cinq clients, ce qui permettait malgré l'équipe réduite de bien s'occuper d'eux.
Les ventres rassasiés et les palais satisfaits, les deux femmes sortirent. Mademoiselle avait déjà reçu des dizaines de notifications pour ses différents clichés. Sa mère l'embrassa à nouveau avant de partir à gauche, prenant le pont Marie qui la mènerait vers le Marais, tandis que Mademoiselle s'engagea à droite pour rejoindre l'autre rive.
Elles habitaient le troisième arrondissement, avaient dîné dans le quatrième et la soirée se faisait dans le cinquième ; difficile de faire plus central. Pour Mademoiselle, quitter la capitale était toujours une épreuve ; même les arrondissements aux chiffres les plus élevés la faisaient frémir. C'est entre le premier et le sixième qu'elle se sentait le mieux, s'accordant quelques excursions aux limites des neuvième à douzième arrondissements.
Elle quitta l'île Saint-Louis, traversa le pont de la Tournelle. Parvenue au niveau du pont de Sully elle essaya, sans y parvenir, de repérer son groupe d'amis. Ils devaient être un peu plus loin. Elle descendit le petit chemin puis s'engagea sur le large espace aménagé

en contrebas du quai Saint-Bernard.

Ils étaient là, sur l'esplanade, disposés en demi-cercle au milieu d'autres bacheliers rassemblés : Juliette, Marine, Aurélien, Martin, André, Sophie, Thierry...

« Qu'est-ce tu fous là ? demanda Mademoiselle à Thierry en lui faisant la bise. T'as pas des rattrapages genre après-demain ?

- Balèc : j'ai sept points à rattraper, c'est trop chiant de bouger pour ça.

- J'avoue... »

Tous les éléments étaient réunis pour passer une belle soirée : des copains, de la musique (Aurélien avait amené son haut-parleur sans fil) et des dizaines de bouteilles d'alcool. « Je crois on a dévalisé tous les magasins du quartier », commenta Sophie non sans fierté.

C'était parti. Les voix se mêlèrent : « On se la colle, au bac, tchin-tchin par la pine, envoie la gueuze, fais tourner la bibine, au revoir le lycée » etc. Tout le monde criait, chantait, riait.

Mademoiselle était bien. Elle ne lâchait pas son téléphone, voulant un « avant-après » des bouteilles et se prendre en photo avec un maximum de ses amis qui allaient partir dans toutes les directions. Vers vingt-trois heures elle imposa le silence et demanda à tout le monde de s'aligner, bouteilles en mains. Elle confia son portable à un passant, qui allait prendre une photo de classe originale.

Au lieu de dire « ouistiti », ils se sont exclamés : « Terminales ES, euh est-ce qu'on boit ? » À son échelle, ce cliché devint viral : le lendemain, tous les lycéens de Paris et d'ailleurs l'avaient vu. Il faut dire que quand on commence avec trente republications immédiates, ça aide.

L'alcool coulait à flots. Les disparitions se multipliaient au fil des heures, pour quelques minutes : le temps de vomir ou uriner à l'abri d'un arbre. De temps en temps, l'un d'entre eux se rappelant la raison de son ivresse se mettait à crier en direction de la Seine, bouteille levée tel un trophée : « J'ai le bac ! »

Mademoiselle tournait sur elle-même, accrochait son bras autour du cou de Juliette, trinquait avec Marine... Elle aurait voulu que cela dure une éternité : la vie, vécue ainsi, était tolérable.

À quelle heure était-elle partie ? Comment était-elle rentrée ? Le lendemain au réveil, pas avant quinze heures (elle avait dû rentrer tard), tout était confus. Un mal de crâne terrible battait dans ses tempes. La soirée n'avait donc pas duré une éternité. Et même si ça avait été le cas, elle ne s'en souvenait pas.

Son premier réflexe fut de consulter son téléphone : puisqu'elle prenait tout en photo, elle pouvait ainsi retracer les heures floues. Les dizaines de notifications allaient attendre le retour de la mémoire avant d'être consultées.

Beaucoup d'autoportraits avec le groupe en arrière-plan. À peu près autant d'elle, entourée d'une ou plusieurs de ses amies (très important, ça, soit pour un message personnel prouvant un attachement particulier soit pour les ressortir à l'occasion d'un anniversaire). Un autoportrait d'elle en train d'embrasser Aurélien. Peu importe : tout le monde savait qu'ils avaient couché ensemble.

Son œil fut attiré par un détail dans un coin : elle tapota deux fois sur l'écran pour zoomer dessus. C'était Thierry, qui savait les mêmes choses que les autres mais qui semblait un peu jaloux de n'avoir pas eu droit à cette photo, de n'avoir couché qu'une seule fois avec Mademoiselle.

Et des bouteilles, des bouteilles ; des dizaines de clichés de bouteilles. Martin endormi, à même le sol. Une bite. Cette photo, ce n'était pas elle qui l'avait prise. Avant de se demander à qui elle avait prêté son téléphone, elle commença d'éclater de rire mais fut interrompue par son mal de tête. Tous ces clichés, et les autres qui suivaient, prouvaient que si cette soirée n'avait été ni éternelle (à cause du réveil chez soi) ni inoubliable (à cause des trous noirs), elle avait été réussie.

Le rite de passage avait été célébré comme il se devait : rien à regretter. Mademoiselle n'était de toute façon pas une personne rongée par les regrets. L'essentiel était d'avoir quelque chose à faire de sa journée : le futur, et encore moins le passé, ne l'intéressaient pas beaucoup.

LES VACANCES

Chapitre 19
Le départ

En sortant des résultats du baccalauréat, Mademoiselle s'était exclamée que puisqu'elles étaient en vacances elles se retrouvaient désormais libres de se voir quand elles le voulaient. Juliette avait voulu ajouter quelque chose mais s'était retenue au dernier moment. Elle devait pourtant le dire à Mademoiselle, et repousser ce moment ne changerait rien. Elle le lui avait avoué pendant la soirée, « même que ça t'a fait chialer, tu te rappelles vraiment pas ? » mais non, elle ne s'en souvenait pas.

Elles ne pouvaient pas se voir *quand elles le voudraient*, en tous cas cette liberté était limitée dans le temps : Juliette partait la semaine suivante dans sa maison de famille, en Normandie. Eric y passerait, pour fêter ensemble leur premier anniversaire. Mademoiselle ne quittait Paris qu'une semaine plus tard, et Marine peu après. Elles ne purent, finalement, ne se voir que trois fois.

Certes, elles ne perdaient pas leurs journées : elles se retrouvaient de seize heures à quatre ou cinq heures du matin, parfois sept. Mais seulement trois fois avant deux mois de vacances et alors qu'elles quittaient le lycée ne parurent pas suffisants à Mademoiselle.

Il y avait quelque chose de terrible dans ces soirées : l'avant-goût de la fin, la conscience qu'il fallait « en profiter » parce qu'elles allaient s'éparpiller. Alors elles en profitaient, à moitié par anticipation. Elles se faisaient croire qu'en doublant leur bonheur elles pouvaient en faire des provisions. Comme si se brosser trois fois les dents le matin les en dispensait pour le midi et le soir.

Quelque chose en elles leur chuchotait qu'il y avait du chagrin au fond de leur plaisir, mais les trois faisaient taire cette petite voix. Quand on vit au présent on sait que la joie passée est passée, qu'elle ne reviendra plus et que se souvenir n'a rien à voir.

Juliette partit, dans les larmes mal dissimulées de Mademoiselle et Marine. Elles n'allaient pas se revoir avant septembre. Marine et Mademoiselle sortirent, allèrent au café et au bar, pour le plus grand plaisir de la première. Marine savait la force du lien qui unissait Mademoiselle à Juliette ; elle n'essayait pas de s'interposer entre les deux mais tentait de trouver sa place aux côtés de Mademoiselle, pour laquelle elle éprouvait une espèce d'admiration.

Quant à Mademoiselle, elle n'aimait pas beaucoup les tête-à-tête : trop souvent on se retrouve obligé de parler et une gêne s'installe avec le silence. À trois ou quatre, on trouve toujours des sujets et personne ne se sent exclu si une notification fait sortir son téléphone à une personne du groupe.

Elle aimait bien Marine, elle l'appréciait beaucoup mais elle ne voyait pas en elle une amie « pour la vie ». Sa mère continuait à voir des gens qu'elle avait connus au lycée ou à l'université ; elle avait même encore une amie de l'école maternelle ! Pour Mademoiselle Juliette pouvait entrer dans ce nombre, sans doute pas Marine. Il est vrai pourtant qu'on ne décide pas à l'avance avec qui les hasards de la vie nous laisseront proche.

Mademoiselle partit à son tour. Sa mère lui avait à nouveau proposé de choisir un point sur la carte du monde mais elle était lasse, tellement lasse qu'aucun nom de ville ne lui fit penser qu'elle pouvait y trouver un nouveau souffle. « Où tu veux, pour aussi longtemps que tu veux », avait insisté sa mère.

Rien ne l'attirait, rien ne l'intéressait. « Tu ne vas pas rester à Paris, je te préviens. Il faut que tu respires un autre air. » Mademoiselle n'avait rien contre. Elle était trop dégoûtée, blasée, écœurée par ce qui l'entourait pour prendre une décision. Elle irait où on voudrait qu'elle aille : peu lui importait. Elle suivrait.

« Ça te dirait d'aller chez tes grands-parents ? Ça fait longtemps. Ça leur fera plaisir, et à toi aussi ça te ferait du bien. » Oui. Cela ou autre chose. Elle avait accepté sans passion particulière, mais à la vérité elle pensait que c'était une bonne idée. Mademoiselle était si amorphe que sa mère dut préparer sa valise. « La pauvre, pensait-elle, le bac a dû l'achever. J'espère que ces vacances vont lui faire du bien. »

Elle prit le train. Elle devait rester trois semaines, quoique ses grands-parents aient proposé de la garder aussi longtemps qu'elle le voudrait. Sa mère la rejoindrait au bout de quinze jours – mais elle pouvait venir plus tôt ou plus tard, si Mademoiselle le souhaitait. « Ce sera parfait », répondit-elle parmi les rares phrases qu'elle prononçait encore.

Elle avait l'impression que les choses ne pouvaient être ni meilleures ni pires : elles étaient ainsi et il n'y avait rien à y faire. À force de vivre par à-coups, de ne considérer les événements que dans leur rapport immédiat (ennui au réveil, esprit libre pendant le déjeuner, divertissement sur le téléphone, ennui en attendant le dîner, esprit libre pendant le dîner, bon moment en sortie), Mademoiselle n'était même plus en mesure de savoir si le mouvement de fond était en pente ascendante ou descendante.

En-dehors du « ça va » – « ça ne va pas » présent, elle ne disposait d'aucune échelle lui permettant de mesurer son sentiment. Elle n'y tenait pas non plus : elle avait toujours peur de n'y rencontrer qu'un abîme. Tant qu'elle ignorait ce trou, elle n'avait pas à le reboucher.

Dans le train elle ne vit rien du paysage : elle se laissait porter. C'est agréable, de se laisser diriger. Mademoiselle aurait voulu être soit intelligente soit stupide. Intelligente, elle aurait su comment combler ce trou en elle. Stupide, elle ne se serait pas rendue compte de son existence. Elle était dans un entre-deux instable.

La philosophie n'y était pas pour rien : « je sais que je ne sais rien », disent les sages ; Mademoiselle aurait préféré savoir ou ne pas savoir plutôt que savoir ne pas savoir. À quoi bon toutes ces courbures de l'esprit au lieu de vivre ?

Le train s'arrêta. « Deux minutes d'arrêt. » Un homme proposa d'aider Mademoiselle à descendre sa valise. Quelques mois auparavant elle aurait usé de son charme, utilisé toute la palette de ses yeux. Cette fois c'est à peine si elle l'avait regardé ; elle lui a simplement souri, tête baissée. Elle a murmuré « merci » si doucement que l'homme ne l'a peut-être même pas entendu.

Sur le quai, son grand-père l'attendait. Elle hésitait entre lui sauter dans les bras ou pleurer à ses genoux ; elle se contenta de dire « Bonjours, Papi » et de le prendre dans ses bras. Il la mena jusqu'à sa voiture et ils roulèrent en direction de la maison. Son grand-père lui posa les questions d'usage : « Comment vas-tu ? Est-ce que tu es contente pour ton bac ? As-tu un amoureux ? » etc.

« En tous cas, reprit-il, je me réjouis de ces quelques jours qu'on va passer ensemble. Ta grand-mère aussi est impatiente. Ça nous a fait très plaisir que tu aies eu l'idée de venir nous voir ! » Mademoiselle ne releva pas : l'idée venait de sa mère, pas d'elle. Peu importe : « Oui, je me suis dit que ça faisait longtemps. »

Après une demi-heure de route, ils arrivèrent. Sa grand-mère les attendait sur le perron : elle courut embrasser sa « petite » qu'elle aimait tant.

Chapitre 20
Le guet-apens

Le décor aurait été splendide, pour d'autres yeux que ceux de Mademoiselle. La maison, grande bâtisse en pierres, dominait un vaste jardin. Une balançoire et un toboggan étaient toujours là, depuis l'époque où Mademoiselle était effectivement petite. Adossé à un pan de la maison, un potager assurait quelques légumes frais. Un voisin avait un poulailler et les fournissait en œufs presque tous les jours. Une partie du jardin était aménagée pour s'y délasser, en marchant ou en profitant des transats. La deuxième partie était plus libre, attendant que d'autres enfants viennent y galoper.

C'était une carte postale prête à prendre vie. Pour Mademoiselle, c'était surtout un endroit morne : il n'y avait rien à faire ici. Tout ce qu'on proposait à cette Parisienne acharnée se résumait à, précisément, profiter de ne rien faire ou enfourcher un vélo pour une balade dans la région.

Ces chemins de vadrouille, elle les connaissait par cœur. Comment allait-elle s'occuper ? Ses envies elles-mêmes étaient proches du néant. Elle tenterait de se laisser porter, espérant qu'un vague souffle lui permette d'avancer.

Au moins était-elle bien accueillie : elle était sûre de ne jamais manquer de rien, ici. Le réfrigérateur et les placards étaient remplis jusqu'à en déborder de toutes les élucubrations culinaires qu'elle pourrait avoir. Ses grands-parents avaient leur propre programme, mais s'il fallait le bouleverser pour elle ils n'y réfléchissaient pas à deux fois. Ce n'est même plus « Mademoiselle » mais « Princesse » qu'il aurait fallu l'appeler, tant ils étaient à ses petits soins. Ils la voyaient si peu qu'ils voulaient à tout prix faire son bonheur.

Leur fille les avait prévenus : depuis plusieurs mois son état dégénérait mais elle ne se plaignait jamais, si bien qu'elle ne savait plus quoi faire pour l'aider. Ils s'en rendirent compte immédiatement ; la grand-mère y vit une mission pour elle. Dès le deuxième jour, elle s'arrangea pour se retrouver en tête-à-tête avec Mademoiselle.

« Dis, apostropha-t-elle son mari alors qu'ils étaient tous les trois dans

le salon, tu veux pas voir dans le potager si on a des légumes pour ce soir ?
- J'ai déjà vérifié ce matin : il faut attendre deux ou trois jours, répondit-il.
- Bon... va donc demander au père Michel s'il a pas des œufs. J'ai envie de préparer un gâteau pour ma nénette.
- Mamie, supplia l'intéressée malgré tout amusée, je t'ai déjà dit de pas m'appeler comme ça ! Je préfère Mademoiselle.
- Tu vois mamie, reprit son mari goguenard, elle n'a plus cinq ans notre petite ! Je vais chez Michel, je serai de retour dans une heure. Une heure et demi, si on boit un verre.»

Mademoiselle n'y avait vu que du feu : ce dialogue n'était pas improvisé, ils l'avaient répété le matin tandis qu'elle dormait. Tout, jusqu'au refus de la première proposition, avait été anticipé pour qu'elles se retrouvent seules sans que Mademoiselle trouve ça louche.

« Enfin tranquilles ! s'exclama sa grand-mère. Ça fait du bien de se retrouver entre femmes. Je suis épuisée.
- À cause de quoi ?
- De tout : de courir dans tous les sens, d'avoir toujours quelque chose à faire dans le jardin ou la maison. Ça fait plaisir de t'avoir ici : ça nous rajeunit.
- Ça me fait plaisir aussi, Mamie.
- Ça va ma nén... Mademoiselle ? T'as l'air toute pensive.
- Ça va, répondit-elle en forçant un sourire.
- Tu peux parler à ta grand-mère, tu sais. J'ai les mêmes oreilles que maman mais ma bouche est cousue : je ne répéterai rien de ce que tu me diras.
- Ça va, je t'assure, s'obstina-t-elle dans un autre sourire, tout aussi forcé mais plus réussi.
- Tu sais, ma belle... Ça peut te paraître fou mais moi aussi j'ai eu ton âge. C'était il y a presque cinquante ans, mais moi aussi j'ai eu ton âge. Entre deux, maman a eu ton âge. Chez toi, chez elle et chez moi je reconnais la même lueur de chagrin au fond des yeux. Qu'est-ce qui te tracasse ? C'est un garçon ?
- Non, c'est pas un garçon.»

La grand-mère comprenait que Mademoiselle n'allait pas

l'aider, mais elle avait cassé une première partie de la carapace. Elle continua avec d'autres questions du même ordre, sans trouver. Mademoiselle avait besoin d'une approche un peu moins directe.

C'est elle qui, à son tour, interrogea son aînée :
« Quand on est ado, on n'est pas censé être révolté contre tout et se passionner pour certains trucs ?
- Ça dépend. C'est vrai qu'en général on a tendance à s'emporter, dans un excès ou dans l'autre, mais ça dépend.
- J'ai jamais fait de vraie crise d'adolescence, j'ai jamais envoyé chier maman ou ce genre de choses.
- C'est tant mieux pour vous deux : vous avez eu de la chance. Quoi que tu aies dans la tête ce n'est pas l'adolescence, en tous cas pas seulement : tu es encore très jeune, mais petit à petit tu deviens une adulte.
- Si c'est ça être adulte, je préfère redevenir enfant.
- C'est ce que je disais, reprit sa grand-mère : les enfants veulent grandir et ensuite tous autant qu'on est on regrette notre enfance. »
  Mademoiselle se sentit assez en confiance pour tâcher de s'exprimer.
« Je crois je suis genre... une anti-ado, ou l'inverse d'une ado, tu vois ? Je suis pas révoltée, y'a rien qui me révolte. J'aime certaines choses et d'autres j'aime pas, mais elles me révoltent pas. Je m'en fous, en fait. Rien m'intéresse. La plupart du temps, je me fais chier.
- Et quand tu ne t'embêtes pas ? Tu dis que *rien* ne t'intéresse mais que tu t'ennuies seulement *la plupart du temps*. Qu'est-ce que tu fais quand tu te sens bien, ou pour te sentir bien ?
- Vas-y mollo avec la philo : on est un peu fâchées en ce moment.
- Maman m'a raconté. Je peux te dire un secret ? Je ne l'ai jamais dit à maman, puisque je devais lui apprendre la discipline et le respect. Ce secret va sauter une génération : j'ai doublé ma première année à l'université. C'était tellement nouveau cette liberté, la possibilité d'aller ou non en cours, les cafés... et puis les garçons. Ah ! les garçons. Quand je me suis rendu compte que je perdais du temps par rapport à mes études, je me suis concentrée. Malgré mon premier échec, ça ne m'a pas empêchée d'avoir mon diplôme à une époque où on n'était pas nombreux, surtout les femmes, à aller jusque-là.

- Haha Mamie, je t'imagine trop pas faire l'école buissonnière !
- Si tu savais tout ce que j'ai pu faire ! Mais motus, hein : pas un mot à ta mère.
- Promis, jura Mademoiselle dans un sourire enfin franc.
- Bon, dis-moi : qu'est-ce que tu fais quand tu te sens bien ? »
La grand-mère de Mademoiselle était toujours vive. Depuis qu'elle était toute petite, assurait-elle, quand elle avait une idée en tête elle ne la lâchait pas et allait jusqu'au bout.
« Je sais pas trop…
- Tu espères vraiment me faire croire ça ? Je suis pas tombée de la dernière pluie.
- Bah en gros y'a que deux trucs qui me font me sentir pas trop mal.
- Crache le morceau, ma poulette.
- Je crois je préfère quand tu m'appelles nénette plutôt que ma poulette !
- Tu es bien difficile, sur les surnoms ! Vas-y : lâche-toi.
- C'est quand je suis avec mes copines ou sur mon portable.
- Sur ton portable ?
- Ouais. Genre pour envoyer des SMS, et surtout sur les réseaux sociaux publier des trucs et voir ce que les gens ont publié.
- Je peux pas faire ça, avec le mien… Bon, tu vois qu'il y a des choses que tu aimes !
- Ouais, quand même.
- Et qu'est-ce qui te plaît avec ça ?
- Avec les copines c'est boire et discuter.
- Si ce n'est que ça, tu pourras être heureuse ici : Papi et moi on va papoter avec toi, et on te servira la goutte qui peut pas faire de mal. Et avec le portable ?
- Je sais pas, je vois pas bien comment m'expliquer mais c'est un truc important dans ma vie.
- Tu n'as pas peur que ça t'enferme sur toi-même ? »
L'argument était tellement commun que Mademoiselle avait une réponse toute prête.
« Au contraire ! Ça me permet de rester proche de mes potes où qu'on soit et de m'en faire partout dans le monde. À ton époque – excuse-moi, Mamie – des gens passaient genre leur journée à lire. Leur vie

c'était lire les aventures d'autres personnes, des personnages inventés ou morts il y a des siècles. Avec les réseaux sociaux c'est pareil, sauf qu'ils existent et chacun peut écrire son chapitre.
- Tu devrais faire du droit, je ne sais pas quoi répondre à cela.
- Je sais pas s'il y a une bonne réponse, c'est surtout une question de point de vue. Tout ce que je demande c'est qu'on respecte le mien.
- Et je le respecte... nénette !
- C'est cool de discuter avec toi, Mamie.
- Tu sais que la porte est grande ouverte ! Si tu ne peux pas venir nous voir, toi qui as toujours ton téléphone dans les mains, tu peux appeler.
- Toc toc toc ? dit la voix d'un grave surprenant de son grand-père. C'est moi. Michel nous a donné douze œufs pour pas que notre petite meure de faim. Il m'a aussi versé un petit Pastis, pour pas que je meure de soif. S'il se présente pour être maire, il a ma voix. De quoi vous causiez ?
- Je lui donnais une de mes recettes secrètes, répondit sa femme en faisant un clin d'œil à Mademoiselle. Ça se transmet entre les femmes de la famille, je peux rien te dire !
- Alors je ne demande pas. Tu vas faire tourner des têtes, si belle comme tu es tu cuisines comme Mamie. Tu ressembles de plus en plus à maman, c'est fascinant. »

Chapitre 21
Générations

Sa mère avait cru bien faire en proposant ce petit séjour. Ses grands-parents faisaient de leur mieux pour qu'elle se sente bien. Mais personne ne pouvait rien faire, pas même elle, pour interrompre cette longue et inexorable chute. L'état de Mademoiselle empirait toujours davantage, et « l'air frais de la campagne » allait accélérer ce processus d'autodestruction. Elle avait besoin d'agitation, on la soumettait au calme. Elle se levait le plus tard possible.

Généralement réveillée vers dix heures (la campagne ce n'est pas seulement l'air frais, ce sont aussi ses bruits ; Mademoiselle était habituée aux voitures qui la berçaient, pas aux oiseaux qui piaillent), elle ne quittait pas ses draps avant onze heures. Elle rejoignait ensuite ses grands-parents, qui préparaient leur café dès sept heures, puis utilisait leur ordinateur portable dans le salon jusqu'à l'heure du déjeuner.

Ah ! le déjeuner... elle aurait voulu qu'il dure, qu'il dure, pour que la journée passe. Mais elle aurait aussi voulu quitter la table dès l'entrée, parce qu'il fallait *parler*. Avec sa mère, elles avaient trouvé leur équilibre. Souvent elles échangeaient quelques propos, rien de très sérieux, ou elles se contentaient d'encore moins de mots. Elles pouvaient discuter, sans s'y forcer.

Avec ses grands-parents, Mademoiselle n'avait pas le choix : ils lui posaient des questions, dès qu'elle répondait une autre surgissait, et impossible de répondre à côté : ils étaient attentifs. Mademoiselle devait payer son séjour non en argent mais en paroles.

Elle avait essayé, pour se libérer un peu, de leur poser des questions elle aussi : comment se passait leur retraite, est-ce qu'ils avaient des projets de travaux pour la maison ou d'aménagement du jardin, est-ce qu'ils fréquentaient des gens, comment ils occupaient leurs journées ; mais bientôt elle ne sut pas quoi demander d'autre et eux, voulant l'entendre, savaient donner des réponses courtes.

En sortant de table son grand-père allait faire la sieste, Mademoiselle accompagnait sa grand-mère qui buvait son thé dans le jardin (Mademoiselle, elle, s'en tenait au café). Ici elle n'était plus obligée de parler. Habituée à passer le début d'après-midi seule, sa grand-mère acceptait qu'elles soient allongées côte à côte dans leurs chaises longues en gardant le silence.

Mademoiselle se faisait bronzer et attendait, toujours, que les heures passent. Il lui arrivait de s'endormir, mais jamais au point de ne pas entendre son téléphone s'il sonnait.

Car voilà bien la catastrophe de cette maison : le réseau mobile passait quasiment partout, mais Internet nulle part ailleurs que sur l'ordinateur branché dessus. Autrement dit, pour Mademoiselle, c'était une agonie. Une ou deux fois pendant la première dizaine de jours, n'y tenant plus, elle avait été à vélo sur la place du village où, sans qu'on sache bien pourquoi, l'Internet mobile était présent.

Lorsque le soleil quittait cette partie du jardin soit Mademoiselle se laissait entraîner pour une promenade tous les trois soit (et c'est bien sûr là ce qu'elle préférait) elle retournait sur l'ordinateur jusqu'à l'apéritif.

Ça, l'apéritif, ça lui plaisait. Ses grands-parents avaient toute une gamme d'alcools avec des chips, des tomates cerise du jardin ou du pâté préparé par un voisin. Elle avait essayé d'enivrer ses grands-parents, en vain : ils se contentaient de deux verres, éventuellement trois mais jamais plus. C'est son grand-père qui faisait le service, d'une main de maître.

« On dirait que t'as fait ça toute ta vie ! admira Mademoiselle.
- Pour Mamie et moi, pas loin !
- Ta façon de tenir la bouteille… T'as été serveur ?
- Entre autres choses, oui ! Pas longtemps, peut-être trois ou quatre mois. C'était pas hier : je devais avoir quinze ans.
- T'as de beaux restes, en tous cas.
- Eh, Mamie ! C'est pas toi qui me fais des compliments comme ça, dis !
- C'est ça, répliqua-t-elle. Je te martyrise. Sers donc à nouveau la petite, tu vois bien que son verre est vide. »

Ça, oui : le moment de l'apéritif, Mademoiselle l'aimait bien. Pendant le dîner ses grands-parents allumaient soit la radio soit la télévision dans une autre pièce, pour l'entendre sans la voir. Cela permettait de discuter comme de se taire de temps en temps. Comment faisait-on, avant, quand on n'avait rien à se dire ?

La soirée venait refermer les obligations du jour et on pouvait passer au lendemain, qui n'allait être que la répétition d'aujourd'hui et de la veille. Ce n'était pas cette répétition qui torturait Mademoiselle : le lycée n'était pas tellement différent, sauf par moments. Ce qui l'assommait c'était cette répétition de rien, de rien de jour en jour et de rien d'heure en heure.

Mademoiselle était Parisienne, jusqu'au bout des ongles. Elle avait grandi à Paris, elle y avait toujours vécu. L'agitation continuelle de la capitale, que certains déplorent, était sa raison de vivre. Elle aimait devoir courir d'un lieu à un autre, elle aimait avoir toujours quelque chose à faire, elle aimait être occupée. Elle aimait ne pas avoir le temps. Ici, du temps, elle en avait trop.

À croire que c'est cela, la campagne : du temps. Quoi qu'on fasse, où qu'on se tourne, des pelletées d'heures. Parfois, comme pendant l'apéritif, elles s'écoulaient ; mais la plupart du temps elles stagnaient. Le sablier était rempli de toutes les dunes du Sahara.

À Paris, c'était un compte à rebours ; ici c'était un décompte infini de grains de sable. Quel ennui ! Il semblait à Mademoiselle qu'elle ne s'était jamais autant ennuyée. Elle s'y connaissait pourtant, en ennui – elle aurait pu écrire un livre dessus. Malgré tous les petits soins dont elle était entourée, l'ennui la dominait.

Cela n'avait aucun sens de prétendre occuper ses journées alors qu'elle ne faisait rien : elle changea peu à peu son agenda pour passer plus de temps dans sa chambre. Assise ou allongée, fixant le mur ou le plafond, dans le silence, elle attendait.

Chapitre 22
L'événement

Au bout de dix jours, il y eut un événement : sa mère les rejoignit un peu plus tôt que prévu. Ce fut une grande agitation. Mademoiselle, sa grand-mère et son grand-père allèrent retrouver sa mère à la gare, comme une délégation : Mademoiselle aurait préféré attendre à la maison, mais on ne lui laissa pas le choix.

Sa mère et ses grands-parents avaient tellement de choses à se dire que le déjeuner fut interminable. *Vraiment* interminable : ils prirent leur thé et leur café sur une table en extérieur ; au bout de trois heures on se rendit compte qu'on pouvait goûter, ce qui fut l'occasion d'une autre boisson et d'autres gâteaux. Ils auraient pu rester là jusqu'au dîner, si sa mère n'avait pas eu envie de se dégourdir les jambes.

Mademoiselle crut devenir folle ; de même que la circulation au loin la berçait, elle ne savait plus marcher : elle marchait vite, elle marchait pour aller d'un point à un autre. Eux trois faisaient de petits pas, s'arrêtaient... Leur promenade était trop lente. Le dîner fut presque aussi long que le déjeuner. Si tout cela ne l'avait pas autant épuisée, elle se serait énervée.

En allant se coucher elle pensa que cette journée-événement était pire encore : ils n'avaient fait que parler et croyaient s'être occupés. La conversation, seule occupation de leur vingtième siècle et de tous les précédents. Décidément, heureusement pour Mademoiselle qu'elle était née au vingt-et-unième siècle, sinon elle n'aurait pas tenu jusque-là. Peut-être avait-elle vingt ans d'avance.

Dès le lendemain il n'y eut à nouveau plus d'événements, si minimes soient-ils. Pour celle qui ne concevait pas la conversation comme une fin en soir, le quotidien en revint à l'attente. « Ne reste pas enfermée, lui dit sa mère : viens avec nous dans le jardin. » Comme s'il suffisait d'être à l'extérieur pour ne pas être enfermé.

La première fois Mademoiselle accepta, à partir du lendemain elle passa encore plus de temps dans sa chambre, refusant d'en sortir sinon pour manger ou aller sur l'ordinateur. Tout le monde était en vacances : les photographies qu'ils publiaient étaient réussies, mais rares. Elle ne voyait plus le soleil, tant pis pour le bronzage. Sa mère et ses grands-parents lui proposaient des activités, elle les refusait toutes. Cela se voyait sur son visage qu'elle n'allait pas bien, mais elle refusait tout ce qui pouvait lui faire penser à autre chose. Plus elle s'enfermait plus elle se sentait mal et moins elle voulait sortir.

Mademoiselle avait déclenché les engrenages d'un cercle vicieux. Un soir dans sa chambre, elle entendit une conversation entre sa mère et ses grands-parents. En général elle conservait ses écouteurs sur ses oreilles, ce qui lui permettait de s'isoler mais cette fois-là elle voulait contempler en silence l'étendue de sa solitude et de la souffrance qui lui rongeait le cœur. C'est sa mère qui commença :
« Elle est comme ça depuis qu'elle est arrivée ?
- Plus ou moins, répondit son grand-père. Au début elle relevait le nez de temps en temps, mais elle s'est de plus en plus renfermée sur elle-même.
- J'ai essayé de lui parler, reprit sa grand-mère, peu après son arrivée. Ça n'a pas été facile. Tout ce que j'ai pu en tirer c'est qu'elle n'avait aucune passion. Je pensais qu'il y avait un homme là-dessous, vu les antécédents familiaux. Moi à son âge, j'étais une vraie coureuse de pantacourts. Dès que je voyais un beau garçon, je…
- Non mais dis donc ! l'interrompit son mari.
- Ça va, continua-t-elle, il y a prescription. Toi aussi ma fille à son âge, qu'est-ce que tu nous en as fait baver !
- Je dois dire… confirma-t-il cette fois.
- Mais elle, acheva sa grand-mère, non. Je crois qu'elle me l'aurait dit si ça avait été le cas. »

Il est toujours étrange d'entendre parler de soi par des gens qui ne savent pas qu'on les écoute. Du reste Mademoiselle ne les écoutait pas : elle les entendait. Ils parlaient doucement mais même sans tendre l'oreille leurs voix parvenaient jusqu'à elle.
« Je l'ai emmenée chez un psy, souffla sa mère.
- Un psychanalyste ? s'indigna sa grand-mère. Mais enfin, elle n'est pas folle !
- Je sais bien qu'elle n'est pas folle, maman. Aujourd'hui les psys ne

s'occupent plus que des fous, ils aident pas mal de monde à se sentir mieux.
- Mouais… Moi, ce que j'en dis…
- Tu en dis que les psys sont des escrocs, sinon pire. Ne t'inquiète pas : ta fille et moi le savons bien ! Qu'est-ce qu'il a dit, notre larron ?
- C'était affreux… »

Mademoiselle allait enfin savoir ce que cet homme, qui ne l'avait vue que dix minutes (dans son esprit elle avait encore réduit la durée de leur entretien : bientôt elle prétendrait qu'il ne l'a jugée que sur photo) en avait déduit. Elle tendit tout de même un peu l'oreille, par curiosité.
« Dans l'idée il a affirmé que Louise ne valait rien, qu'elle était nulle.
- Tu te rappelles de ce qu'il a dit précisément ?
- Sans vocation, commença d'énumérer sa mère au gré des souvenirs. Pas d'ambition. Pas de curiosité. Elle ne se livre à personne parce que… parce qu'elle n'a rien à livrer. »

Allongée dans son lit, Mademoiselle a murmuré « fils de pute ». Ce n'était pas dit d'une manière agressive : son ton était neutre, comme si elle ne faisait qu'énoncer un fait. Elle décida de ne plus écouter, mais les voix résonnaient toujours jusqu'aux creux de son oreiller.
« C'est un imbécile, affirma sa grand-mère. Il se moque de Louise : pour lui ce n'est qu'une cliente de plus.
- Une patiente, temporisa son grand-père.
- Tu parles ! s'emporta sa femme. Tous des charlatans, des bonimenteurs. Pour eux on voit des chibres partout – pardon, j'en deviens vulgaire – et ils veulent nous faire cracher cinquante euro de l'heure sinon plus, juste pour qu'on parle, les bandits, les voyous ! Est-ce que j'ai eu besoin d'un psy pour régler mes problèmes, moi ? Et toi, on t'a emmenée en voir un ? Non : parce qu'à notre époque on savait se débrouiller seuls pour être heureux. Il n'y a pas de raison pour que ça change.
- Maman…
- Oui, et bien je suis désolée de te le dire. Ce dont ta fille a besoin c'est que tu lui secoues les puces. Elle voulait pas me parler. J'ai insisté et elle m'a dit ce qu'elle avait sur le cœur – puis elle m'a

remerciée. »

  Mademoiselle en avait assez entendu : le silence qu'elle cherchait était troublé. Elle enfonça ses écouteurs sur ses oreilles. Elle n'entendit donc pas la suite de la conversation, réengagée par son grand-père à l'adresse de sa mère.
« Et toi, qu'est-ce que tu en penses ?
- Ce n'est pas évident. Elle passe son temps sur son portable, elle prend en photo tout ce qu'elle fait.
- Ça aussi elle me l'a dit, observa sa grand-mère, fière.
- J'ai l'impression qu'elle se contente de signes extérieurs de l'existence. Elle commente ce que ses amis font et elle transcrit une certaine image d'elle-même sur les réseaux sociaux. Tout ça, ce n'est que de l'apparence.
- Qu'est-ce que tu veux dire ?
- Elle montre des signes extérieurs de son existence, mais je ne suis pas sûre qu'elle ait une vie intérieure. »
  Ce monde finit par partir se coucher et s'endormir. Mademoiselle gardait les yeux ouverts, la musique continuant de passer dans ses écouteurs. Elle ne trouva pas le sommeil avant une heure du matin. Le lendemain, on la laissa se reposer.
  Comme à sa nouvelle habitude, elle ne sortit qu'à l'heure du déjeuner.

Chapitre 23
Provocation

Sa mère la réprimanda un peu : « Tu n'es pas à l'hôtel, tes grands-parents aimeraient te voir un peu plus pour une fois que tu peux venir » mais elle n'insista pas, car elle avait une idée en tête. Après le repas, Mademoiselle dit qu'elle ne voulait pas de café et s'apprêtait à retourner dans sa chambre. Sa mère l'a interrompue : « Attends. On va faire une balade.
- Une balade ?
- Oui, une balade.
- On va où ?
- Prends tes affaires, tu verras bien.
- C'est bon, j'ai ce qu'il faut », soupira-t-elle.

De mauvaise grâce, Mademoiselle suivit sa mère. Elle fut soulagée quand elle la vit prendre les clés de la voiture de son grand-père : cette promenade au moins ne la forcerait pas à marcher.

« C'est relou ton histoire, tu veux pas me dire où on va ?
- Il y a un endroit qui te ferait plaisir ?
- Nan.
- Alors peu importe. Monte. »

Elle s'installa à côté de sa mère. Quand elle aurait son permis, pensait-elle, elle pourrait aller où elle voudrait et même conduire sa mère. En attendant, elle suivait. À peine sorties, sa mère lui demanda : « À droite ou à gauche ?
- Qu'est-ce que tu me fais, là ?
- À droite ou à gauche ?
- J'en sais rien, je m'en fous. À droite. »

Sa mère tourna à droite. Aux quatre ou cinq intersections suivantes, le même jeu se répéta. Soudain sa mère s'arrêta sur le bas-côté et sortit de la boîte à gants une carte de la région. Après avoir cherché un instant quelque chose dessus, elle la donna à Mademoiselle en lui pointant une route. « On est ici », dit-elle. Mademoiselle la regarda, perplexe.

« Donne-moi le chemin pour aller là, reprit-elle en désignant le nom d'un village.

- Tu te fous de ma gueule ?
- Tu es ma copilote ! Je te montre à nouveau : on est ici, indique-moi au fur et à mesure comment aller là-bas.
- Sérieux, tu te fous de ma gueule ?
- Arrête… C'est pas compliqué.
- C'est quoi cette merde, qu'est-ce que tu veux que j'en aie à foutre de me repérer là-dessus ?
- Tu vois mon cœur, continua sa mère en se tournant vers elle, c'est ce genre de choses toutes simples qui te manquent. C'est ma faute : je ne te les ai jamais apprises.
- Mais ça sert à rien !
- Tu ne sais même pas lire une carte ! »

C'en était trop pour Mademoiselle. La carte, énorme, prenait toute la place dans l'habitacle. Dessus il y avait des dizaines de routes aux couleurs différentes, c'était incompréhensible. Sa mère voulait jouer à ce jeu ? Très bien. Elle lui tendit son téléphone.

« Trouve-moi, objecta Mademoiselle, l'application qui permet de se repérer partout dans le monde sans se trimballer ces cartes pourries.
- Là-dessus ? Je…
- Pas besoin de le retourner dans tous les sens : c'est du côté de l'écran que ça se passe. Je vais t'aider, je le déverrouille. C'est pas compliqué.
- Je comprends rien à ton machin, se buta sa mère en naviguant entre les pages d'applications.
- Tu sais même pas utiliser un portable. Reprends ta carte et file-moi mon tél. Ton vieux bled, je tape son nom et on aura soit le trajet le plus court, soit le plus rapide soit le plus agréable. En plus c'est magique, y'a une voix donc ça fait ton copilote même si t'es seule toute.
- Et si tu tombes en panne de batterie ? répartit sa mère qui pensait avoir trouvé un bon argument.
- Je suis jamais en panne. J'anticipe en chargeant mon portable. Si ça suffit pas j'ai une batterie de secours. Et on est dans une bagnole : il y a une prise allume-cigares. »

Mécontente, sa mère fit demi-tour et les ramena chez ses grands-parents. Elle était certaine qu'il manquait quelque chose à Mademoiselle, si elle ne savait pas utiliser des outils fiables et qui ont fait leurs preuves. Mademoiselle était certaine que les cartes appartenaient au passé et qu'il fallait vivre avec son temps. Aucune ne pouvait admettre que la maîtrise des deux était ce qui pouvait le mieux permettre de vivre les années à venir.

  Elles rentrèrent dans un silence entrecoupé seulement d'une voix émanant du téléphone, avertissant « ralentissez, zone de contrôles radar ». Mademoiselle avait vu que sa mère était en excès de vitesse et ouvert une application. Quelques centaines de mètres plus loin, effectivement, un radar attendait les impatients. À peine arrivées, Mademoiselle fila dans sa chambre (pour elle la punition était d'en sortir, pas d'y être envoyée) et sa mère s'effondra dans le canapé. « Ce qu'elle est butée », dit-elle.

  Mademoiselle ne se joignit même pas à eux, ce soir-là, pour l'apéritif. Au troisième appel « Viens mettre la table », elle accepta de se mêler à eux. Les efforts de chacun – Mademoiselle exceptée – pour trouver un sujet de conversation étaient si visibles que c'en devenait ridicule. Sa mère, son grand-père et sa grand-mère se sont tus progressivement.

  La fin du dîner fut un soulagement pour tout le monde. Elle en avait honte mais sa mère était presque rassurée de voir Mademoiselle disparaître après le dessert : se regarder en silence était infernal.

  Le lendemain, sa mère ne se risqua pas à proposer une autre activité à Mademoiselle : elle savait qu'ils étaient tous les trois là pour elle, elle n'avait qu'à tendre la main, faire un tout petit geste ; lui courir après ne servait à rien. Elle resta dans sa chambre toute la journée. Le jour suivant, de même. Elle apparaissait, de petit-déjeuner en dîner en passant par le déjeuner, de plus en plus pâle et fatiguée.

  Elle passait une heure, une heure trente sur l'ordinateur en milieu d'après-midi, à l'heure où ses aînés partaient en promenade. Cela lui laissait le temps de quelques *j'aime* et *retweets*. Lorsqu'elle entendait les pas dans la cour, telle une bête sauvage, elle détalait dans sa chambre.

Chapitre 24
Adieu, adieu, Soleil cou coupé

Le troisième jour sous ce régime fut le dernier. Mademoiselle s'enfuit dès la fin du déjeuner, ce qui n'étonnait plus personne. C'est à peine si on remarquait encore sa présence : on avait appris à discuter sans qu'elle prenne part aux conversations, après l'avoir beaucoup sollicitée. Quand elle quittait la table, elle ne faisait aucun bruit. Dans sa chambre, elle se sentit plus mal que jamais.

Elle repensa à un film qu'ils avaient vu en cours d'histoire : pendant longtemps, on a soigné la plupart des maladies en faisant des saignées. Cela permettait au sang de se renouveler et de reprendre de l'énergie, une fois la fatigue passée. « Moi aussi je vais me faire une saignée », murmura la bouche de ce corps affaibli.

Mademoiselle alla chercher une lame de rasoir. Elle fit une première entaille au niveau de l'articulation du coude. Ça piquait, c'était douloureux. Était-elle sûre de son geste ? Une larme sèche resta collée sous son œil gauche. Elle respira un bon coup puis, avec beaucoup d'attention, traça une longue ligne de sang parfaitement droite jusqu'à son poignet. Elle avait pris soin de vérifier que, sur cette ligne, elle pouvait sectionner plusieurs veines.

Le sang gicla tout autour de Mademoiselle. Elle se passa le bras sous l'eau, ce qui fit encore plus couler son sang. La souffrance et l'apaisement se mêlaient. Quand elle se sentit à bout de forces, elle ferma le robinet et rejoignit son lit. Elle s'allongea, le bras mutilé étendu d'un côté, plaie vers le haut, et l'autre main posée sur son ventre. Elle s'endormit sur la naissance d'un sourire.

C'est dans cette position que sa mère la trouva, six heures plus tard. La moitié du lit était couverte de sang. Elle hurla.

Comment dire ce qu'elle hurla, comment dire combien elle hurla ? Comment dire l'horreur pour une mère de voir sa fille, sa fille unique, gésir morte à dix-huit ans ? Ses grands-parents ont accouru, épouvantés par ses cris. Ils ont dû la forcer à sortir de la chambre. Elle hurlait de douleur.

Terrorisés eux aussi, ses grands-parents ont essayé de se

focaliser sur ce qu'il fallait faire. Lorsque la police et un docteur sont arrivés, Madame Parlié, qui n'était plus la mère de personne, se tenait prostrée. Sa propre mère l'avait fait s'asseoir à même le sol pendant que son mari passait les coups de téléphone, elle n'avait plus pu bouger.

Elle oublia de rentrer à Paris. Lorsque son employeur tenta de la joindre, elle dit seulement : « Je démissionne ». Au début du mois de septembre elle vendit tout, tout ce qu'elle avait. Elle ne conserva que les affaires de sa fille. N'étant plus mère elle eut besoin de redevenir fille et s'installa chez ses parents.

Elle fit une dépression nerveuse. Sa mère, la grand-mère de Mademoiselle, mourut de chagrin. Ils se retrouvèrent, deux inconsolables, son père et elle.

Des amis de Mademoiselle seule Juliette vint à son enterrement. Elles étaient censées être amies pour la vie, pas jusqu'à une mort survenue trop tôt. Elle n'avait rien vu venir. Elle savait que Mademoiselle avait du mal à trouver le bonheur, mais elle n'aurait jamais cru que…

Elle rentra à Paris bouleversée, profondément transformée par le suicide de Mademoiselle. Eric était là pour la soutenir, persuadé qu'il avait identifié dès le début la source du mal, sans se douter de sa profondeur.

Marine fut choquée mais poursuivit sa route, s'engagea dans des études qui ne lui plaisaient qu'à moitié. Ophélie ne sut sans doute rien. Elle s'enfermait de plus en plus dans ses certitudes, sera malheureuse dans sa vie bien rangée sans s'en rendre compte.

Aurélien a été plus ébranlé par cette nouvelle qu'on aurait pu le croire mais au fil des mois il y pensera de moins en moins, puis presque plus. Marcel-de-la-troisième-B, un de ses soupirants d'autrefois, n'apprit jamais le destin de Mademoiselle. Il sortira, pendant quelques mois, avec « la plus belle fille de la fac ».

Au lycée ce ne fut qu'à la fin du mois de septembre qu'on apprit la nouvelle, presque par hasard. Toute l'équipe pédagogique et éducative qui l'avait connue fut émue. Ils sont entourés de vie, de mille cinq cent vies enthousiastes, la mort n'a pas sa place dans cette jeunesse. Monsieur Anneau, le professeur de philosophie, sera à de nombreuses reprises sollicité pour revenir dans le jeu politique. On lui proposera tous les postes, un salaire à discrétion et même d'être candidat à une élection si c'était ce qu'il voulait. Il refusera : sa place était au lycée, désormais.

Sylvain a commencé son doctorat de sociologie, Paul est devenu conseiller d'orientation. Ensemble, ils évoqueront souvent le souvenir de cette Mademoiselle qu'ils appréciaient beaucoup. Isabelle, pour l'excellence de ses résultats, a été nommée « ancienne élève d'honneur ».

De Paris à New York le soleil se couche chaque soir, embrasant le ciel du rouge du sang de Mademoiselle.

TMTC

Phnom Penh, septembre 2016

LA TERMINALE

Chapitre 1 …... Les débuts de Mademoiselle
Chapitre 2 …... Les vacances de Juliette
Chapitre 3 …... Une soirée ordinaire
Chapitre 4 …... Premiers jours de cours
Chapitre 5 ….. Faune lycéenne
Chapitre 6 …... Deux mondes opposés
Chapitre 7 …... L'enquête philosophique
Chapitre 8 …... Une fin d'année mouvementée
Chapitre 9 …... Résolutions
Chapitre 10 …... Les obstinés
Chapitre 11 …... Des tréfonds au sommet
Chapitre 12 …... New York
Chapitre 13 …... La punition
Chapitre 14 …... Les adieux d'Ophélie
Chapitre 15 …... La dernière ligne droite

LA CLEF QUI OUVRE TOUTES LES PORTES

Chapitre 16 …... Le bac
Chapitre 17 …... De fête en fête
Chapitre 18 …... Les adieux au lycée

LES VACANCES

Chapitre 19 …... Le départ
Chapitre 20 …... Le guet-apens
Chapitre 21 …... Générations
Chapitre 22 …... L'événement
Chapitre 23 …... Provocation
Chapitre 24 …... Adieu, adieu, Soleil cou coupé